QUAIS MAUDITS
SUR GARONNE

Du même auteur :

Parfums de femmes océanes, février 2018 – France Libris

Ils croyaient être riches, octobre 2019 – France Libris

Piège fatal à Hendaye, mars 2022 – Marysa Éditions

Piment noir basco-corse, février 2023 – Marysa Éditions

Chris RAVÉRI

QUAIS MAUDITS SUR GARONNE

ROMAN POLICIER

France Libris

Avertissement : Ce récit est une œuvre de pure fiction. Par conséquent, toute ressemblance avec des situations réelles ou avec des personnes existantes ou ayant existé ne saurait être que fortuite.

Illustration de la couverture : Nathalie Glévarec

Imagesderomansblogspot.com

ISBN: 978-2-38268-0421

1 – L'escarpin

Bordeaux, vendredi 20 avril deux mille dix-huit

Une Citroën C4 Cactus grise se rangea devant l'immeuble abritant l'hôtel de police de Bordeaux. La tignasse ondulée châtain en bataille, le commissaire Maxime Grabowski, dit Max, en descendit prestement un sourire aux lèvres souligné par une barbe de deux jours, vêtu de son éternel blouson en cuir brun. Il sortait du bureau du procureur de la République, lequel venait de le féliciter pour la résolution de l'affaire des disparus de Parempuyre.

Cette longue et difficile enquête digne d'un thriller trash avait occupé toute son équipe de la brigade criminelle durant de longues semaines. Le coupable, un psychopathe inculpé pour meurtres aggravés et atteinte à l'intégrité de cadavres, dormait maintenant à l'ombre.

Comme chaque jour, Max grilla rapidement une cigarette sans filtre avant de monter quatre à quatre les marches de l'escalier principal. D'un pas vif, il arpenta le couloir baigné d'une lumière violente menant à son bureau du troisième étage de ce bâtiment triste et sans âme, construit dans les années soixante-dix dans le quartier Mériadeck de Bordeaux.

Dès son installation derrière son bureau métallique démodé, une superbe jeune femme brune en jean et chemise de style masculin, holster à l'épaule garni d'un pistolet semi-automatique Glock 26 de calibre 9 mm Parabellum, entra. Immédiatement, elle lui indiqua de se rendre d'urgence chez le grand patron.

La belle était la capitaine Malaury Besnier, dite Malou, trente-trois ans, Bordelaise d'origine, une enquêtrice perspicace et efficace avec déjà dix années de boutique. Il ne fallait surtout pas se fier à son allure délicate et douce, ni à son air de jeune fille sage de bonne famille. Sous cette physionomie trompeuse se cachait une femme de caractère, une battante, une amatrice de boxe anglaise.

Max l'avait observée plusieurs fois à l'entraînement. Malgré sa musculature d'apparence fine, elle frappait fort et possédait un redoutable jeu de jambes, allié à une vitesse exceptionnelle de bras et à un remarquable sens tactique. La boxeuse déstabilisait la plupart de ses adversaires par sa hargne et son engagement sur le ring. En général, elle distribuait beaucoup de coups et en prenait peu. Évidemment, malgré les protections, comme tous les pratiquants de ce noble art, Malou arrivait parfois au bureau avec quelques marques sur son visage angélique et quelques douleurs au corps.

Femme libre et moderne, elle restait célibataire par choix. Pour le moment, les aventures d'un soir au gré de ses rencontres et de ses envies la contentaient et suffisaient à assouvir sa libido.

Max remit immédiatement son blouson, rajusta son pistolet Sig-Sauer dans son étui, et grimpa au quatrième étage chez le commissaire divisionnaire Alexis Kellner, son patron, un pur

Alsacien de Strasbourg.

Il le connaissait bien et savait ce qui l'attendait. Une convocation chez le chef de la brigade criminelle signifiait assurément une nouvelle affaire délicate à résoudre. Âgé de quarante-deux ans, Max travaillait sous sa direction depuis une décennie. Une confiance absolue s'était établie entre ces deux hommes animés des mêmes valeurs et dotés d'un sens identique du service public, si différents au premier abord.

Max frappa à la porte vitrée du bureau directorial. Sans attendre de réponse, il entra et se vautra dans un des deux fauteuils en skaï noir face à Alexis Kellner.

— Bonjour Alex, tu voulais me voir ?

— Oui Max.

— Sûrement une nouvelle affaire sensible !

— Tu as tout compris, une affaire de suicide.

— On nous refile les suicides maintenant ! La Crim, ce n'est plus ce que c'était ! On va bientôt s'occuper des chiens écrasés !

— Pas aussi simple que ça en a l'air ! Un nouveau suicide dans la Garonne au niveau de la promenade de la rive gauche entre les ponts de Pierre et Chaban-Delmas, à proximité du miroir d'eau.

— C'est une habitude dans ce coin ! Pourtant la Garonne n'est pas forcément attirante pour la baignade avec sa couleur café au lait et tous les traîtres courants.

— Justement ! Cette série commence à faire beaucoup. Les politiciens locaux s'inquiètent et s'agitent. De plus, plusieurs corps de disparus n'ont jamais été retrouvés. Et cerise sur le gâteau, cette fois-ci, il s'agirait d'une femme !

— Je vois. La psychose gagne le pouvoir bordelais avant de se répandre sur la population. Des indices ?

— Hum… Peu de choses pour le moment, une chaussure… une chaussure de femme et un témoignage spontané. La brigade fluviale cherche le corps depuis hier. Toutefois, aucune disparition signalée à cette heure-ci. Tiens le dossier ! Il est mince pour l'instant. Inutile de te dire que c'est l'affaire prioritaire du moment.

— J'ai compris Alex. Je mets immédiatement toute mon équipe dessus. Si j'ai besoin de renfort et de matériel, puis-je compter sur toi ?

— Pas de problème ! Comme d'habitude, je t'aiderai avec les moyens disponibles.

★

De retour à son bureau, Max prit connaissance du dossier. Ce dernier contenait trois pièces. La première était la photo d'une chaussure féminine à talon de marque Versace neuve d'aspect, agrafée au rapport du policier du commissariat des Chartrons ayant consigné la déposition de l'agent de voirie de Bordeaux Métropole, découvreur de l'escarpin. Le fonctionnaire du service de propreté l'avait trouvé lors de sa tournée journalière matinale de nettoyage de la promenade de la rive gauche le long de la Garonne entre les ponts de Pierre et Chaban-Delmas. Le lieu exact de sa trouvaille se situait au niveau de l'embarcadère des Quinconces desservant par la navette fluviale l'embarcadère Stalingrad situé sur la rive droite, quartier de la Bastide.

La seconde pièce : le témoignage spontané d'une passagère du tramway de la ligne A, celle reliant La Gardette à Bassens et Floirac. L'usagère avait déclaré avoir entrevu la veille vers sept heures du matin une personne basculer par-dessus la rambarde alors que son tram traversait le pont de Pierre en direction du centre-ville. Elle ajoutait n'avoir pas vu sa chute dans l'eau, sa vision se trouvant occultée par la végétation du quai de la rive gauche en sortie du pont. Ce témoignage d'une dénommée Malika Ben Ahmed, vendeuse dans une boutique de la gare Saint-Jean, recueilli à huit heures trente par le bureau de police des Chartrons, paraissait de bonne foi et fiable. La brigade fluviale alertée avait débuté immédiatement des recherches compliquées, complétées par des plongées d'hommes-grenouilles dans les eaux glauques du fleuve. Mais rien de concret à ce jour ! Un appel à témoin pour disparition inquiétante serait publié dans la journée dans la presse et diffusé sur les ondes des radios locales pour essayer de recueillir tous éléments utiles à l'enquête.

La troisième : un scellé avec le fameux soulier.

*

En début d'après-midi, Max réunit son équipe. La capitaine Malaury Besnier s'installa en premier autour de la table ronde, suivie du commandant de police Frédéric Marcheval. Celui-ci âgé de trente-huit ans, surnommé Fred, faisait équipe avec Max depuis plusieurs années. Il vivait maritalement avec une gardienne de la paix en poste au commissariat d'Arcachon.

Après avoir terminé leur cigarette, le capitaine Damien Benedetto natif de Nice et le lieutenant Kevin Daruiz, un Basque de Bayonne, prirent place à leur tour autour de la table.

Damien, trente-six ans, travaillait avec Max depuis deux ans. Sportif accompli, judoka de haut niveau, ceinture noire troisième dan, champion d'Aquitaine junior et cinquième au championnat de France en catégorie poids lourd. En senior, il se contentait des compétitions locales et ne s'investissait plus assez pour prétendre aux toutes premières places sur le plan national. Avec son mètre quatre-vingt-douze, il valait mieux se tenir hors de portée de ses mains prestes et de ses jambes habiles à maîtriser tout individu, lorsqu'il se fâchait. Dans la maison, on l'appelait amicalement Ben.

Le plus jeune, Kevin - alias Mot - œuvrait avec Max depuis seulement six mois, après cinq ans de purgatoire à la brigade anticriminalité d'Aubervilliers en Seine-Saint-Denis. En dépit de ses vingt-neuf ans et de son allure d'étudiant avec ses cheveux bruns ondulés mi-longs et sa barbe de trois jours, son passage dans la banlieue rouge parisienne l'avait formé à bonne école. Kevin n'était pas du genre à s'en laisser conter par les malfrats, truands et autres dealers. Son surnom provenait tout simplement de son goût prononcé pour la moto. Propriétaire d'une grosse cylindrée, une Kawasaki ZX-10R 1000, une bête de circuit, Mot fréquentait assidûment le circuit de Mérignac ouvert aux amateurs de vitesse sur deux ou quatre roues. Au travail, il évoluait souvent au guidon de la moto banalisée du service, une Honda CBR 650 F.

L'équipe de Max s'avérait très soudée. Tous agissaient dans le but de résoudre au plus vite les affaires confiées. Pour cette raison, toutes les enquêtes criminelles difficiles ou délicates incombaient à Max et son équipe. Le taux d'élucidation du groupe était excellent et supérieur à celui enregistré nationalement par les mêmes services. Depuis quelques années, le ministère tenait des statistiques contestées pour évaluer les performances respectives de chaque unité.

— J'ai souhaité vous voir pour vous mettre au parfum de la nouvelle affaire confiée par le patron. Le dossier est sur la table. C'est une enquête sensible sur un nouveau suicide présumé dans la Garonne entre les ponts de Pierre et Chaban-Delmas.

— Max, on nous confie les suicides maintenant, s'étonna Fred en jouant avec une mèche rebelle.

— C'est exactement ce que j'ai déclaré à Alex. Vous savez pertinemment qu'il ne faut jamais se fier aux apparences. Avec le dossier transmis, je peux conclure à un suicide et l'affaire sera classée par le procureur. Enfin presque, aucun corps retrouvé à ce jour, ni aucune personne signalée disparue.

— Est-on au moins sûr que quelqu'un se soit jeté à l'eau ? se hasarda Malou.

— Effectivement, voilà la première question à se poser, répondit Max. Inutile de vous dire que tout le monde se met immédiatement sur cette affaire ! Malou, vois avec la police scientifique ce que l'on peut tirer de la seule pièce en notre possession, une chaussure de femme, et réinterroge le témoin, une certaine Malika Ben Ahmed, continua Max en lui remettant le scellé avec la chaussure. Mot, traite l'employé du service voirie de Bordeaux Métropole qui l'a trouvée ! Fred, va à la brigade fluviale, renseignements habituels, marées, courants... Ben, tu viens avec moi. On va visualiser le site d'un peu plus près.

✯

Max accompagné de Ben partit visiter le lieu du suicide présumé. D'après le témoignage de l'employé de Bordeaux Métropole, l'escarpin se trouvait abandonné à côté du parapet du quai au niveau de l'embarcadère des Quinconces desservi par la ligne fluviale entre Bordeaux rive gauche et le quartier de la rive droite, Bordeaux Bastide.

À cet endroit le quai épousait avec élégance la courbe du port de la Lune. Le long, une large esplanade s'étendait depuis le pont de Pierre jusqu'aux anciens hangars maritimes transformés en commerces et restaurants le long de la promenade baptisée quai des Marques. Face à la place de la Bourse, le miroir d'eau réverbérait sous les pâles rayons d'un timide soleil déclinant. Ce lieu ludique attirait toutes sortes d'activités depuis le simple bain de pieds jusqu'à des loisirs citadins totalement incongrus, comme le surf.

Ben interpella Max :

— T'as vu ! Là-bas, on dirait une caméra de surveillance.

— C'est vrai. On va aller jeter un coup d'œil.

Les deux enquêteurs constatèrent qu'en dehors d'un écrasement sur le ponton d'embarquement contigu, un désespéré terminait immédiatement dans le fleuve.

La Garonne profonde à cet endroit de plusieurs mètres, parcourue par des courants et remous variables et turbulents, se distinguait par une eau turbide. Sa teinte brunâtre provenait des sédiments argileux charriés sur son parcours jusqu'à sa rencontre avec les eaux salées remontant l'estuaire de la Gironde à chaque marée montante.

Arrivé au pied du mât, Max confirma :

— T'as raison. C'est bien une caméra, a priori toute neuve. Allons faire un tour à la salle de contrôle de Bordeaux Métropole ! Chaque arrêt du tramway est surveillé aussi par un dispositif de vidéosurveillance auquel n'échappe aucun fait et geste, enfin presque.

Le téléphone portable de Max sonna. C'était Malou :

— J'ai livré le colis à la police scientifique. Un fort doute subsiste sur le relevé d'empreintes. Cette chaussure a été manipulée sans précaution par beaucoup de mains. Par contre, les collègues pensent possible d'isoler un ADN exploitable à l'intérieur. Entre nous, c'est une belle pompe de taille trente-neuf. La paire doit coûter un max ! La nana devait avoir de la tune. Sur Bordeaux, les boutiques de chaussures de cette marque de luxe ne doivent pas être légion. Donc, on a peut-être une chance d'identifier l'acheteuse par ce biais.

— Excellente idée ! À plus ! Malou, n'oublie pas d'acheter du café ! Le stock est vide.

— Max, je te rappelle que je ne suis pas le larbin de l'équipe ! lança Malou, grognonne.

— Écoute, range ton côté revendicatif féministe et…

— Je rigole. Je vais l'acheter cet arabica… car j'aime en boire ! le stoppa Malou.

Dès leur arrivée à la salle de contrôle de Bordeaux Métropole, Max demanda à la jolie secrétaire blonde, installée à l'accueil, à rencontrer son contact habituel, le patron du lieu, Henri-Marc Lejeune.

— Vous avez rendez-vous, commissaire Grabowski ? lui demanda-t-elle avec un beau sourire espiègle tout en minaudant un peu.

— Comme d'habitude, non ! Mais il va me recevoir. Autrement, je le fais embarquer pour obstruction à une enquête, ajouta-il avec une expression rieuse aux lèvres, les yeux rivés dans ceux de la belle. Et vous avec !

— Je lui fais part immédiatement de votre visite, commissaire Grabowski, lâcha-t-elle.

Elle s'éloigna dans le couloir et dévoila aux deux policiers sa silhouette parfaite, digne d'une top-modèle. Cette agréable vision riva le regard des deux hommes sur son joli postérieur moulé dans un jean slim.

Une fois installé dans le bureau d'Henri-Marc Lejeune, Max exposa son attente et lui tendit une clé USB.

— Pas de problème ! Max, tu vas pouvoir visionner l'enregistrement recherché. C'est une caméra très récente. Sa mise en service remonte à la semaine dernière. Je copie sur ta clé la vidéo d'hier matin.

— Au fait, Henri, chaque arrêt de tram possède bien un dispositif de vidéosurveillance ?

— Oui, tout à fait ! Si tu as besoin, signale-moi ce qu'il te faut. Je ne peux rien te refuser.

— Tout simplement, l'enregistrement d'hier matin de tous les arrêts de tram de la ligne A dans les deux sens.

Max et Ben rentrèrent à l'hôtel de police avec les copies souhaitées.

Ben chargea les fichiers sur son ordinateur et lança la lecture de la vidéosurveillance du quai pour essayer de repérer la désespérée.

Très peu de passants à cette heure matinale se pressaient dans le champ de vision, une dizaine de joggeurs, quelques petits vieux promenant leur chien pour le faire pisser et plusieurs personnes se hâtant à leur travail. Soudain, dans le champ apparut une silhouette féminine élégamment vêtue.

— Max, viens vite ! Je crois que j'ai trouvé la gonzesse ! s'exclama Ben avec excitation.

Ils virent une jeune femme longer le quai depuis le pont de Pierre. Elle s'immobilisa au niveau de l'embarcadère et parut fixer la Garonne en contrebas. Ils connaissaient la suite et attendaient que la désespérée se décide à se jeter dans le fleuve. Une tension palpable s'était installée autour de l'écran. Assister en différé à la disparition d'une personne demandait une certaine capacité à refréner ses émotions ! Sans se parler, tous deux souhaitaient pouvoir remonter le temps et lui faire reprendre son cheminement.

Soudain, deux ombres vêtues de noir surgirent dans le champ de la caméra. Elles se précipitèrent sur la jeune femme immobile, la saisirent et la projetèrent dans le fleuve. Aussitôt, les silhouettes criminelles s'éloignèrent, disparurent à grandes enjambées en direction du quai Louis XVIII, puis sortirent du champ de l'objectif.

— Putain, les fumiers ! Ils ont balancé la nana dans la Garonne ! s'écria Ben en donnant un coup de poing rageur sur le bureau métallique.

— Calme-toi ! Reviens en arrière ! On va visionner à nouveau la scène, décida Max.

Ben repassa la scène du crime.

— T'as vu ! Elle a perdu une chaussure dans l'action. Regarde ! On la voit tomber au sol lorsqu'ils la saisissent.

— Ben, repasse la scène encore une fois !

Au troisième visionnage, Max annonça avec certitude :

— Observe bien, la nana n'a pas perdu sa chaussure. C'est un des types qui l'a volontairement arrachée. Examinons l'action image par image !

Malgré la qualité médiocre de l'enregistrement due à la distance de prise de vue et à la faible luminosité du jour levant, les enquêteurs constatèrent effectivement que le fameux escarpin avait été ôté volontairement pour qu'il soit découvert et accrédite ainsi la thèse du suicide.

— On a bien avancé. Maintenant, nous savons que cette affaire n'est pas un suicide mais un meurtre. Par contre, il semble impossible d'identifier qui que ce soit avec ces images. De plus, tu as remarqué, les mecs étaient cagoulés et gantés. Ben, file aux archives et ressors-moi tous les dossiers des suicides, accidents et meurtres des cinq dernières années dans la Garonne sur Bordeaux !

— OK patron ! Je m'en occupe tout de suite.

— Récupère-moi également les enregistrements matinaux depuis que cette caméra fonctionne et tous ceux des trois lignes de tram. Recherche les deux gus sur les vidéos !

Une nouvelle fois, l'intuition de la brigade criminelle portait ses fruits. Rien ne ressemblait plus à un assassinat qu'un suicide trop parfait ! Trop d'affaires de soi-disant suicides s'étaient retrouvées classées par des enquêteurs moins expérimentés. Alors, qu'elles masquaient un crime, quasiment parfait.

Avec l'expérience, Max savait à quoi s'en tenir ! Le crime parfait n'existait pas, sinon dans les livres. On ne le trompait pas. Sa pugnacité était légendaire dans la maison. Ces enquêtes inhabituelles et délicates, réclamant des heures de planques et d'investigations pour recueillir et démêler l'écheveau des renseignements, mettaient du piment dans sa vie et lui procuraient des bouffées d'adrénaline. Son équipe formée à la même école, les plus jeunes inclus, fonctionnait de façon identique.

✯

— Alex, le suicide de la Garonne camoufle un crime. J'ai la preuve en main, un enregistrement vidéo d'une caméra de surveillance des bords de l'esplanade.

— Je n'ai jamais rencontré au cours de ma carrière un suicidé laissant une seule chaussure bien en vue. De plus, à cette heure, toujours aucun signalement de personne disparue, ni aucun courrier ou message sur les réseaux sociaux annonçant une telle intention. Parfait Max ! Tiens-moi au courant régulièrement ! Je suis assailli par les médias désireux d'en connaître plus sur cette affaire. Et je ne te parle pas des politiques ! Le cabinet du maire m'a déjà contacté à plusieurs reprises, celui du député également. Je vais voir ce que je vais leur lâcher.

— Aux médias, il ne faut rien dévoiler sur l'avancée de l'enquête en cours.

— Tout à fait ! répondit Alex avant de raccrocher.

À cet instant, Mot rentra de son rendez-vous avec l'employé du service voirie de Bordeaux Métropole.

— J'ai rencontré l'agent qui a trouvé la chaussure. Je possède l'emplacement exact de sa trouvaille.

— Mot, va voir une vidéo chez Ben ! La femme ne s'est pas suicidée. C'est un crime.

— Au fait, il m'a avoué avoir été intrigué par cette chaussure. Elle semblait neuve et était de marque. Autrement, elle serait passée directement dans la benne à ordures.

— Tant mieux ! Voilà au moins un employé consciencieux !

— Merde ! Y'a plus de café !

— Ne t'inquiète pas ! Malou doit en rapporter.

— Avec quelques viennoiseries ?

— Dis donc Mot, Malou n'est pas ta mère !

Fred et Malou arrivèrent à leur tour et se rendirent immédiatement chez leur patron.

— Tiens Max, je te remets le rapport des éléments récoltés auprès de la brigade fluviale. Toujours aucun corps retrouvé ! Demain, deux plongeurs vont sonder plus en amont le fleuve.

— Et pourtant, il y a bien une noyée à retrouver. C'est un crime maquillé en suicide. Ben en détient la preuve sur son ordinateur. Préviens la brigade fluviale !

— OK, répondit Fred.

— Je rencontre le témoin spontané ce soir. Donc, son témoignage semble véridique, continua Malou.

— Exactement !

— Je vais lui proposer de faire ensemble le parcours en tramway pour bien visualiser son angle de vue de la scène et qui sait, déclencher de nouveaux souvenirs.

Ben revint des archives avec les dossiers des suicides, accidents et meurtres des cinq dernières années. Dix affaires remplissaient son chariot aux roulettes usagées.

— En priorité, Ben et Mot, épluchez-moi les vidéos des arrêts du tram des lignes A, B et C pour chercher les deux suspects, et peut-être la fille ! Est-elle descendue à l'arrêt Porte de Bourgogne ? Pas de chance, dans ce secteur les trois lignes de tram se raccordent !

— Fred et Malou, épluchez les dossiers rapportés par Ben !

— Ça marche, répondit Fred.

— Malou, t'as rapporté du kawa ? demanda Mot.

— Tout à fait ! Prépares-en pour tout le monde ! rétorqua Malou.

— Eh ! Je ne suis pas ta bonniche ! répliqua Mot.

— Si c'est comme cela que tu t'y prends avec les nanas. Cela ne m'étonne pas que tu sois le plus souvent célibataire ! ironisa Malou.

— Et toi, n'es-tu pas célibataire aussi ?

— Mot, occupe-toi donc de tes fesses !

— Tout le monde au boulot, après le café que va préparer Mot, trancha Max habitué à ces petites chipoteries entre les jeunes de son équipe.

*

Max resta tard au bureau ce soir-là. De toute façon, il n'était pas pressé. Personne ne l'attendait. En fait, plus personne ne l'attendait.

Divorcé depuis cinq ans, il se consacrait surtout à son travail et à son hobby, la montagne.

Il avait un fils et une fille, issus de cette union. Son fils aîné travaillait à Paris comme vendeur dans un grand magasin. Quant à sa fille tout juste majeure, elle étudiait aux États-Unis dans la prestigieuse université de Princeton. Malgré l'éloignement, cette réussite rendait son père très fier.

Dès qu'il le pouvait, Max partait seul en week-end dans les Pyrénées pour se ressourcer par des randonnées en montagne, de l'escalade et du canyoning.

Il s'estimait responsable du divorce. Avec son travail à la brigade criminelle, il n'était jamais à la maison. Il ne se souvenait plus combien de fois, les soirées avec sa femme et ses enfants furent perturbées par les heures supplémentaires et les planques nocturnes, les week-ends gâchés par l'actualité criminelle locale, les repas abrégés par le téléphone.

Comme beaucoup d'hommes, Max avait délaissé son foyer et ses amis pour donner sans le vouloir la priorité à son job prenant. Il n'avait rien vu venir. Le jour où sa femme annonça son départ, il tomba des nues, plus exactement de son nuage. Assommé par la surprise, il resta sans réaction et n'essaya rien pour la dissuader de passer à l'acte. De toute façon, il savait la décision de son épouse irrévocable et réfléchie.

Après l'échec de son couple, Max prit ainsi l'habitude de parcourir les sentiers pyrénéens. Ses coins favoris s'étalaient de la corniche au Pays basque jusqu'au cirque de Gavarnie dans le département des Hautes-Pyrénées. Alors, comme rédemption, un pèlerinage sur le chemin de Saint-Jacques-de-

Compostelle s'imposa. Il réalisa la traversée totale du massif en commençant sa marche côté Méditerranée pour finir à la Basilique de Saint-Jacques-de-Compostelle.

Ce périple de plusieurs centaines de kilomètres lui donna l'occasion de réfléchir sur sa vie et la nouvelle orientation à lui donner. En chemin, au contact d'autres pèlerins, il découvrit également les bienfaits de la méditation. Cette pratique contemplative permit à Max de faire le vide dans sa tête embrouillée.

Qui aurait pu croire qu'un commissaire comme lui, doté d'un esprit très cartésien, devienne un jour adepte d'une discipline mentale et spirituelle permettant de retrouver la paix intérieure ! Bien entendu, personne à l'hôtel de police ne connaissait son nouveau concept de vie très éloigné des standards de son métier. Un flic méditatif perdait toute chance d'être pris au sérieux.

☆

Le lendemain, un samedi d'un week-end d'avril pour la plupart des Français, sauf pour les policiers mobilisés pour assurer leur sécurité, Max décida de faire un point avec son équipe sur l'avancée de l'enquête.

Ben et Mot s'assirent à la table ronde avec un grand sourire aux lèvres. Au mur sur un tableau blanc, Max avait commencé à faire figurer les différentes pièces du puzzle.

— Les vidéos nous ont appris des choses intéressantes. Voilà une photo exploitable de la fille, annonça Ben en déposant devant Max un agrandissement d'une jolie jeune femme sortant du tramway A à l'arrêt Porte de Bourgogne, cinq minutes avant le drame.

Sur le cliché apparaissait une belle brune aux cheveux longs, élancée, vêtue d'un élégant manteau croisé gris anthracite avec, aux pieds, les fameuses chaussures Versace.

— Parfait les gars ! Reste à mettre un nom sur cette pauvre femme !

— Pour l'instant, nous ne sommes pas arrivés à repérer la station de sa montée, annonça Mot.

— Faite l'enquête habituelle de terrain avec ce portrait ! poursuivit-il pendant que Ben glissait devant lui un deuxième agrandissement.

Sur celui-ci, les deux agresseurs se dévoilaient clairement en train de prendre un tram de la ligne C à l'arrêt Place de la Bourse en direction du Parc des Expositions, quelques minutes après leur forfait.

— Avez-vous trouvé à quel arrêt ils sont descendus ? demanda Max.

— Malheureusement, non pour l'instant ! Le visionnage de toute la ligne n'est pas terminé. Par contre, les vidéosurveillances des stations Ravezies et Les Aubiers étaient en panne le jour du crime.

— Merde ! Ce n'est pas de chance. En tout cas, même s'ils sont descendus dans une de ces deux-là, on les trouvera ces salauds ! Malou, qu'a donné ton audition du témoin Malika Ben Ahmed ?

— Elle a confirmé son premier témoignage. J'ai fait le parcours avec elle. Effectivement, au moment où elle a vu la femme basculer par-dessus la rambarde, le quai s'est trouvé masqué par la végétation en contrebas du pont de Pierre.

— A-t-elle remarqué d'autres personnes avec la femme ?

— Elle dormait à moitié dans le tramway et a été surprise par la vision fugitive de la scène. Donc, elle n'a rien aperçu d'autre. Voilà le rapport de son audition !

— D'après elle, d'autres voyageurs ont-ils pu observer la scène ?

— Elle ne le sait pas.

— Et les vidéos des jours précédents ?

— On n'a pas encore eu le temps de les exploiter, annonça Ben.

— Fred, fais transmettre le portrait de la « suicidée » à toute la police de l'agglomération bordelaise ! On ne sait jamais. Elle est peut-être connue des services.

— Pour la presse ? interrogea Fred.

— Je vois avec le patron. C'est lui qui gère les relations avec les médias.

— Fred et Malou, avez-vous pu jeter un œil aux dossiers des précédentes disparitions ?

— Max, on a reporté sur un plan de Bordeaux les lieux des suicides, accidents et meurtres, dit Fred en le dépliant devant Max.

— Tiens ! Celui de la fille correspond à celui d'un noyé de deux mille quatorze ! nota immédiatement Max.

— Exact, quelle coïncidence ! Il faut dire que le site se prête bien à ce genre d'exercice, ajouta Malou.

— Peut-être ! Il faut éplucher en détail ce dossier vieux de quatre ans.

— On a commencé. Le disparu étudiait le droit à l'École de la Magistrature de Bordeaux. Brillant élève, il devait sans problème réussir son examen lui conférant le titre d'avocat. A priori, non dépressif, mais il est quand même décédé accidentellement à vingt-cinq ans. Il s'appelait Augustin de Lescure.

— C'était un étudiant issu de la bourgeoisie bordelaise ?

— Un fils d'une famille bien implantée dans le milieu des affaires locales, du négoce du vin en particulier. Son père, Maximilien de Lescure est un ami du président des Girondins de Bordeaux.

— Une petite amie ?

— Le gonze était un tombeur. Il fréquentait assidûment les boîtes branchées et collectionnait les aventures comme d'autres les capsules de bière. Dans le dossier, plus de dix noms de fille ayant couché avec De Lescure peu de temps avant sa disparition figurent. Toutes ont été entendues. Les auditions de ces jeunes étudiantes tombées sous le charme du beau gosse ou attirées par le coup d'un soir n'ont rien apporté à l'enquête classique. La veille de sa mort, Augustin a assisté à une fête privée organisée par son école. Contrairement à ses habitudes, il aurait quitté la fête à jeun relativement tôt.

— Sûrement avec une nouvelle conquête ? se renseigna Max.

— Bizarrement, aucun invité ne s'est révélé capable de confirmer ce point ! De plus, à l'époque des faits, aucune caméra ne couvrait ce tronçon de la promenade, précisa Fred.

— Avez-vous les photos des filles ?

— Elles ne sont pas dans le dossier.

— En fait, celui-ci n'est pas très épais. De Lescure est tombé à l'eau la nuit suivante après une beuverie étudiante, je voulais dire une soirée étudiante, après avoir quitté ses camarades, passablement éméché et sous l'emprise de cocaïne. Donc le dossier a été classé très vite par le procureur.

— Comment la police a-t-elle eu connaissance du lieu exact de sa chute dans le fleuve ? s'enquit Max intrigué.

— D'après le dossier, De Lescure cheminait en faisant de l'équilibre sur la rambarde. Il serait tombé dessus la tête la première et aurait basculé dans le fleuve. Des traces de sang et des cheveux correspondant à son ADN furent trouvés sur le métal. De ce fait, l'enquête a conclu à un accident et le Proc a clos le dossier.

— Y avait-il des témoins ? s'inquiéta Max.

— Zéro témoin direct de la chute de l'étudiant, précisa Fred.

— Donc, ce serait une mort accidentelle consécutive à l'absorption d'un mélange d'alcool et de stupéfiant ! À moins qu'on l'ait aidé à prendre un bain ? en déduisit Max pas totalement convaincu par les conclusions. D'accord, faire le singe bourré et chargé sur la rambarde peut provoquer un accident. Cependant, les coïncidences, les évidences… je ne suis pas fan !

— Pourquoi pas ! Tout est possible !

— A-t-on retrouvé le corps ? insista Max.

— Au grand désespoir de la famille, pas à ce jour, se désola Malou.

— Étrange tout de même ! commenta Max qui flairait une nouvelle fois un crime maquillé en accident.

— Ce n'est pas le seul disparu dans le fleuve dont on n'a jamais retrouvé le corps. La Garonne est traîtresse à cet endroit avec des tourbillons, des courants violents, des obstacles immergés, sans compter avec la vase épaisse et collante qui a tendance à emprisonner les macchabées, au moins un certain temps, expliqua Fred.

— On continuera la semaine prochaine. Bon dimanche ! Ben et moi, nous allons travailler sur le dossier pendant le reste du week-end, décida Max.

☆

Malou les quitta en premier. Elle allait passer le week-end sur le bassin d'Arcachon, site prisé des Bordelais. Invitée à une fête programmée le samedi soir, elle comptait bien ajouter un nouveau trophée masculin à son tableau de chasse. Tous les hommes voulaient sortir avec elle. Pourtant, en définitive, le choix de l'élu restait de son unique ressort.

Elle n'était pas du genre à se laisser embobiner par le baratin des dragueurs bronzés et gavés de fric, adeptes du bassin, se pavanant sur les yachts ou faisant des ronds sur l'eau en scooters des mers. Par discrétion, elle évitait d'évoquer son métier. Parfois, une telle information effarouchait les prétendants. D'autres fois, c'était le contraire. Cette révélation attirait des hommes désireux de se vanter de s'être tapée une fliquette.

Malou récupéra sa Golf cabriolet blanche au parking souterrain et prit immédiatement la route d'Arcachon.

Le plus jeune de l'équipe, Mot, se rendait ce week-end-là à une concentration de motards pour une virée dans le vignoble de Saint-Émilion en compagnie de sa copine actuelle, une jolie fille plus jeune que lui, également passionnée de moto et propriétaire d'une superbe grosse cylindrée italienne de marque Moto Guzzi. Ils s'étaient rencontrés lors d'un *run* sur le circuit de Mérignac.

Fred demeura un moment avec Max pour échanger sur cette affaire compliquée et passionnante.

Fidèle à ses habitudes, Max resta tard le soir pour travailler et réfléchir dans le calme de la boutique, désertée par la grande majorité de ses occupants.

Avant de quitter le bureau, Max se rendit chez Alex avec les photos pour l'informer des derniers développements de l'affaire. Il savait que son patron serait encore présent à cette heure tardive.

— Ton équipe a déjà bien avancé, Max !

— J'ai diffusé le portrait de la fille aux services de police de l'agglomération.

— Arrose-t-on la presse ?

— Attends un peu Alex ! À ce stade, il est inutile d'alerter les criminels que nous avançons aussi vite sur leurs traces ! S'ils croient qu'on a gobé la thèse du suicide, il y a plus de chance qu'ils fassent une erreur.

Ensemble, ils décidèrent que dès l'identification de la victime, l'information suivante serait transmise au quotidien local *Sud-Ouest* : disparition inquiétante d'une jeune femme au niveau du quai Louis XVIII.

Cette stratégie avec mensonge pouvait passer pour une tromperie pour un profane. Toutefois, cacher la vérité un certain temps contribuait parfois à l'avancée plus rapide des enquêtes. Les truands ou assassins relâchaient quelquefois leur garde après la diffusion d'une conclusion favorable à leurs sombres desseins.

— T'as remarqué Max ! Les deux mecs, on dirait Dupont et Dupont. De dos, ils sont taillés pareils, la même carrure de rugbyman ou de déménageur, et vêtus de façon identique, jean et blouson noir à capuche.

— Pour les colis, ils ont l'air au point ! Oui, mais à la place de la fameuse canne, je suis persuadé qu'ils cachent un calibre sur eux. Seules leurs pompes divergent, l'un semble chaussé de baskets et l'autre de rangers.

— Si tu découvres quelque chose, appelle-moi aussitôt ! Je reste sur Bordeaux tout le week-end.

— D'accord Alex.

— Avant de partir, je dois appeler mon correspondant au

cabinet du Maire pour qu'il puisse tenir au courant notre cher premier élu.

*

Dès la fin de la réunion, Ben se replongea dans les vidéos. Un peu avant vingt et une heures, gagné par la fatigue il décida d'arrêter. Les photos de la fille et des suspects affichées sous ses yeux sur le tableau mural, mêlées aux annotations des indices recueillis, dansaient. Ben les fixait sans les voir, les paupières mi-closes.

Il avala un petit noir pour se réveiller. Avant de quitter le bureau, il visionna une nouvelle fois la descente du tramway à l'arrêt Grand Parc. Un homme attira son attention. Il portait aux pieds des chaussures de type rangers, identiques à celle d'un des assassins. Il était vêtu différemment en dehors du jean et transportait un sac à dos en bandoulière. Malgré l'agrandissement, son visage restait assez flou. L'homme paraissait de la même taille et d'une carrure identique à celles des deux suspects. Il tira le portrait du mec et fonça chez Max. Le bureau était éclairé, mais vide. Connaissant parfaitement les habitudes de son supérieur, il attendit son retour du quatrième étage.

Dès l'arrivée de Max, Ben mit sous ses yeux la photo du suspect vêtu d'un blouson anthracite. Max déclara aussitôt :

— Je suis presque certain que c'est un des deux. Organisé le gus, il trimbalait un vêtement de rechange et a fourré celui filmé plus la cagoule dans un sac à dos planqué quelque part.

D'après la vidéo, l'homme avait attendu le départ du tram pour traverser les voies et prendre la direction du centre-ville.

— Avec les nombreuses caméras existantes en ville, nous

allons bien arriver à le repérer, déclara Ben.

— Tout à fait ! Diffusons en interne sa photo et prenons contact avec les flics patrouillant ordinairement le quartier. Ils auront peut-être une info à nous donner sur ce gonze. Ben, pour ce soir, ça ira ! On reprendra demain. Rendez-vous à huit heures à la cantine habituelle pour le petit-déjeuner !

— Ça marche, bonne soirée Max !

Dans la foulée, Max téléphona à Alex qui s'apprêtait à quitter son bureau.

— On a repéré un suspect répondant au signalement d'un des deux tueurs à la descente du tram à l'arrêt Grand Parc sur la ligne C. On étend les recherches sur l'ensemble de la rive gauche avec l'aide des poulets de quartiers.

— Bien vu, Max, arrête pour ce soir !

— T'inquiète pas, je vais rentrer. Et puis, moi au moins, je ne risque plus une engueulade de la part de ma femme. Bonne soirée Alex, à plus.

☆

Comme convenu, le dimanche à huit heures du matin, Max et Ben se retrouvèrent au *Bar des Poulets* situé à proximité de l'hôtel de Police. Le nom de l'établissement ne devait rien au hasard. Tenu par un ancien flic, sa dénomination était un clin d'œil à la maison « Poulaga ». Ses fonctionnaires le fréquentaient assidûment pour partager un café, boire un verre, avaler un sandwich sur le pouce ou glaner quelques informations.

— Salut Francky, lança Max en passant la porte.

— Salut Max ! Ça va ? Ce matin t'as plus une mine de poule mouillée que de coq hardi ! rétorqua dans un éclat de rire le patron avant de préparer deux grands cafés corsés et quatre croissants pour les habitués Max et Ben.

Max balaya d'un revers de main l'insinuation de l'ex-flic et s'installa à la table déjà occupée par son jeune équipier.

Devant son jus, Ben le questionna sur la suite de la journée :

— Attend-on demain pour mettre le paquet sur l'enquête ou rappelle-t-on nos collègues pour battre le fer quand il est chaud ?

— Fred est prêt à rappliquer si on le contacte. Malou m'a signalé en aparté pouvoir également revenir vite si nécessaire. Écoute, contactons-les ! Sauf Mot, qu'on va laisser tranquille avec sa nana et sa moto. Appelle Malou, je m'occupe de Fred, décida Max.

☆

Vers dix heures du matin, le portable de Malou sonna. Elle se trouvait encore au lit après une nuit agitée. La veille, invitée à une fête organisée par un riche Parisien dans une villa cossue du quartier Péreire à Arcachon, elle s'était bien éclatée. Néanmoins, elle évita au maximum l'alcool et préféra se déhancher au son de la techno sur la piste de danse installée à proximité de la piscine à débordement et du jacuzzi, où s'ébrouaient quelques jeunes hommes et femmes des bourgeoisies bordelaise et parisienne, à moitié à poil.

Ce soir-là, sa tenue hypersexy ne passa pas inaperçue. Les invités ne la connaissant pas ne pouvaient pas se douter qu'ils étaient en présence d'une redoutable enquêtrice de la brigade criminelle de Bordeaux et d'une excellente boxeuse amatrice.

Pour l'occasion, Malou arborait une minijupe verte moulante et un débardeur rouge échancré, porté sans soutien-gorge, cachant difficilement ses jolis petits seins fermes.

Bien entendu, sa plastique ne tarda pas à attirer la convoitise de plusieurs mâles avides de faire plus ample connaissance avec cette très belle jeune femme brune aux cheveux longs. Fidèle à ses habitudes, elle choisit l'heureux élu de la soirée.

Le premier dragueur, un beau et grand mec bronzé au sourire carnassier, stylé roi du bassin, se montra si goujat en essayant de la peloter sans invitation qu'elle l'envoya paître sous le regard goguenard de ses copains.

Malou repéra un beau blond aux yeux bleu clair qui la fixait depuis un moment sans oser l'aborder, installé sur un tabouret du bar de la piscine. Elle l'invita à danser lorsque la techno laissa la place à quelques slows langoureux. Malou pressa tellement fort son pubis contre la virilité de son compagnon de danse que son envie apparut sans équivoque. Après deux slows collés serrés, Malou l'entraîna hors de la piste et chercha une pièce tranquille pour faire l'amour avec ce bel homme. Dès la porte refermée, elle prit les choses en main. Le beau blond se retrouva couché nu sur le canapé, chevauché par Malou.

En sonnant, le téléphone la tira de ses rêves érotiques. Très rapidement, son cerveau se reconnecta devant l'affichage lumineux : Ben.

Malou avait compris. Il lui fallait reprendre la route du service dans la foulée.

— Bonjour Malou, je te dérange ? commença Ben avec prudence.

— Non pas du tout ! mentit-elle sans conviction.

— Le boss souhaite que tu rappliques. Il y a du nouveau dans l'enquête. On met le paquet.

— OK, je prends une douche et je rentre. Je serai au bureau avant midi.

De toute façon, Malou avait décliné le rancard proposé par le beau blond. La nuit l'avait comblée. Cette parenthèse lui suffisait. Elle ne voulait pas qu'il commence à s'attacher et à la relancer toutes les cinq minutes par des textos enflammés ou coquins. De toute façon, elle possédait le téléphone de son partenaire d'un soir, mais avait refusé de donner le sien malgré son insistance.

☆

Fred s'était levé tôt après une soirée tranquille passée à Pau avec sa compagne. Après un dîner en amoureux à la brasserie *Le Navarrais* sur le boulevard des Pyrénées, face aux sommets quasiment abandonnés par la neige, masqués par la nuit étoilée, ils rentrèrent sagement se coucher chez ses futurs beaux-parents.

Lorsque la sonnerie de son portable retentit, Fred se douta que Max avait besoin de lui. Effectivement, son numéro s'affichait sur l'écran.

— Qui c'était ? demanda Alexandra, sa copine, encore à moitié endormie mais pressentant déjà la suite gâchée de son week-end.

— Hum… Je dois rentrer à Bordeaux, répondit Fred mal à l'aise devant sa mine contrariée et ses yeux inquiets.

— Fred, tu m'avais promis de passer ce dimanche avec moi, pour une fois, se lamenta Alexandra très déçue de la tournure des évènements.

— Tu connais ! C'est ça la vie de flic, toujours sur le pont !

— Tu n'es pas drôle. Si j'avais su… J'ai envie que tu me fasses l'amour avant ton départ.

— Bien sûr ma chérie, acquiesça Fred en se blottissant contre elle.

*

En début d'après-midi, l'équipe de Max se trouvait au complet, en dehors de Mot. Il débuta son briefing par une mise au courant sur les derniers développements de l'enquête.

— On continue à éplucher les vidéos. Il faut qu'on découvre l'identité de la fille. Malou, tu vas cuisiner les flics de permanence du secteur, décida Max en lui remettant la photo du premier suspect repéré.

En suivant, Malou fila au commissariat du quartier des Chartrons. À son arrivée, la chance lui sourit. Elle tomba nez à nez avec un major qu'elle connaissait bien, de retour de patrouille sur les quais de la rive gauche. Elle lui montra immédiatement le cliché du suspect.

Malgré l'imprécision de la photo, le sous-officier n'hésita pas :

— Capitaine Besnier, je le connais. Je ne sais pas son nom, mais c'est un petit dealer qui crèche du côté de la place de la Victoire. On l'a déjà coffré pour revente de came, quelques grammes de beu.

Il présenta le cliché à un collègue :

— Sa dernière arrestation remonte à environ deux mois.

Malou suivit les deux policiers jusqu'à leur bureau. Rapidement, le fichier informatisé cracha la fiche de l'homme recherché :

Bruce Madeiro, dit le tatoué. Trois condamnations à son casier : une pour vol à la tire et deux pour trafic de drogue. La dernière fois, en comparution immédiate, il avait écopé d'un mois de prison ferme et d'un mois avec sursis. À la rubrique, signe particulier, figurait la mention : tatouages maoris sur le biceps droit et le mollet gauche.

Maintenant, Malou détenait le nom et la dernière adresse connue du suspect. Elle prévint immédiatement Max.

— Je vais aller lui rendre une petite visite avec toi et Fred. Je contacte le juge de permanence pour récupérer un mandat d'arrêt.

☆

La C4 Cactus banalisée se gara à proximité du domicile présumé du suspect, un immeuble de trois étages sans ascenseur de huit appartements. Madeiro logeait au dernier étage. Max appuya sur une sonnette du premier. La porte d'entrée déverrouillée par une mamie bienveillante dévoila un hall terne empestant un mélange de pisse de chien et de détergent. Le patronyme de Madeiro apparaissait tracé au feutre sur une boîte à lettres cabossée couverte de graffitis, accompagné de deux autres.

— Mince, il doit habiter une colocation ! Il en existe beaucoup dans ce quartier avec tous les étudiants, fit remarquer Fred.

Au troisième coup appuyé de sonnette, la porte de l'appartement s'ouvrit sur un jeune homme maigre, torse nu, les yeux chiasseux, visiblement tiré du lit malgré le milieu d'après-midi.

Pour le réveiller en douceur, Max lui brandit sa carte de police sous le nez. Ses équipiers investirent immédiatement le logement à la recherche de Bruce Madeiro. Ils ne trouvèrent personne, excepté une jeune fille à la chevelure noire encore au plumard, surprise par ce remue-ménage, saisissant avec difficulté le français.

Le jeune homme indiqua s'appeler Kurt Bauknecht et être de nationalité allemande. Il précisa que la fille vautrée dans son lit était Kim, sa petite amie coréenne.

— On cherche Bruce. Où est-il ? réclama Max de façon péremptoire.

— Il n'est pas rentré depuis jeudi, répondit Kurt inquiet de la tournure des évènements. Sa chambre, c'est celle du fond à côté de la salle de bains.

Fred la fouilla rapidement. Il ne découvrit rien d'intéressant à part quelques dizaines de grammes de shit conditionnés en sachet pour la vente, cachés dans une enveloppe sous une pile de tee-shirts, et une petite balance pour la préparation des doses. Le suspect ne possédait pas d'ordinateur, ni clé USB ou autre dispositif de stockage informatique.

Malou tira du lit la fille encore à poil absolument décidée à rester sous la couette, cramponnée au drap telle une moule sur son bouchot, afin de préserver son intimité. Elle lui ordonna de s'habiller rapidement. Puis, elle s'enferma dans la cuisine avec elle, pendant que Max et Fred traitaient Kurt Bauknecht.

Le jeune allemand indiqua habiter cette colocation depuis seulement un mois et ne pas connaître son colocataire. Il l'avait croisé deux ou trois fois et juste échangé quelques banalités. Bruce n'avait rien dévoilé sur sa vie privée. Il le pensait étudiant, comme lui, sans connaître en quoi.

La fouille de la piaule de Kurt entreprise par Max afficha un ménage bâclé et deux barres de shit planquées derrière une plinthe descellée.

Le sac à main de Kim révéla un passeport sud-coréen au nom de Park Sun-Hi, une carte d'étudiante, une carte de résidente à la Cité étudiante de Talence, et cerise sur le gâteau, deux mille euros en billets de cinquante et cent euros, plus une vingtaine de préservatifs masculins. Malou s'aperçut vite qu'en réalité la Sud-coréenne comprenait et parlait le français beaucoup mieux que prétendu lors de sa découverte dans le pieu de Kurt. Elle la conditionna et lui expliqua dans quel pétrin elle se trouvait fourrée avec le soupçon de revente de drogue.

Alors Kim craqua et avoua après quelques dernières réticences habituelles dans ces circonstances :

— Je suis étudiante en langues à l'université de Talence.

— OK, mais encore ! Ce fric, d'où vient-il ? tonna Malou les yeux rivés dans ceux charbonneux de la petite Asiatique.

— C'est pour payer mes études, mentit-elle sans conviction.

— Si tu continues à me prendre pour une conne, on t'embarque, se fâcha Malou en faisant mine de se lever de la chaise en formica et de saisir sa paire de pinces.

— Non, non ! Je vais me faire expulser et j'aurai des ennuis au retour dans mon pays. Ma famille s'est endettée pour payer mes études en France. Mes parents ne me pardonneront jamais de les avoir déçus, énonça Kim de plus en plus mal à l'aise d'une voix chevrotante avec un voile de tristesse nimbant ses yeux bridés.

— Écoute, si tu ne vends pas de la came, alors tu fais la pute ! balança Malou qui la sentait craquer et commençait à en avoir vraiment marre de cette petite nana faisant des difficultés pour avouer la provenance de toutes ces coupures et expliquer son surnom Kim.

— Oui, lâcha Kim en baissant la tête piteusement. Pour payer mes études, je suis escort-girl occasionnellement le week-end, mais je vous jure ne pas toucher à la drogue.

— Arrêtons de jouer sur les mots ! Tu te prostitues… et en France, c'est répréhensible. Et ton nom de pute, c'est Kim. Combien demandes-tu par passe ?

— Deux cents euros l'heure, admit Kim gênée.

— Les deux mille euros correspondent à ta recette depuis le début du week-end ?

— Oui, reconnut piteusement Kim le regard rivé sur le sol carrelé.

— T'as réalisé dix passes depuis hier ? T'es une étudiante sacrément bosseuse durant le week-end ! T'as un mac ?

— Non, non… Kurt m'a bookée pour la nuit. Je lui ai demandé huit cents euros. C'est quoi un mac ?

— Un maquereau, un souteneur. Ça représente quand même au moins sept passes ! Tu ne chômes pas pour une soi-disant occasionnelle, conclut Malou satisfaite d'avoir tiré les vers du nez de cette petite prostituée déguisée en étudiante modèle. Nous, que tu tapines, on s'en fout. Cette activité illicite concerne la brigade des mœurs. On a d'autres chats à fouetter. Je fais partie de la brigade criminelle bordelaise. As-tu un souteneur ?

— Non, j'ai pas de souteneur, je suis indépendante.

Par contre, l'évocation du mot « criminelle » fit blanchir encore un peu plus le teint pâle de la Coréenne. Cependant, elle osa demander en relevant la tête :

— Je n'ai pas compris : ta… tapine…

— OK, c'est vrai, tu es coréenne. Cela signifie que tu te « prostitues », précisa Malou en insistant sur ce dernier mot. Que sais-tu des occupants de cet appartement ? enchaîna Malou décidée à lui faire cracher le morceau jusqu'au dernier.

— Rien, je vous assure que je ne sais rien de plus. Je n'avais jamais mis les pieds dans cet immeuble avant ce jour. Je le jure sur la tête de mes ancêtres, assura Kim de plus en plus blême et inquiète par la tournure de cette histoire.

— Bon, laisse tes aïeux en dehors de cette affaire… Je veux bien te croire. On va voir ce que l'on va faire de toi.

Malou continua à la questionner un moment et s'aperçut que cette Park Sun-Hi ne connaissait pas les occupants du lieu et ne semblait en aucune manière être complice de leurs activités criminelles. Elle appela Max pour l'informer du résultat de l'interrogatoire de la Coréenne. Max décida de la faire convoquer par les Mœurs pour la faire ficher. Avant de sortir, il observa les lieux de près. Une banale cuisine d'un logement ancien du vieux Bordeaux, constata-t-il attiré par l'évier encombré de vaisselle sale, où trônaient deux bouteilles vides identiques. Il en saisit une :

— T'as vu Malou ! Ils ne s'emmerdent pas les colocs, deux boutanches de Pauillac Grand cru 1996, château Rouge Gironde, troisième cru classé en mille huit cent cinquante-cinq. La cam, ça rapporte !

Malou se chargea d'informer Kim de la suite de la procédure à son encontre.

Kim se décomposa et se mit à pleurer. Une fois calmée, Malou lui redonna son sac à main avec les deux mille euros et lui recommanda de stopper sans délai la prostitution, puis elle la libéra. Aussitôt, la Sud-coréenne quitta les lieux comme si elle avait le diable à ses basques. Cet interrogatoire couplé à une visite à la brigade des mœurs devrait a priori la remettre sur le chemin des études.

Quant au dénommé Kurt, il ne se révéla pas très coopératif. Suite aux barres de shit découvertes dans sa chambre, les huit cents euros dépensés pour se payer une pute pour un étudiant, la balance cachée dans une des chambres, Max décida de l'emmener faire un tour à l'hôtel de police pour le cuisiner un peu plus. Ainsi, une heure après leur arrivée dans cet immeuble du quartier de la Victoire, tous trois en ressortirent accompagnés de l'étudiant allemand Kurt Bauknecht.

☆

Pendant ce temps, Ben décortiquait les enregistrements vidéo des différentes stations du tram de la ligne A entre Bordeaux rive gauche et son terminus nord à Bassens La Gardette Carbon-Blanc. Un instant, il crut découvrir la personne recherchée. Une silhouette féminine assez floue sur l'écran ressemblait à la suicidée. Montée à l'arrêt Jean Jaurès, son allure correspondait, le manteau gris également. Par contre, elle n'était pas chaussée des fameux escarpins Versace. Après de multiples visionnages, la conclusion s'imposa : cette dame n'était pas la disparue.

Un peu avant le retour de Max de sa visite domiciliaire avec Fred et Malou, Ben amorça la lecture de l'arrêt et tête de ligne, La Gardette à Bassens. Par ce moyen, au début, il croyait dur comme fer à une découverte facile et rapide de la fille. Néanmoins, après plus de trois heures le nez collé à l'écran, il sentait poindre l'échec de cette stratégie orientée sur l'analyse de la vidéosurveillance.

Il terminait le visionnage de la montée du tram matinal de six heures quarante, quant au dernier moment, une jeune femme élégante aux longs cheveux bruns, vêtue d'un manteau gris anthracite, apparut en courant dans le champ de la caméra et s'engouffra in extremis dans la voiture de queue avant la fermeture des portes. L'extraction d'un gros plan relativement net de la passagère dévoila sans ambiguïté la présence à ses pieds des chaussures grises Versace.

A priori, il existait une forte probabilité pour que cette femme habitât Bassens ou Carbon-Blanc, sauf si c'était une utilisatrice du parking relais situé à proximité de l'arrêt.

Sans tarder, Ben contacta la gendarmerie de Carbon-Blanc, compétente sur le secteur, et adressa la photo de la présumée victime. Ce jour-là, trois gendarmes assuraient la permanence. Le réceptionnaire du cliché n'avait aucune idée de l'identité de la jeune femme. Il appela ses deux collègues à la rescousse. Le plus jeune des deux resta interloqué devant le portrait présenté.

— Tu la connais ? demanda l'adjudant-chef, responsable de l'équipe de garde, percevant son subordonné déstabilisé par la photographie.

— Hum… Pour sûr ! C'est une habitante du quartier Favols. Je ne sais pas son adresse exacte. Elle loge dans un appart situé dans une petite résidence donnant sur la place Mendès-France.

— Tu es sorti avec cette fille ! le chambra le sous-officier.

— Pour tout dire, lors d'une soirée, il y a environ deux ans, j'ai flirté avec elle et terminé la soirée chez elle.

— C'était un bon coup ? s'enquit le troisième un sourire grivois aux lèvres.

— Je ne crois pas que ce soit le sujet du jour ! répondit avec agacement le jeune gendarme devant l'humour sexiste déplacé de son collègue.

— Tu dois bien posséder ses coordonnées personnelles, son numéro de téléphone peut-être ? réagit aussitôt son chef.

— Il me semble l'avoir. Je vais chercher mon portable personnel au vestiaire.

Une minute plus tard, le gendarme réapparut triomphant, l'appareil en main.

— Elle se nomme, Ludivine Fontan, environ une trentaine d'années. Ce soir-là, elle m'a raconté terminer l'école de la Magistrature de Bordeaux pour devenir avocate.

La consultation du fichier des avocats bordelais sur l'ordinateur de service la trouva rapidement. Maintenant, elle travaillait dans un cabinet d'avocats d'affaires basé aux Chartrons, la S.A. Lucasse-Chartrons.

Le gendarme ayant pris l'appel de Ben le rappela dans la foulée et lui transmit les coordonnées de la fille, ravi de montrer aux collègues de la police la compétence et la célérité des militaires.

☆

La garde à vue de Kurt débuta. Son interrogatoire était en cours. Après une phase de mutisme, le jeune Allemand maintenait mordicus sa version initiale. Kim était sa copine et il ne connaissait rien de la vie de Bruce Madeiro. Max sentait que cet étudiant étranger cachait quelque chose. Ses bouffées de chaleur, les quelques gouttes de sueur perlant sur son visage, le pétrissage de ses mains moites, parlaient pour lui. Kim avait avoué tapiner et reconnu que Kurt avait payé pour coucher avec elle.

Le shit et la balance, Max s'en fichait éperdument, cependant ces deux éléments pouvaient toujours servir pour amener Kurt à une meilleure coopération. Ce jeune d'outre-Rhin avait sollicité les services d'une prostituée. Depuis peu, l'achat d'actes sexuels constituait un délit. L'ordinateur saisi dans sa chambre recelait tous les messages compromettants échangés avec la Coréenne pour la prise du rancard.

Ben interrompit Max par téléphone :

— Qu'as-tu appris de nouveau ? interrogea Max.

— Notre inconnue s'appelle Ludivine Fontan. Elle habite Carbon-Blanc et travaille dans un cabinet d'avocats d'affaires des Chartrons. La brigade de Carbon-Blanc se rend à son domicile pour vérification.

— Parfait ! Je termine l'interrogatoire de Bauknecht. Ensuite, je réunirai l'équipe.

De retour auprès de Fred qui avait poursuivi l'audition de Kurt pendant sa courte absence, Max déclara :

— Écoute Kurt ! J'ai tout mon temps. Si tu persistes sur cette voie, quarante-huit heures d'interrogatoire t'attendent quasiment sans manger et boire, ni dormir bien entendu. En suivant, je te fais inculper pour trafic de drogue, proxénétisme puisque la pute Kim est ta copine, ainsi que d'obstruction à une enquête criminelle. Inutile de te dire que tu n'es pas près de remettre les pieds à la fac, ni de revoir ta verte Bavière ! Pour l'*Oktoberfest* de cette année et de celles à venir, tu repasseras ! Si tu te décides à me dire ce que tu sais sur ton colocataire Bruce Madeiro, je laisse tomber la drogue et l'accusation de proxénétisme. Demain tu pourras assister à tes cours et en octobre descendre des chopes de lager en te goinfrant de saucisses au son des orchestres bavarois des tavernes.

— Pour le shit, vous êtes prêt à l'oublier ? Pour la fille aussi ? questionna Kurt le teint blême, les mains crispées sur les barreaux de sa chaise, visiblement touché par la tirade de Max et la perspective d'un séjour à l'ombre.

— Tu comprends le français ou faut-il que je te le traduise dans ta langue maternelle ? s'agaça Max, l'œil mauvais.

— OK Commissaire. J'ai payé pour baiser avec Kim. C'est une escort-girl, admit enfin Kurt d'une voix mal assurée.

— On est d'accord, c'est une pute ! Et pour ton coloc ? Dis-moi ce que tu sais, avant que je change d'avis ! insista Max qui sentait le jeune étudiant en train de craquer.

— Je ne sais pas grand-chose… Je le connais peu.

— Mais encore ! poursuivit Fred d'un ton glacial.

— C'est vrai, je ne l'ai pas revu depuis jeudi matin. Il est parti avant moi, concéda Kurt à contrecœur.

— Comment était-il habillé ? Tenait-il quelque chose, un sac par exemple ?

— Il portait un blouson de couleur foncé… et un sac à dos en bandoulière.

— La couleur exacte du blouson, gris, bleu, noir ? appuya Fred.

— Plutôt anthracite ou noir, précisa Kurt.

— Et le sac ?

— Un sac à dos noir… Oui, c'est ça.

— Ses habitudes, ses fréquentations ? enchaîna Max bien décidé à terminer de lui tirer tous les vers du pif.

— Je l'ai toujours vu seul. Une fois, il m'a raconté qu'il se rendait souvent dans une… propriété viticole du Médoc et dans les Landes.

— Où ça dans le Médoc ? Le nom du château ?

— J'sais pas.

— N'abuse pas de ma patience ! Où ça dans le Médoc ? réitéra Max d'une voix agacée.

— Je ne me souviens pas du nom. Parfois, il y travaille… et rapporte des bouteilles.

— Château Rouge Gironde ?

— Oui, c'est ça.

— Et dans les Landes ?

— J'sais pas Commissaire ! cria presque Kurt, la panique dans les yeux, à deux doigts de pleurer.

— Est-ce qu'il portait des baskets jeudi matin ?

— Non, non… ! Il met toujours une paire de rangers, lâcha Kurt d'une voix sincère.

Max et Fred firent le point. Ils conclurent que Kurt n'en savait pas plus. Ils avaient l'intime conviction que Bruce Madeiro était l'un des suspects.

Max déclara :

— Kurt, je te relâche et je mets fin à ta garde à vue. J'oublie la came pour le moment… et l'emploi d'une prostituée. N'oublie pas de m'appeler si Bruce réapparaît ou te contacte ! Voilà le numéro à composer ! Un conseil, tiens bien ta langue. Autrement, cela pourrait être dangereux pour toi ! Et la Coréenne, tu laisses tomber définitivement ! On t'a à l'œil ! D'accord ?

— Oui Monsieur le Commissaire, admit Kurt pris dans la souricière de l'affaire Fontan, soulagé de s'en sortir sans passage devant un juge.

☆

Max réunit les membres présents de son équipe en cette fin d'après-midi dominicale pour réaliser un point sur les dernières investigations.

— Un des suspects est identifié, un petit voyou de quartier, Bruce Madeiro, dit le Tatoué. Il crèche du côté de la place de la Victoire. Je fais mettre en place une surveillance de l'immeuble. Toutefois, peu de chance qu'il réapparaisse dans les jours à venir. On possède une piste du côté d'une propriété viticole médocaine, le château Rouge Gironde, plus une autre dans les Landes. C'est mince, mais mieux que rien. La victime est aussi identifiée, Ludivine Fontan de Carbon-Blanc, trente-deux ans, avocate d'affaires dans un cabinet des Chartrons, la S.A. Lucasse-Chartrons. Dès demain, Fred et Malou, trouvez-moi tous les renseignements possibles sur ses dirigeants, salariés, clients et activités, afin que je puisse rendre une petite visite à ce cabinet d'avocats d'affaires. La brigade de Carbon-Blanc a constaté l'absence de Ludivine Fontan de son domicile du quartier Favols. Une rapide enquête de voisinage confirme que personne ne l'a aperçue depuis jeudi matin lors de son départ au travail. Ses parents sont décédés dans un accident de voiture. Fille unique, elle ne possède plus de famille proche. Elle ne serait absolument pas dépressive, plutôt équilibrée et du genre réservé. La disparue vit seule et ne semble pas entretenir une relation avec un petit ami attitré. Ses fréquentations paraissent très limitées, peu de véritables amies. Ces dernières informations étayent le fait que personne ne se soit soucié de sa disparition. Son absence au travail d'un jour seulement et la non-parution de ce fait divers dans la presse peuvent aussi expliquer le silence de son employeur. Pour l'instant, seul le portrait de la jeune femme sera publié dans la presse pour signaler une disparition inquiétante. La brigade fluviale n'a toujours pas retrouvé de corps, malgré toutes les recherches menées depuis vendredi. Ben et Mot, vous éplucherez les fréquentations de cette femme, ses relevés téléphoniques, les circonstances des disparitions sur les cinq dernières années entre les ponts Saint-Jean et Chaban-Delmas et contacterez l'école de la Magistrature. Ben, renseigne-toi aussi sur ce château Rouge Gironde ! Fred et Malou, allez passer au peigne fin son appartement ! Qui sait ! Des questions ?

— Non Max, c'est clair, répondirent en chœur ses trois équipiers présents.

— Bonne soirée et à demain, conclut Max en prenant son téléphone pour informer Alex des derniers développements de l'enquête et valider sa stratégie.

2 – La prisonnière

Ludivine émergea lentement de son évanouissement. Plongée dans le noir absolu, elle ne savait pas où elle se trouvait. Un mal de nuque la lançait terriblement. Elle avait l'impression d'avoir une énorme bosse derrière le crâne. Machinalement, elle essaya de passer sa main droite derrière sa tête endolorie, mais son membre n'arriva pas à bouger. Alors seulement, elle se rendit compte que ses mains étaient liées au-dessus d'elle.

Lorsque son cerveau fut entièrement reconnecté, elle constata avec effroi être debout les bras tendus attachés par les poignets par sûrement un cordage suspendu à un plafond ou à une poutre.

Ludivine ne se souvenait plus de grand-chose. Elle se revit arrêtée comme chaque matin à l'endroit tragique le long de la promenade de la rive gauche en train de contempler le fleuve maudit, où son petit copain du moment avait disparu quatre ans auparavant sans signe précurseur. Celui-ci l'avait draguée pendant des mois. Alors qu'elle venait de céder à ses avances, il disparaissait tragiquement. Persuadée d'un homicide, elle n'avait jamais cru à la conclusion de l'enquête, un accident.

Les tombeurs impénitents n'étaient pas du tout son genre. Le coup d'un soir ne l'intéressait plus. Elle aspirait à fonder une famille. Et puis, lors de la dernière soirée organisée par l'amicale des élèves de l'école, il l'avait raccompagnée à son domicile. Elle avait couché avec lui. Sur l'oreiller, il lui avait déclaré son amour et assuré que toutes les précédentes ne comptaient pas. Malgré sa réputation, elle l'avait cru et fondait des espoirs pour l'avenir. Ils s'étaient quittés heureux avec la promesse de se revoir très vite.

Le lendemain, il se noyait. Que la vie pouvait se révéler cruelle parfois ! Pourquoi un tel destin ? Trop de morts violentes jalonnaient déjà sa courte vie ! Pourquoi le sort s'acharnait-il ainsi sur une jeune femme comme elle, emplie d'empathie pour les autres ?

Tout à coup, un flash revint. Elle se vit propulser vers les eaux glauques et limoneuses de la Garonne, comme si les flots l'appelaient à rejoindre cet amour étouffé dans l'œuf. Son cerveau lui jouait-il des tours ? Était-elle en train de délirer ? Non, cette vision semblait réelle. Par contre, elle ne se souvenait pas de la sensation de l'eau froide sur son corps. Elle percevait seulement avec effarement l'impression de suivre le même chemin que son défunt petit ami d'une nuit. Elle se revoyait en train de chuter dans le fleuve, vision fugace mais récurrente. Une énorme envie de crier son désespoir la saisit, cependant elle se retint dans l'attente de la suite. Était-elle morte et tombée dans l'enfer pour expier quelques fautes inavouées ou inavouables ? Après mûre réflexion, elle conclut qu'elle était vivante.

Une sensation de fraîcheur se fit prégnante. Son manteau avait disparu. Elle se trouvait attachée, vêtue de son collant, de sa jupe et de son petit pull léger porté sur un fin chemisier.

Elle se dandinait sur place et n'arrivait pas à conserver sa stabilité. Alors, elle comprit la raison de ce déséquilibre, sa chaussure droite manquait.

Dans le noir, Ludivine s'évertua à essayer de discerner quelque chose, de trouver un repère. Elle eut beau écarquiller les yeux, battre des paupières, tordre le nez pour repérer des odeurs, humer l'air à pleins poumons, le noir absolu et silencieux l'emmitouflait. Et pour couronner le tout, ce mal de crâne la lançait. Cette position très inconfortable et épuisante au fil du temps tétanisait ses muscles des bras et des épaules, et l'épuisait. Que lui était-il arrivé ? Elle, la jeune et brillante avocate sortie major de sa promotion, promise à une belle carrière.

Alors seulement, Ludivine saisit. Elle était prisonnière. Ses habits semblaient secs. Elle n'avait donc pas plongé dans le fleuve.

Avait-elle fait un malaise et basculé par-dessus la rambarde ? Avait-elle été balancée hors de la promenade ? Ces deux interrogations la glacèrent de frayeur.

Par qui, et pourquoi ? Toutes ces questions la taraudaient et maintenaient ses neurones en ébullition. Même en cas d'étourdissement, une chute par-dessus le haut garde-corps longeant cette section des quais lui paraissait fortement improbable. De plus, elle ressentait une sensation diffuse de mains étrangères sur ses chevilles et son dos. Un autre flash lui vint : l'impression que d'autres bras l'attrapaient, l'immobilisaient, la portaient, un moteur qui s'emballait, puis une douleur foudroyante au niveau de la nuque suivie d'un trou noir. Ce n'était donc pas un accident, mais un enlèvement.

Son cœur cognait de plus en plus fort dans sa poitrine. Elle se força à respirer lentement, suivant l'enseignement de son professeur de tai-chi.

☆

Le seul bruit perceptible dans cet environnement obscur ressemblait à un ronronnement d'un ventilateur ou d'une climatisation se déclenchant à intervalles réguliers.

Subitement, un projecteur la prit dans son halo de lumière blanche crue et l'éblouit. Elle baissa la tête pour échapper à cette lueur aveuglante, mais perçut nettement une présence dans la partie obscure de la pièce. Un léger frémissement ponctué d'un bruit de pas se manifesta. Aussitôt, une ombre sournoise l'attrapa par l'arrière de la tête et la bâillonna sans ménagement avant que ses cris de terreur ne puissent résonner.

En se débattant, elle fixa de ses yeux exorbités l'obscurité au-delà du halo de lumière la tenant prisonnière tel un papillon de nuit. Malgré toutes ses contorsions, elle ne put discerner rien, ni personne. Ses tortillements désespérés pour échapper à ses liens et au bâillon ne réussirent qu'à l'accentuation de la douleur irradiant ses poignets liés et son crâne.

Soudain, Ludivine distingua avec effroi deux grosses mains inconnues se poser sur ses hanches fines, puis remonter et parcourir avec délicatesse les courbes de son anatomie, palper lascivement sa poitrine. Lorsqu'elles atteignirent son cou délicat, elle crut sa dernière heure venue. Mais, les mains saisirent sans ménagement son petit pull en coton par le col et le déchirèrent d'un coup sec. Ensuite, elles s'attaquèrent à son chemisier qui se retrouva en lambeau sur le sol. Le zip de sa jupe descendit contre son gré et les mains achevèrent de la faire glisser jusqu'à ses chevilles.

La voilà en collant, string et soutien-gorge, offerte sous cet éclairage intense. Ludivine paniqua et pensa qu'on allait la violer, puis la tuer et, qu'ensuite son corps serait brûlé pour faire disparaître toutes traces de cet immonde forfait. Son unique escarpin fut retiré. Cette action l'obligea encore plus à se dandiner sur la pointe des pieds. Alors, les pas s'éloignèrent aussi discrètement qu'ils étaient venus. Aucun mot n'avait été prononcé, juste ses hurlements étouffés troublaient le silence oppressant de sa cellule.

Que signifiait cette mise en scène ? Le viol était-il simplement repoussé, afin que la peur puisse s'immiscer encore plus dans son esprit déjà bien perturbé et dans son corps empêché, que ses pleurs redoublent d'intensité, que ses gémissements deviennent des prières implorantes, qu'elle ressente l'approche de sa fin au plus profond de ses tripes. Toutes ces interrogations sans réponse minaient son cerveau embrouillé. En fait, tout son être réclamait le droit de hurler un seul mot : pourquoi ? Malheureusement, ce bout de chiffon entre ses dents ne laissait filtrer que des gargouillis et des phonèmes impénétrables.

Une sensation de fraîcheur la tira de ses lamentations. Il ne faisait pas particulièrement froid dans ce local. Néanmoins, presque en tenue d'Ève, la chair de poule hérissait sa peau nue.

Après une attente interminable, Ludivine entendit nettement des pas arrivés face à elle. Dans le halo lumineux apparut une personne. Homme ou femme ? L'apparition se trouvait vêtue d'une cape noire couvrant tout son corps avec une capuche sur la tête, les mains gantées de noir, le visage masqué d'une cagoule sombre également. Même ses yeux se dissimulaient derrière des lunettes fumées.

Sans façon, la forme humaine dégrafa son soutien-gorge, puis retira son collant et son string. Ludivine ne lutta même pas. Cela ne servirait à rien, sinon à prolonger son calvaire. Elle savait la suite. D'une façon, elle était prête. En tout cas, elle ne pouvait rien pour l'éviter. Que ses bourreaux prennent son corps si le destin l'exigeait ! Ils n'auront rien d'autre. Qu'ils en finissent vite ! Son corps et sa tête s'étaient déjà déconnectés, le premier prêt à souffrir, la seconde prête à mourir.

À sa grande surprise, son tortionnaire se retira à nouveau sans un mot. Habillée seulement par la lumière blafarde du projecteur, sa nudité dévoilait sa jolie poitrine devenue arrogante à cause de la fraîcheur ambiante.

Ludivine s'imagina objet de l'observation de plusieurs personnes se délectant de la vision de son agréable anatomie à la merci de leurs fantasmes morbides.

Oui, elle était belle, même très belle. Elle en avait conscience depuis son adolescence : les sifflets endurés sur son passage, les propositions déplacées entendues, les regards inquisiteurs lubriques de la part d'inconnus obsédés par leur entrejambe, dotés d'une petite cervelle de moineau en chaleur susurrant en boucle : *je me la ferais bien.*

Le même fantôme obscur réapparut avec en main un objet identifié par Ludivine comme une cravache. Toujours sans une parole, l'ombre lui fit sentir le cuir dur sur son ventre plat et décrivit des arabesques sur sa chair sans défense.

Sans prévenir, la cravache s'abattit sur son fessier, puis sur l'ensemble de son corps, sans épargner ses parties les plus sensibles.

Ludivine sentit ses fesses la brûler sous les coups répétés.

Combien de temps dura ce traitement inhumain et avilissant ? La sensation de froid se trouva remplacée par une impression de chaleur cuisante. Ses yeux virent avec frayeur sa peau virer au rouge écrevisse. De temps en temps, la main gantée libre vérifiait l'effet de la badine sur la chair zébrée.

— Arrête ! ordonna une voix masculine cachée dans le noir d'un ton tranchant.

Immédiatement, les coups méthodiques stoppèrent et son bourreau se retira sans un mot, la laissant seule et percluse de douleurs lancinantes sous l'éclairage cru. Durant tout ce traitement ignoble, Ludivine avait hurlé à pleins poumons. Mais, tous ses cris s'étaient étouffés dans le bâillon avec pour unique résultat de se baver dessus.

Ludivine ne comprenait pas du tout ce qui se passait. On ne l'avait toujours pas violée, alors qu'habituellement la majorité des mâles rêvaient de la baiser. Pourquoi la martyrisait-on ainsi ?

Était-elle prise en otage par une quelconque secte sado-masochiste ? Voulait-il une rançon pour la libérer ? Pourquoi tout cela ? Pourquoi… ?

Sa tête bouillonnait d'interrogations et de suppositions. Cet intense et épuisant effort de réflexion lui permit de mieux supporter l'ensemble des souffrances endurées par son corps. Elles ne ressentaient presque plus ses bras complètement tétanisés par la durée de son supplice. Ses muscles ne paraissaient plus lui appartenir.

Comment des personnes sensées pouvaient accepter de souffrir attachées, battues et humiliées dans des clubs spécialisés devant un parterre d'initiés se délectant du spectacle ? Ces mateurs en tiraient soi-disant un plaisir, même une jouissance ! Que les êtres humains pouvaient être tordus, parfois !

Au bout de sa corde, Ludivine fatiguait sérieusement et commençait à éprouver des difficultés à lutter pour son maintien d'aplomb. Cette situation arrachait ses épaules. La notion du temps lui échappait de plus en plus. Même les douleurs engendrées par cette très inconfortable position devenaient irréelles.

Tout à coup, l'éclairage s'éteignit et un bandeau masqua ses yeux avec fermeté. La tension de la corde se relâcha. Enfin, on la détachait. Elle ne tenait plus debout après cette éprouvante et longue punition. Des bras inconnus la prirent sous les aisselles et par les chevilles et l'emportèrent comme un vulgaire sac de patates, puis la déposèrent sur le dos sur un lit étroit.

Le bandeau l'empêchait de voir. Toutefois, Ludivine se rendit compte qu'on l'attachait bras et jambes écartés à la couche. Le moment fatidique du viol approchait. Elle en était persuadée. De toute façon, après toutes les souffrances endurées par son enveloppe corporelle, après toute l'affliction encaissée par son psychisme, cet acte odieux ne changerait plus grand-chose, sinon ajouter une autre épreuve à son calvaire.

Une fois de plus, la suite différa de celle crainte.

Un produit tiède se répandit sur sa peau irritée et une main douce la massa entièrement, assurément une main féminine d'après le doigté. Immédiatement, les douleurs des marques laissées par la cravache s'estompèrent. Ensuite, détachée et rattachée étendue sur le ventre, la même main s'occupa de la face postérieure de son corps avec la même délicatesse. Résultat identique, ses brûlures s'apaisèrent, en particulier celles de ses fesses fortement corrigées.

Cet onguent détenait des pouvoirs magiques pour produire un tel effet aussi rapidement sur sa peau martyrisée. Une lueur d'espoir réinvestit son cortex cérébral malmené. Rattachée sur le dos au lit métallique, son heure n'était pas encore venue !

☆

La geôle de Ludivine était chauffée, car malgré sa nudité l'impression de fraîcheur avait disparu.

Une voix d'homme résonna dans la pièce :

— Ludivine Fontan, si tu es sage, tes conditions de détention s'amélioreront. Cela dépend uniquement de toi ! Tu n'as aucune chance de t'échapper ! Alors, si tu tiens à la vie, fais-toi une raison et obéis !

Elle essaya de poser les questions la taraudant depuis son réveil :

— Pourquoi suis-je prisonnière ? Que me voulez-vous ?

Malheureusement avec le bâillon entre les dents, elle ne put articuler. Ses interrogations se transformèrent en plusieurs borborygmes. Seule l'expression de son visage devait révéler son questionnement.

Pour toute réponse, la voix masculine énonça à proximité de ses oreilles avec fermeté :

— Ludivine, je te répète que tes conditions de détention dépendent de toi, uniquement de toi ! Imprime bien mes propos dans ta petite caboche d'avocate ! Ma collègue s'occupera de toi, tu l'appelleras Samantha !

Ludivine se surprit à répondre oui avec sa tête, comme si on sollicitait son avis. Elle était déjà en train d'accepter son sort, sa condition de prisonnière. Pouvait-elle faire autrement ?

Elle essayait de réfléchir depuis combien de temps elle se

trouvait en ce lieu. Elle n'avait ni bu, ni mangé, ni uriné depuis des heures et des heures. Une impression de soif intense la prit à la gorge, ainsi qu'une envie pressante de se soulager. Dans un ultime réflexe d'amour-propre, elle se contorsionna sur son lit de galère pour éviter de faire sous elle.

Sa geôlière s'en aperçut et précisa :

— Ludivine, si tu as envie de pisser, secoue le menton !

Immédiatement, un grognement étouffé ponctué de plusieurs coups de menton, répondit à l'interpellatrice.

— Ludivine, je vais t'emmener aux toilettes. Attention ! Laisse-toi faire et tout se passera bien ! Je te donnerai à boire si tu le souhaites, précisa la dénommée Samantha.

La matrone détacha ses poignets endoloris de la tête de lit et la fit asseoir pour lui lier les mains derrière le dos. Ensuite, elle défit les liens retenant ses chevilles et massa ses pieds avec soin pour rétablir la circulation du sang. Elle l'aida à se lever avec précaution après toutes les heures passées pendues à une corde et attachées sur un lit. Guidée jusqu'à un cabinet de toilettes localisé dans un renfoncement de la pièce, Ludivine eut du mal à uriner sous la surveillance de cette femme malgré son besoin urgent et, qui sait sous le regard d'autres personnes ? De toute façon, le choix ne lui importait pas. Sa pudeur déjà bien mise à mal, son amour-propre aussi, sa vessie se laissa aller.

La gardienne la ramena sur le lit, défit son bâillon, essuya la bave coulant de sa bouche et épongea son visage avec un gant trempé dans de l'eau fraîche.

Après quelques bouffées d'air bienfaitrices, sa première réaction fut de hurler, mais elle se retint in extremis en se rappelant pertinemment que cela ne servirait à rien, sinon à durcir ses conditions carcérales et à mettre sa vie en danger.

Ludivine médita sur l'évolution de son sort. Malgré son emploi pénitentiaire au service du mal, cette dénommée Samantha manifestait une certaine forme d'humanité. Elle s'occupait d'elle normalement, si l'on peut dire, et la traitait sans violence depuis la correction sadomasochiste, voire avec une relative douceur.

Apparemment, ses ravisseurs ne souhaitaient pas la tuer, enfin pas encore. Dans ce cas précis, ils ne prendraient pas soin d'elle. Ils l'avaient enlevée, battue, affamée et assoiffée. Incontestablement, ses supplices représentaient une mise en condition afin qu'elle comprenne son destin présent et se résigne à un avenir obscur où sa volonté ne compterait plus. Ils allaient réclamer une rançon pour sa libération, mais à qui ? Elle ne possédait plus de famille proche. La meilleure solution qui s'imposa à son esprit en ébullition : elle devait jouer à la prisonnière modèle pour souffrir le moins possible physiquement et psychologiquement et essayer d'amadouer cette gardienne en dévoilant quelques bonnes dispositions à son encontre.

— Je vois que tu piges vite. Ici, essayer de crier ne servirait à rien, sinon à subir un dressage plus dur ! lui glissa Samantha.

— Qui êtes-vous ? Pourquoi parlez-vous de dressage ? Je ne suis pas un animal !

— Ludivine, les humains se dressent aussi. Tu le sauras en temps utile. Appelle-moi Samantha ! Veux-tu boire ?

— Oui Samantha.

Samantha lui glissa une paille dans la bouche et ainsi Ludivine avala l'équivalent d'un grand verre d'eau fraîche.

— Lorsque tu auras faim, demande-le-moi ! Si tu persistes à te tenir tranquille, j'enlèverai le bandeau de tes yeux et libérerai tes mains, précisa Samantha sur un ton plutôt aimable.

— Merci Samantha, s'entendit répondre Ludivine d'une voix mal assurée.

La voilà déjà en train de remercier sa geôlière sans même réfléchir. Était-ce déjà l'effet du « dressage » ? Était-ce le début du syndrome de Stockholm ?

☆

Au bout d'une durée assez courte, sa gardienne menotta les chevilles de la prisonnière au sommier du lit métallique, délia ses mains, puis retira le bandeau. Ludivine éblouie par la lumière de la cellule mit un certain temps à s'habituer à ce violent éclairage artificiel. Elle découvrit son environnement : une pièce plutôt grande sans fenêtre aux murs en béton brut badigeonné de blanc avec pour tout mobilier, un lit, une chaise et une table de chevet. Deux ouvertures apparaissaient dans la paroi sur sa gauche. Elle identifia la première sans porte comme étant le cabinet de toilettes. La seconde comportait une porte blanche en acier, massive et fermée, l'accès à sa prison.

Une personne d'une quarantaine d'années se découpa dans son champ de vision. Ludivine découvrit une grande femme, aux traits hâlés et fins, avec des cheveux noirs coupés très court. Chaussée d'une paire de rangers en cuir noir fermés par deux boucles à ardillon, elle portait un jean bleu marine et un tee-shirt anthracite orné d'un phénix trahissant la musculature d'une adepte des salles de bodybuilding. Ludivine remarqua la présence d'une courte matraque attachée à sa ceinture et apparemment un poignard glissé dans son brodequin droit.

— Je suis Samantha, annonça d'emblée l'apparition.

— Samantha, s'il vous plaît, pourrais-je avoir mes habits ?

osa aussitôt quémander poliment Ludivine, rassurée par l'apparence abordable du visage de sa geôlière malgré son allure générale plutôt martiale.

— Ludivine, grave-toi bien ceci dans ton petit crâne d'œuf ! Tu ne possèdes plus de vêtements, plus rien, juste ta vie pour le moment ! lâcha la susnommée Samantha d'un ton glaçant.

Puis, elle ajouta d'une manière un peu plus amène :

— Durant ta détention, tu resteras en tenue d'Ève. La climatisation est réglée pour que tu n'aies pas froid.

Malgré les propos agressifs et peu rassurants de Samantha, Ludivine se risqua à poursuivre sa quête de renseignements :

— Pourquoi suis-je retenue ici ? Pourquoi ce traitement inhumain ?

— Je ne peux pas te répondre. Tout ça, tu l'apprendras en temps utile. Je te conseille à nouveau de te tenir tranquille, d'obéir aux ordres à la lettre, et tout se passera bien pour toi.

— Va-t-on me battre encore ou me violer ?

— Mon rôle consiste uniquement à te surveiller et à m'occuper de toi, précisa Samantha.

— Vous savez sûrement quelque chose ? insista Ludivine sans précaution.

— Écoute, même si je le savais, je n'ai pas le droit de t'informer de quoi que ce soit !

À cet instant, dans le plafond bétonné, Ludivine discerna une caméra à l'objectif dirigé sur sa petite personne. Ses geôliers pouvaient donc l'observer à leur guise et à son insu, vingt-quatre heures sur vingt-quatre, sans pénétrer dans sa cellule. Samantha capta le regard de la prisonnière accroché à la voûte.

— Ludivine, je constate que tu as remarqué la présence d'une vidéosurveillance. Même en mon absence, si tu as un besoin particulier, tu peux l'exprimer. La pièce comporte des micros. Toutes les paroles prononcées ici sont entendues et enregistrées.

Alors, Ludivine comprit que son enlèvement n'était pas le fruit du hasard, mais celui d'une opération préparée depuis des semaines. Les chances d'une méprise s'estompaient, celles d'une libération rapide aussi, celles d'une fuite relevaient d'un espoir utopique. Son moral continua à se dégrader et la pression à augmenter dans son cerveau semblable à une cocotte-minute au bord de l'explosion.

3 – Sur les traces de Ludivine

Lundi 23 avril deux mille dix-huit

Un serrurier mandaté ouvrit facilement la porte d'entrée du petit deux pièces occupé par Ludivine au-dessus d'un commerce fermé de la place Pierre Mendès-France de Carbon-Blanc.

Malgré l'habitude, Malou ressentait toujours un petit pincement au cœur en pénétrant dans l'intimité d'une personne disparue. Se dire qu'elle ne reviendrait plus, découvrir son antre tel que laissé à son départ, sans imaginer une seule seconde qu'elle passait la porte pour un aller sans retour, sinon pour l'enfer.

Actionnée par Fred, la lumière du couloir brisa l'obscurité régnant en maîtresse depuis quelques jours en ce lieu confiné. Malgré la ventilation mécanique contrôlée de l'appartement, l'atmosphère sentait le renfermé, couplé à une odeur forte et irritante prenant à la gorge. Dans l'entrée, faute de soin et victime de la chaleur et du noir, quelques délicates plantes vertes crevaient de soif et surtout de manque de lumière naturelle.

L'ouverture de la porte de la salle de séjour révéla aux deux enquêteurs une pièce parfaitement ordonnée, meublée classiquement d'une table et d'un buffet bas en pin des Landes *made in Poland*, d'un canapé en cuir blanc et d'une télévision à écran plat. Seules les diodes de la box Internet trahissaient une vie à l'arrêt. Dans un angle, un petit bureau accueillait un ordinateur portable branché sur le secteur, en mode veille.

Par contre, dans la chambre, un grand désordre régnait. Le couvre-lit bleu nuit recouvrant le grand lit était lacéré. Les rideaux déchirés pendaient tristement. Un gros ours en peluche gisait au sol, une oreille arrachée. Une odeur infecte et âcre prenait à la gorge.

— Fred, j'ai entendu un bruit, chuchota Malou la main gauche tendue vers le lit, le Glock pointé dans la droite.

— Fred l'imita et fit signe à sa collègue de s'écarter.

Silencieux tous deux, ils se demandaient ce qu'ils allaient découvrir sous le lit de Ludivine quand un petit miaulement ponctué d'un léger ronronnement se fit entendre.

— Y'a un chat sous le lit, annonça Malou. Elle remisa son pistolet dans son holster et se mit à quatre pattes sur la moquette sale pleine de poils.

— Miaou, miaou, émit-elle. Viens, n'aie pas peur, sors de là minette !

Un ronronnement plus appuyé ponctué d'un miaou de contentement lui répondit. Un jeune chat adulte à la livrée caramel sortit avec précaution de sa cachette et vint sentir, puis lécher les doigts tendus de Malou, la queue en l'air légèrement recourbée à son extrémité. Fred contemplait la scène avec bienveillance, son calibre à la main. Le minet non terrorisé par la découverte de deux étrangers semblait plutôt satisfait d'une présence humaine après ces quelques jours d'isolement et d'enfermement dans cet appartement.

— Fred, tu peux ranger ta force de frappe. Il ne va pas t'attaquer ! ironisa Malou.

Malou prit le chat dans ses bras, le caressa et le reposa à terre. Le petit félidé ravi sortit la queue dressée de la chambre et gagna la cuisine, suivi des deux policiers.

— C'est une chatte, précisa Malou.

L'odeur dans la cuisine était également pestilentielle. La litière débordait d'excréments et de pisse. La chatte avait continué à satisfaire ses besoins un peu partout le long des plinthes. Un distributeur de croquettes bien rempli lui avait permis de manger à sa faim. Par contre, la pauvre bête devait être assoiffée, sa réserve d'eau étant à sec. Malou lui donna immédiatement à boire. La chatte lapa un peu de liquide salvateur, puis frotta son museau en ronronnant contre sa bienfaitrice pour la remercier. Le petit félin venait déjà d'adopter cette nouvelle maîtresse bienvenue.

La fouille méthodique de chaque pièce commença.

— Fred, j'ai trouvé sous le traversin le journal intime de Ludivine, révéla Malou.

— Voilà un document très intéressant ! Moi, j'ai découvert dans un tiroir une série de cartes de visite classées par ordre alphabétique. Elle était méthodique la petite ! s'exclama Fred en brandissant sous le nez de Malou une carte de visite de couleur bleue.

Malou lut le nom inscrit, suivi d'une date.

— Non, ce n'est pas possible ! La chance est avec nous, s'étonna Malou. Augustin de Lescure, vendredi 30 mai 2014. C'est la veille de sa mort.

— Malou, regarde son journal intime à cette date !

Malou se précipita sur le document déjà emballé pour investigation et chercha avec fébrilité la fameuse date. Sans problème, elle déchiffra l'écriture fine et droite de Ludivine et resta coite devant le texte explicite et interloquée par une telle destinée.

Fred s'impatienta :

— Qu'as-tu trouvé Malou ?

« Vendredi 30 mai – Fête de l'école – Je suis sortie avec Augustin. Heureuse - amour. Il me l'a déclaré dans ma chambre. J'espère n'être pas déçue une nouvelle fois. »

Cette déclaration passionnée était agrémentée par le dessin d'un gros cœur coloré en rose avec à l'intérieur deux prénoms entrelacés : Augustin et Ludivine.

— Génial ! Mais, ça fait drôle de savoir qu'une jeune et brillante avocate tient un journal intime telle une adolescente à ses premiers émois, s'étonna Fred perplexe.

— Tu sais, c'est plus courant que tu ne le penses. Tu ne connais pas les femmes !

— Et toi, à ton âge, tiens-tu encore un journal intime ?

— Si c'est un interrogatoire, je ne répondrai qu'en présence de mon avocate, balança Malou en retour. Plus sérieusement, je n'en ai jamais tenu. J'ai toujours été un peu garçon manqué.

— Des garçons comme toi, j'en veux bien un dans mon lit chaque jour !

— T'es pas mon genre mon pauvre Fred ! Et puis, je ne suis pas à disposition de tous les mâles en rut !

L'appartement de Ludivine ne révéla rien d'autre présentant un intérêt pour l'enquête. Toutefois, les éléments recueillis paraissaient propices à une avancée significative vers la découverte de la vérité. Maintenant, tous ces fils épars devaient être reliés pour en faire une pelote utilisable.

— Malou, que fait-on de la chatte ? On la confie à une voisine ?

— Non ! J'ai toujours aimé les chats. Je vais la recueillir. Elle m'a déjà adoptée. J'ai aperçu un panier de transport dans un coin de la cuisine.

— Tu vas l'appeler comment, Caramel ?

— C'est une fille, plutôt Caramelle ! Le journal de la pauvre Ludivine me l'indiquera, conclut Malou en caressant la petite chatte en train de ronronner de contentement sur le buffet de la salle de séjour.

Fred contacta Max pour l'informer de leurs découvertes.

*

Pendant que Malou et Fred examinaient l'appartement de Ludivine, Max décida d'aller prendre l'air du côté des quais. Le temps ensoleillé se prêtait parfaitement à une flânerie le long de la Garonne. Néanmoins, Max affichait un tout autre objectif : rendre une visite de courtoisie à la S.A. Lucasse-Chartrons et appréhender l'environnement professionnel de la disparue.

Le cabinet d'avocats se trouvait hébergé dans un immeuble cossu en pierre blanche du dix-huitième siècle, récemment ravalé, situé à côté de nouvelles constructions emblématiques bordelaises, la Cité du Vin et le pont levant Jacques Chaban-Delmas. Une massive porte en bois vernis protégeait l'entrée de cet antre dédié aux conseils privés destinés à une clientèle fortunée ou bourgeoise. La richesse apparente de l'ensemble immobilier conférait une impression de respectabilité à la bâtisse au passé étendu. La sonnette en cuivre patiné d'un autre temps avec son gros bouton disposé au centre d'une plaque en marbre blanc accentuait encore cette empreinte d'honorabilité et de magnificence. La façade conservait pour la postérité, gravée dans la pierre, l'identité première de cet immeuble ancien grâce à deux tonneaux de vin sculptés au niveau du fronton. Les étages supérieurs s'ouvraient sur la magnifique vue de la courbe du port de la lune, ou seule naviguait la navette fluviale assurant la desserte entre les deux rives. Qu'il était éloigné le temps où le fleuve grouillait de gabares, d'embarcations de toutes tailles et de tous genres, résonnait des cris des marins et des dockers et des gazouillis des oiseaux attirés par cette effervescence nourricière !

Max sonna. Le grésillement de l'interphone fut percé par une voix féminine qui sollicitait poliment l'identité du visiteur.

— Commissaire Max Grabowski, brigade criminelle.

À l'évocation de son identité, la porte se déverrouilla. Max pénétra dans des locaux feutrés. Il longea un couloir carrelé, aux murs ornés de marqueterie ancienne, qui l'amena directement devant une jeune et courtoise secrétaire assise derrière son ordinateur de bureau dans un élégant chemisier prune souligné d'un collier en or blanc.

— Bonjour Monsieur le Commissaire. Pouvez-vous me dire l'objet de votre visite ?

— Bonjour Mademoiselle. Je voudrais rencontrer votre patron dans le cadre d'une délicate affaire, révéla Max en alignant son sourire le plus séduisant.

— Désolé, Monsieur le Commissaire ! Notre directeur, Maître Paul Lucasse est en déplacement à l'étranger pour la semaine, il sera de retour au cabinet le mercredi 2 mai. Mais, je peux voir si son adjoint, Maître François Delmonnec, peut vous recevoir, afficha la belle rousse. Elle se leva et dévoila une plastique digne d'une revue de mode.

— Bien entendu Mademoiselle ! Je suis certain que ce cher Maître va me consacrer une parcelle de son précieux temps, assura Max bien décidé à s'imposer si nécessaire.

Dans la minute suivante, un quinquagénaire brun de petite taille, rougeaud et ventru se profila devant Max dans un élégant costume trois-pièces moulant ses formes rondouillardes. Perchée sur ses escarpins aux talons effilés d'une douzaine de centimètres, assortis à son chemisier de marque, la secrétaire dominait l'avocat d'une tête.

— Bonjour Inspecteur Grabowski, veuillez me suivre !

— Commissaire Grabowski, brigade criminelle, rectifia Max d'un ton sec pour le mettre à l'aise. Bonjour Maître.

Calé dans un fauteuil cabriolet en cuir vert, Max observa quelques instants son interlocuteur qui jouait nerveusement avec ses mains fines et soignées, avant de dévoiler l'objet de sa visite.

— Un café Commissaire ? proposa Maître Delmonnec, gêné par le regard inquisiteur de son visiteur impromptu, auquel il tentait de se soustraire.

— Non merci. Maître, votre patron étant absent, je viens m'entretenir avec vous de la disparition de votre collègue, Mademoiselle Ludivine Fontan.

Max marqua une pause et observa la réaction de Maître Delmonnec ou plutôt l'absence de réaction.

— Oui… oui… Nous avons appris la triste nouvelle par le journal *Sud-Ouest*. Elle serait tombée dans la Garonne. Quel épouvantable drame ! lâcha l'avocat avec un air contrit de circonstance dénué de la moindre sincérité.

— La disparition d'un être humain est toujours dramatique. Aviez-vous noté des modifications dans son comportement ces derniers temps ?

— Non, non… Rien qui puisse présager un suicide ! Une jeune femme très professionnelle, une excellente avocate promise à une grande carrière, et de plus, très belle, quel gâchis Commissaire ! soupira François Delmonnec d'un ton monocorde sans conviction.

— Vous savez très bien Maître qu'il ne faut jamais se fier aux apparences, pour quiconque ! déclara Max. Traitait-elle des affaires sensibles ?

— Commissaire, pour nos clients, leurs affaires sont toujours primordiales et importantes. Mais, si vous désirez d'autres renseignements sur le cabinet, vous devez vous adresser à notre directeur, Maître Paul Lucasse, éluda habilement François Delmonnec tout en poursuivant le pétrissage de ses doigts de chirurgien aux ongles manucurés.

Max sentit une forme de réticence de la part du sieur Delmonnec à cette question somme toute anodine et logique en pareille circonstance. Il comprit qu'il ne tirerait rien d'intéressant du bonhomme et décida de ne pas faire perdre de temps à son énigmatique interlocuteur, ainsi qu'à lui-même.

— En tout cas, Maître, merci de m'avoir reçu au pied levé ! Au plaisir de partager avec vous un autre entretien ! conclut Max avec un léger sourire énigmatique aux lèvres. Il se leva sans le lâcher des yeux, tel un fauve avec sa proie.

— Au revoir Commissaire Grabowski, répondit François Delmonnec satisfait de se débarrasser de ce policier curieux au regard transperçant.

Sur le chemin de retour à son bureau, Max affichait une mine mitigée. Cette première prise de contact avec le cabinet d'avocats d'affaires n'avait apporté aucun renseignement sur la disparue. Il ne connaissait pas encore le directeur, mais son adjoint l'intriguait. Sous une apparence tranquille et plutôt débonnaire, une certaine anxiété semblait transpirer.

Un premier indice, son jeu de mains. D'accord, l'adage

assurant, *jeu de mains, jeu de vilains,* ne devait surtout pas être pris au premier degré. Par hasard, ce respectable homme de loi aurait-il des choses à se reprocher ? De plus, Delmonnec avait présenté une main molle et moite lors des salutations d'usage au moment de son départ du cabinet. Était-ce un signe d'inquiétude ou simplement une réaction physiologique d'un être stressé ?

Et puis, deux autres adages anciens jugeaient :

Les yeux sont éloquents quand la bouche est muette.

Veux-tu connaître la valeur d'un homme, regarde le droit dans les yeux, s'il les baisse, fuis-le !

Or, ses yeux n'étaient pas franchement ceux d'un individu au-dessus de tout soupçon et Delmonnec avait cherché à fuir les siens !

Troisième indice : L'avocat avait évoqué le suicide de sa collègue, alors que la presse n'avait évoqué qu'une disparition inquiétante.

L'amalgame de ces indices ne reposait donc sur rien de concret, sinon la vague impression d'un commissaire de police tel que Max, habitué à soupçonner tout le monde et à voir un coupable potentiel dans tout individu rencontré. Déformation professionnelle ou manque de confiance dans autrui !

Heureusement pour les citoyens, la justice ne condamnait jamais sur des impressions. Elle réclamait des preuves matérielles. Or à ce jour, dans ce dossier délicat, les preuves demeuraient maigrichonnes.

☆

Dès le retour de Max à l'hôtel de police, Mot entra

triomphant dans son bureau avec les fadettes du téléphone portable de Ludivine Fontan en main.

— Max, Ludivine a des contacts téléphoniques réguliers avec la mère d'Augustin de Lescure, presque chaque semaine, bizarre !

— N'oublions pas que nos deux disparus au même lieu se connaissaient par leur fréquentation de l'école de la Magistrature de Bordeaux ! Tu as raison, c'est troublant. Parle-moi de cette femme !

— Anne-Sophie de Lescure née De Castellane, cinquante ans, épouse de Maximilien de Lescure, vice-présidente de la société de négoce de vins de son mari, la S.A. Vinexprole, héritière unique d'une société de négoce basée dans le Var, la S.A. Médivarvin. Membre du Lions Club, engagée dans plusieurs actions philanthropiques pour l'Afrique. Tiens, j'ai tiré un portrait de la dame !

— Une belle plante blonde, ne fait pas son âge, où alors le cliché est retouché ! D'après ces quelques éléments, quand on pète dans la soie à la naissance, on se roule dedans toute sa vie. Cependant, cette noble étoffe ne protège pas des drames familiaux et des basses querelles.

À cet instant, les têtes de Fred et Malou se dessinèrent dans l'encadrement de la porte.

— Nos trouvailles dans l'appartement de Ludivine, annonça Malou en déposant devant Max le journal intime ouvert à la page du fameux vendredi 30 mai 2014 et la carte de visite.

Max lut la carte et le journal avec intérêt et observa durant plusieurs secondes le cœur aux prénoms entrelacés, Augustin et Ludivine.

— Maintenant, nous savons pour quelles raisons elle s'arrêtait tous les matins à cet endroit du quai et quel lien l'unissait à Augustin de Lescure et à sa mère. Et sans les enregistrements de la vidéo, la thèse du suicide serait confortée et l'affaire classée.

À son tour, Ben exposa le résultat de ses recherches sur le château Rouge Gironde :

— Depuis 2015, la propriété viticole est passée sous le contrôle d'un fonds de pension néerlandais et d'un investisseur français. Le Batave détient la majorité des parts et possède une multitude de sociétés basées dans différents pays du monde, immatriculées pour la plupart dans des paradis fiscaux. Le propriétaire français contrôle plusieurs maisons de négoce ayant pignon sur rue dans le Bordelais et en Charente, plus une société de consultants et des parts dans le cabinet d'avocats d'affaires Lucasse-Chartrons.

— Intéressant ! La brigade financière va nous aider à démêler les ramifications de cette holding hollandaise.

— Le maître de chai se nomme Norbert Meyer. Quadragénaire, professionnel reconnu dans le milieu du vin. Toutefois son casier comporte une condamnation avec sursis pour vol au détriment d'un de ses précédents employeurs. Il piquait du vin et le revendait à des comparses chargés de l'écouler. Lors du procès, son défenseur était Maître François Delmonnec du cabinet Lucasse-Chartrons. À l'époque de l'affaire Meyer, Delmonnec travaillait pour un autre cabinet bordelais spécialisé dans les affaires judiciaires classiques.

— On va rendre très rapidement une petite visite à ce château, annonça Max.

Max se posta devant son tableau blanc et y nota au marqueur les derniers éléments engrangés et les relia par des flèches avec les précédents. Il en profita pour mettre au jus ses équipiers sur le résultat de sa visite chez l'employeur de

Ludivine.

— Ce n'est pas parce que ce Delmonnec possède une allure de sacs à patates déguisée dans un costard de ministre qu'il est forcément un suspect ! osa Malou.

— Tu as raison. Toutefois, il faut réinterroger les habitants du quartier pour savoir s'ils se souviennent d'un fait particulier en ce fameux 30 mai. J'ai l'intime conviction que la clé de l'énigme recèle un lien avec le cabinet Lucasse-Chartrons. Je ne crois pas aux coïncidences. À quatre années d'intervalle, deux suicides ou accidents présumés au même endroit de deux personnes sorties ensemble, trop facile !

— Max, et si Ludivine Fontan avait été enlevée ? poursuivit Malou.

Les yeux rivés sur le tableau, Max réfléchit quelques instants avant de répondre à sa collaboratrice.

— C'est une possibilité. Assassinat ou enlèvement ? Ne fermons aucune porte à ce stade de l'enquête !

4 – Huis clos

Avocate d'affaires depuis environ deux années dans le cabinet bordelais S.A. Lucasse-Chartrons installé à proximité de la Bourse maritime sur le quai des Chartrons, Ludivine se remémora les derniers dossiers traités pour appréhender les causes d'un tel traitement inhumain.

A priori, sa société œuvrait selon la légalité. Depuis son embauche, elle n'avait remarqué aucune irrégularité, ni de fait délictueux. Son cabinet n'avait pas été assigné devant un tribunal, ni connu de conflit avec ses clients. Elle-même s'entendait parfaitement avec l'ensemble de ses collègues sans entretenir de relations extraprofessionnelles. La S.A. Lucasse-Chartrons négociait bien des affaires avec des pays considérés par la France comme des paradis fiscaux. En réalité, son cabinet se contentait de créer des sociétés offshore à la demande d'investisseurs cherchant à se soustraire au fisc français. Cette activité amorale était pourtant encadrée par la loi et régulière. Après, la gestion de tels comptes dépendait uniquement des clients ou de leurs intermédiaires basés dans ces pays à la fiscalité très avantageuse, voire inexistante.

Ludivine savait pertinemment la finalité de la création de telles sociétés écran : échapper au fisc français, blanchir de l'argent sale ou indûment gagné ou non déclaré. Toutefois, son cabinet intervenait exclusivement sur des bases légales, parfois à la limite grâce aux niches et lacunes du droit européen régissant toutes les transactions financières, malgré les incantations oratoires et les diverses gesticulations de nos gouvernants afin de moraliser les finances depuis la crise des *subprimes* de 2008.

Ludivine se rappela le récent scandale financier révélé par une enquête de journalistes du monde entier, la *Panama's paper*. Dans la liste des noms français dévoilés par la presse figuraient quelques Bordelais, dont deux clients réguliers de la Lucasse-Chartrons. Cependant, elle n'avait jamais traité leurs dossiers et ne les connaissait pas, sinon de vue au détour d'un couloir. À sa connaissance, aucun litige n'opposait son employeur à ces derniers.

Pourtant, d'après les maigres informations enregistrées, son enlèvement semblait prémédité. Ses faits et gestes devaient être observés depuis des semaines, sa vie personnelle profanée. Une telle ingérence dans sa sphère intime lui parut insoutenable, elle qui menait une vie très rangée presque ascétique, respectueuse de ses concitoyens et des lois.

Soudain, son cœur s'accéléra, sa peau frissonna. Des tremblements incontrôlés parcoururent son corps et l'agitèrent sur son grabat de malheur.

Et si ses ravisseurs ne voulaient pas de rançon ! S'ils la préparaient pour la vendre comme une vulgaire marchandise dans le cadre de la traite des Blanches !

Ludivine se remémora des histoires lues ou entendues sur l'immonde trafic d'êtres humains : de jolies femmes ou jeunes filles enlevées, puis mises sur le trottoir dans un autre pays ou vendues comme esclaves sexuelles à de riches hommes du

Moyen-Orient.

Suite à l'évocation de telles pensées si sombres, son estomac se mit à la brûler et un goût de bile remonta par son œsophage asséché. Elle évita de justesse de se vomir dessus.

En se raisonnant, Ludivine parvint à appliquer les méthodes apprises en cours de sophrologie et lors de séances de méditation. Elle reprit ses esprits, repoussa ses démons, et conclut que sa destinée ne comportait pas la case « esclave sexuelle ». Dans ce cas, elle aurait déjà subi des violences sexuelles. Visiblement, on la ménageait un peu, même si les traces de coups de cravache imprimés sur sa peau militaient pour le contraire. Sa matrone avait prononcé un mot terrible : dressage. Que recouvrait réellement cet odieux terme pour la gent humaine ? Elle tenta sa chance :

— Samantha ! se hasarda à crier Ludivine soucieuse d'éclaircir les divagations pessimistes de son cerveau.

Son appel résonna désespérément sur les murs dépouillés. Pourtant, quelques minutes plus tard, la porte grinça et Samantha apparut près de son lit de souffrances.

— Samantha, j'ai une question à vous poser.

— Parle ! intima Samantha d'un ton peu avenant.

— Vous avez parlé de dressage, pourquoi ? tenta Ludivine sans mesurer les conséquences possibles d'une telle demande directe.

— Ludivine, je te répète pour la dernière fois que je ne répondrai à aucune de tes questions.

— Vais-je être encore battue ? s'enquit Ludivine sans précaution.

— Cela dépend de toi, d'autres et de moi, répondit-elle avec un sourire narquois aux lèvres.

En suivant, sa geôlière prit en main la cravache pendue à sa ceinture et la fit courir délicatement sur la poitrine encore zébrée de sa prisonnière. Ludivine s'efforça de conserver son calme et une apparente impassibilité devant ce jeu déstabilisant et pervers.

— C'est vous qui m'avez battue ? insista-t-elle.

Sa gardienne la fixa dans les yeux et lâcha :

— Oui… Hum… Je n'ai rien dit !

Le rictus torve de Samantha se figea et un sentiment de panique l'envahit. En suivant, la cravache fouetta avec virulence le buste de Ludivine surprise. Libre de ses mains, elle chercha à protéger ses seins, mais une volée de coups s'abattit sur l'ensemble de son corps, excepté la tête. Elle cria, implora, se contorsionna et battit des mains comme un papillon aux ailes brisées pour échapper à la punition. Du coup, son bourreau énervé redoubla de violence et s'appliqua à martyriser ses zones les plus fragiles. Le corps de la prisonnière rougissait à vue d'œil.

— Pourquoi me frappez-vous ? hurlait Ludivine, les yeux voilés par des larmes de douleurs et de désespoir.

Samantha s'arrêta subitement et lança en remettant sa badine à la ceinture de son jean :

— T'es beaucoup trop curieuse, petite conne !

Puis, elle se retira et laissa la prisonnière affalée sur sa couche, la face antérieure de son anatomie grêlée de multiples marques rouges, percluse d'atroces douleurs déclenchées par les violents coups de cravache.

Ludivine pleura à chaudes larmes et comprit qu'elle avait perdu. L'espoir d'amadouer sa gardienne s'éloignait. Celle-ci ne s'était pas laissé prendre à ce jeu risqué. Par son questionnement inapproprié, ses chances d'amélioration de ses conditions de détention s'évanouissaient. Maintenant, elle risquait une maltraitance accrue. De plus, voilà que la faim la titillait de plus en plus. N'allait-on pas la priver de nourritures pour lui faire payer sa témérité langagière ?

☆

Samantha reprit sa place dans la pièce de contrôle et observa sur l'écran de l'ordinateur Ludivine. Cette frêle et jolie jeune femme semblait une proie facile à conditionner pour la suite réservée. En réalité, sous son apparence de petite-bourgeoise gâtée et peu habituée à la souffrance, la détenue cachait une force imprévue de caractère. Le dressage serait donc plus long que prévu. Par contre, cette petite citadine devrait se plier rapidement aux desseins de ses ravisseurs pour rester en vie. Ses patrons ne faisaient pas de cadeau. Samantha le savait pertinemment. De plus, au cas où Ludivine ne se comporterait pas comme une prisonnière modèle dans les jours à venir, ceux-ci risquaient de s'en prendre à elle-même et de l'accuser d'incompétence. Pourvu qu'ils n'écoutent pas la conversation, où par inadvertance elle avait baissé la garde et lâché une indication à cette stupide garce ! Dans ce cas, sa punition serait sévère. Un grésillement se fit entendre, suivi de la voix implorante de Ludivine, qui brisa le silence de la salle :

— Samantha, excusez-moi pour tout à l'heure ! Je me plierai à vos volontés. Vous m'avez promis de me donner à manger. J'ai très faim… et soif également.

Samantha saisit l'occasion offerte. Sans prendre la peine de répondre de vive voix à la captive, elle appuya sur le bouton de l'interphone et annonça d'un ton badin :

— Ludivine, tu n'es pas encore prête. Une période de jeûne te fera du bien… As-tu compris, rien à manger, rien à boire…

pour une durée indéterminée. Tu possèdes quelques kilos de trop. Et puis, le jeûne est excellent pour la ligne.

Ludivine sanglota à nouveau. Son estomac la tiraillait et clamait famine. Sa gorge sèche requérait de l'eau. Sa peau attendait l'onguent magique pour apaiser les douleurs lancinantes provoquées par sa dernière correction.

— Pitié Samantha, osa toutefois quémander Ludivine.

Samantha poursuivit son observation et ne répondit rien. Quelques jours sans manger amèneraient cette rebelle à comprendre que désormais sa vie dépendait exclusivement de ses ravisseurs, que son sort relevait plus de celui d'un animal de compagnie entièrement dépendant de ses maîtres que d'un être humain libre. Ses dernières réflexions la firent sourire. Une grande jouissance intérieure l'apaisa. Oui, quel que soit le fort caractère de Ludivine, quelles que soient ses capacités de résistance aux humiliations et châtiments, la prisonnière mangerait dans sa main dans quelques jours et serait prête pour sa nouvelle destinée. Sa tâche serait une nouvelle fois réussie. Avec les dollars gagnés, elle pourrait s'envoler vers une île paradisiaque pour se mettre au vert dans l'attente d'une prochaine mission.

Samantha se remémora son voyage à la Dominique. Presque deux mois à se prélasser sur des plages divines sous un soleil permanent, à nager avec des poissons multicolores dans les récifs coralliens, à entretenir sa condition physique dans la salle de musculation d'un luxueux hôtel cinq étoiles, avaient récompensé sa fidélité sans faille à ses donneurs d'ordre. Une vie de rêve après plusieurs semaines d'existence cloîtrée, consacrées à la garde exclusive et au conditionnement d'un détenu !

5 – Château Rouge Gironde

Mercredi 25 avril deux mille dix-huit

L'effervescence habituelle des jours d'intervention régnait dans les bureaux de la brigade criminelle bordelaise. Sous la direction du commissaire divisionnaire Alexis Kellner, la salle de briefing accueillait l'équipe de Max au complet, renforcée par trois enquêteurs d'une autre unité, ainsi que les chefs des brigades de gendarmerie de Pauillac, Lesparre-Médoc et Macau.

Après réquisition du Parquet, Max en concertation avec Alexis avait décidé le lancement d'une perquisition par une équipe réduite sur la cible, le Château Rouge Gironde, avec l'appui de la gendarmerie pour la sécurisation du périmètre. Un hélicoptère de la section aérienne de la gendarmerie basée à l'aéroport de Mérignac se tenait en alerte pour renforcer le dispositif à la demande. Cette propriété médocaine était soupçonnée d'abriter Bruce Madeiro, un des agresseurs de Ludivine Fontan, et d'être le lieu présumé de sa détention.

Cette intervention montée dans l'urgence relevait d'une intuition de Max intrigué par plusieurs indices menant vers le Médoc : l'interrogatoire de Kurt Bauknecht conforté par les deux bouteilles de château Rouge Gironde découvertes dans la cuisine de la colocation et les éléments reliant Madeiro, le maître de chai Meyer et Delmonnec.

Alexis Kellner soutint immédiatement l'initiative de son collaborateur le plus précieux et fit le nécessaire auprès du procureur pour le convaincre du bien-fondé de cette requête.

En début de matinée, à l'heure H, quatre véhicules banalisés quittèrent l'hôtel de police de Bordeaux en direction du Médoc. Le commissaire Max Grabowski faisait équipe avec Ben, Malou avec Fred, et Mot avec un des trois autres policiers détachés.

Sa voiture ouvrait la route du convoi. Le radar automatique de Saint-Laurent-Médoc flasha quatre fois de suite.

— On va encore avoir droit à des remarques sur le respect du Code de la route, commenta une Malou hilare à Fred au volant.

— Au moins, on sait qu'il fonctionne, rétorqua Fred le pied lourd sur l'accélérateur pour suivre Max qui roulait à tombeau ouvert entre les vignobles sur la chaussée déserte.

La gendarmerie avait établi des barrages sur les routes principales et secondaires autour de Pauillac.

La propriété d'une dizaine d'hectares se nichait en lisière d'un petit bois de pins clairsemés par la tempête Klaus, entourée de vignes à perte de vue. Une seule route y menait. Deux piliers majestueux en pierres de taille, identiques à celles utilisées pour la construction des échoppes bordelaises, surmontés d'une tête de lion tenant dans sa gueule un cep de vigne, emblème baroque de l'ancien propriétaire féru du continent asiatique, marquaient l'accès au domaine viticole.

Depuis trois années, le château était détenu par un fonds de pension néerlandais et un investisseur français. Le temps était bien éloigné des propriétés familiales traditionnelles viticoles transmises de génération en génération depuis leur création.

Une discrète reconnaissance par drone permit de repérer un gros tout-terrain noir garé entre une grange et le chai. Le bâtiment d'habitation de la propriété aux volets clos en permanence paraissait inoccupé. Par contre, un berger allemand somnolait d'un œil à proximité du chai. Les policiers ne savaient pas combien de personnes se trouvaient présentes sur le domaine.

Le château déclarait l'emploi de deux salariés, un maître de chai et un ouvrier viticole. Depuis son changement de propriétaire, la dégustation et la vente directe avaient été supprimées, alors que toutes les propriétés des alentours continuaient à pratiquer l'accueil des visiteurs.

Tous ces divers éléments avaient conforté Max à lancer cette intervention sans délai, car il craignait d'arriver trop tard. Dans ce genre d'affaires criminelles, les jours de la victime pouvaient être comptés. Si possible, il tenait à la récupérer vivante.

☆

— Fred et Malou, à vous de jouer, ordonna Max par radio lorsque le convoi arriva à proximité de son objectif.

— OK Max, c'est parti.

Aussitôt, leur véhicule dépassa celle de leur patron et s'engagea sur la route départementale proche du château Rouge Gironde. Dans leur Honda Civic de location de couleur rouge, Fred et Malou cheminaient à vitesse réduite, comme deux vacanciers à la découverte des charmes du vignoble médocain. Malgré le panneau rouillé et troué d'un coup de fusil de chasse indiquant « Propriété privée - Entrée interdite », la petite japonaise s'engagea dans le chemin du domaine et entra dans la cour. Immédiatement, le berger allemand bondit hors de sa niche en aboyant comme un dératé. Fred nota que le tout-terrain noir s'était évanoui. La chaîne ne permettant pas au clébard teigneux de les atteindre, Fred et Malou sortirent de leur véhicule et se dirigèrent vers le chai main dans la main, tels deux tourtereaux en promenade désireux de déguster et d'acquérir quelques bouteilles de bordeaux.

Avant qu'ils atteignent la porte d'entrée vitrée de l'ancienne cave de dégustation, un homme en tee-shirt noir et bleu de travail, la mine sombre, s'avança et les interpella rudement en guise de salutations :

— *M'ssieurs Dames*, la propriété est fermée aux visiteurs. N'avez pas vu l'écriteau à l'entrée ?

— Excusez-nous, répondit Fred en lâchant la main de Malou. On n'a pas fait attention. Ce n'est pas possible de goûter votre vin et d'en acheter, insista Fred d'un air affable.

Le chien continuait à tirer sur sa chaîne et à distiller sa cacophonie énervante.

— Vous ne comprenez pas le français, je viens de…

Fred le coupa brusquement et exhiba sous le nez étonné de l'irascible personnage sa carte professionnelle pendant que Malou dégainait prestement son Glock du holster dissimulé sous sa veste habillée portée sur un chemisier en soie.

Frappé par la découverte de la carte de police barrée de tricolore et la vue du pistolet, l'homme recula et tenta de se réfugier dans le chai. Fred d'un prompt réflexe l'immobilisa à terre d'une prise de judo et lui passa les pinces.

— J'ai rien fait, lâchez-moi bande de brutes ! beuglait le

rustre maintenu fermement le nez dans le gravier blanc par Fred.

— Ferme-la, intima Malou en appliquant son arme sur la tempe gauche de l'acrimonieux employé.

Dans les secondes suivantes, deux autres véhicules lancés à vive allure entrèrent en trombe dans la propriété et s'arrêtèrent dans un crissement de graviers, la Citroën C4 Cactus de Max et une Renault Mégane blanche conduite par Mot.

Max, Ben, Mot et le capitaine Delaroche détaché par Alex, en jaillirent automatiques au poing. Le quatrième véhicule resté en couverture arrière bloquait le chemin de la propriété pour éviter toute fuite.

Max et Ben s'engouffrèrent dans le chai avec leur arme pointée, suivis par Mot et son collègue d'intervention.

Malgré une fouille minutieuse, aucune autre présence humaine ne fut repérée. Les seuls bruits qui troublaient le silence de la cave provenaient d'une pompe. Les rangées de tonneaux en chêne, alignées de part et d'autre de l'allée centrale, semblaient les narguer.

Le mur du fond en béton ne présentait pas d'ouverture, excepté une porte en acier peinte en blanc. Max tourna avec précaution la clenche, puis l'ouvrit d'un coup de pied couvert par Ben. Ils entrèrent. Une pièce encombrée les accueillit avec son fatras d'outils et de matériel de nettoyage. Après une inspection sous toutes les coutures des bâtiments, ils durent se rendre à l'évidence : Ludivine Fontan n'était pas ou plus présente sur la propriété. Aucun signe potentiel de son passage ne put être détecté, ni des criminels recherchés.

Les policiers durent se contenter d'embarquer l'homme antipathique ayant accueilli les deux pseudos amoureux pour l'interroger sous le régime de la garde à vue à l'hôtel de police de Bordeaux. D'après les papiers trouvés dans son vestiaire, le rustre se nommait Serge Delassus et travaillait au château comme ouvrier viticole depuis cinq ans.

— Où est passé ton patron ? exigea Max.

— Suis mon propre patron, répondit l'homme d'un air narquois.

— Écoute, n'essaie pas de jouer au plus malin avec moi ! Vu ton problème de compréhension, je vais te reposer la question pour la deuxième et dernière fois, balança Max d'un ton calme et glacé, les yeux rivés dans ceux de l'ouvrier, en jouant négligemment avec son Sig-Sauer.

— C'est bon Inspecteur…

— Commissaire, asséna Max.

— Il est parti depuis deux heures Commissaire.

— Seul ?

— Oui Commissaire.

— À pied, à cheval ?

— En voiture.

— Avec quel véhicule ?

— Une Audi.

— Modèle, couleur ?

— Une Q5 noire, Commissaire.

— Tu connais cet homme ? demanda Max en glissant le portrait de Madeiro sous le nez de Delassus.

Il hésita avant de répondre :

— Non, mais je l'ai déjà vu avec Meyer.

☆

Dans les véhicules sur la route du retour vers Bordeaux, les mines moroses contrastaient avec celles de l'aller pleines d'espoir.

— Max, on s'est planté, avança Ben.

Max resta songeur un moment avant de déclarer :

— Je ne le crois pas. Par contre, on s'est bien fait baiser ! Pourtant, je ne le sens pas ce château. Bizarre, cette fermeture au public alors que toutes les propriétés proches reçoivent des visiteurs pratiquement toute l'année. De plus, le nouveau propriétaire, un fonds de pension étranger aux ramifications mondiales… ! Tout ceci sent plus le tord-boyaux que le grand vin ! Le chien de garde dressé pour l'attaque, l'habitation inoccupée, le maître de chai viré au changement de proprio et remplacé par un au passé trouble, le lieu isolé, le nouveau maître de chai évaporé… connaissant le suspect.

— Max, tu restes persuadé que Ludivine Fontan est vivante et passée par là ?

— Tout à fait ! Par contre, soit on est arrivé trop tard, soit notre venue a provoqué un départ anticipé.

— Quels indices t'amènent à cette conclusion ?

— Tout ! Rappelle-toi cette citation :

Un bon fait hors de l'ordinaire est plutôt un indice qu'un embarras !

— Quel flic l'a dite ?

— Aucun, son auteur est Arthur Conan Doyle, médecin et romancier britannique. Sherlock Holmes, tu connais ?

— Évidemment ! C'est pas parce qu'on est flic qu'on est ignare ! rétorqua Ben légèrement vexé.

— Mais, on n'a pas découvert de lieu de détention !

— Peut-être que nous sommes passés à côté, conclut Max énervé par cet échec.

Sitôt arrivé à l'hôtel de police de Bordeaux, Max se rendit chez Alex pour l'informer du piètre résultat de l'opération.

— Salut Alex ! Que du vin, pas de Ludivine, point de Madeiro !

— Hum… Et quoi d'autres Max ?

— On a embarqué le seul mec présent pour l'interroger, un rustre, mais je n'en attends pas grand-chose de plus.

Alex resta silencieux et se recroquevilla dans son fauteuil. Dans sa tête, il s'était imaginé annoncer au Préfet la délivrance de Ludivine Fontan et l'arrestation de ses ravisseurs. Maintenant, il devait l'appeler pour l'informer de l'échec de la perquisition. Il allait devoir supporter l'engueulade préfectorale et les jérémiades de ce prétentieux haut fonctionnaire promu à une belle carrière, à condition d'éviter les faux pas et les carottes aux fesses. Et l'affaire Fontan risquait de ternir sa réputation d'homme à poigne et d'annihiler son ambition de devenir Préfet de police de Paris, voire ministre.

✯

Max avait vu juste.

L'interrogatoire du dénommé Serge Delassus dans les locaux de la brigade criminelle bordelaise, mené par Fred et Mot ne révéla rien de particulier et n'apporta aucun élément nouveau aux enquêteurs, sinon que l'ouvrier viticole était un ours mal léché vivant seul et peu communicatif. De ce fait, sa garde à vue se trouva levée au bout de vingt-quatre heures.

Le sieur Meyer possédait effectivement une Audi Q5 noire récemment acquise auprès d'un concessionnaire de Bordeaux et également un SUV BMW X5 noir.

Le lien passé entre François Delmonnec et Norbert Meyer conforta Max dans son idée de mettre la main sur le maître de chai et de réaliser une nouvelle perquisition au château Rouge

Gironde. Dans l'attente de celle-ci, la propriété et ses employés resteraient sous surveillance renforcée.

6 – Le transfert

Mardi 24 avril deux mille dix-huit

Le mardi après-midi, Bruce Madeiro décida de passer en coup de vent à sa chambre pour récupérer son shit. Plusieurs clients attendaient leur livraison hebdomadaire. Pas question de les décevoir, dans ce cas ces consommateurs le bouderaient et se rabattraient sur un autre dealer, même si sa marchandise était toujours de première qualité. En ville, la concurrence ne manquait pas, en dépit de la surveillance discrète exercée sur les lieux de deal par les policiers de la brigade antidrogue.

Malgré son jeune âge, Madeiro possédait déjà un casier fourni et l'habitude des poulets. Plusieurs condamnations à son actif, vol, vente de drogue, agression avec violence, ponctuées par un petit séjour récent à la prison de Gradignan d'un mois.

Après la place de la Victoire, Madeiro s'engagea à pied dans des petites rues en direction du marché des Capucins pour prendre un café chez son pote Abaro, propriétaire du *Café du Marché* dans la rue Giner de Los Rios. Il s'installa au comptoir et commanda un grand noir à la jeune serveuse affairée derrière le bar. L'unique autre client, un échappé nostalgique de soixante-huit maltraitait l'antédiluvien flipper devant un demi.

— Salut Bruce ! Comment vas-tu ? demanda Abaro de retour de la réserve avec un fût de pression.

— Salut Abaro, bien… Et toi ? répondit-il en trempant ses lèvres dans sa tasse.

— Tu tombes à pic ! Peux-tu venir me donner un coup de main dans la réserve ? sollicita Abaro.

Tous deux se rendirent dans l'arrière-salle faisant office de dépôt de boissons, encombrée de cartons, de caisses et de fûts. Abaro referma la porte de communication soigneusement et annonça à voix basse à son ami :

— T'as une fuite chez toi ! Tu vas avoir besoin d'un plombier.

— Que racontes-tu là ? s'étonna Bruce interloqué.

— T'es passé chez toi ?

— Non, pas encore ! Je vais m'y rendre.

— Écoute, les keufs surveillent ta rue. Depuis deux jours, y'a un sous-marin planqué, précisa Abaro.

— T'en es sûr ?

— Ouais… Tu peux me faire confiance, je renifle la volaille à cent mètres !

— Merci Abaro pour cette info. T'es vraiment un pote ! afficha Bruce Madeiro déjà sur le qui-vive.

— Bruce, on a des liens, non !

— Les conneries et la taule, ça rapproche, acquiesça celui-ci les sens en alerte.

Madeiro quitta rapidement le débit de boissons et fila en direction de la gare Saint-Jean. Pas de chance ! Il devait livrer la came conditionnée en sachet, cachée sommairement dans sa chambre dans une enveloppe dissimulée au milieu d'une pile de linge. Pendant le trajet, il réfléchit.

Si les keufs se trouvaient à ses trousses, ils n'étaient pas là pour la cam. Alors, c'était pour la gonzesse. Comment se faisait-il qu'ils l'aient repéré aussi vite ? Maintenant, rallier la planque prévue dans le Médoc devenait dangereux, quasiment impossible sans risquer de mettre en péril l'opération. De plus, l'urgence de la situation lui imposait de prévenir son commanditaire. Dans l'impossibilité d'utiliser son téléphone portable déjà probablement sur écoute, il acheta une carte prépayée et s'isola pour appeler :

— Allô, répondit une voix masculine bien connue, emplie de méfiance.

— L'adresse de livraison du colis a changé, annonça aussitôt Bruce.

— Que dis-tu ? Il y a de la friture sur la ligne, demanda son interlocuteur en confirmation.

— Le colis est à livrer à la seconde adresse… Et c'est urgent.

Quelques secondes de silence suivirent. La voix reprit :

— Bon, je m'en occupe tout de suite. Peux-tu nous rejoindre là-bas ? se renseigna l'homme.

— Je le pense… À plus, termina Bruce. Puis, il coupa immédiatement la conversation.

Les nerfs aussi tendus que les cordes d'une guitare électrique, Madeiro vérifia pour la nième fois la présence rassurante dans son jean de la clé de la voiture garée en attente dans le parking souterrain de la gare Saint-Jean et poursuivit son chemin, sur ses gardes. Si les flics l'attendaient au pied de son appartement, cela prouvait qu'ils ne l'avaient pas encore localisé, ni filé. Toutefois, dans ce quartier qu'il connaissait comme le fond de sa poche, il réalisa plusieurs manœuvres de rupture de filature à l'aide des passages dans des immeubles donnant sur deux rues, au cas où. Bruce Madeiro atteignit la gare sans encombre. Avant de s'approcher et de monter dans l'Audi A3 noire stationnée au premier niveau du parking, il observa avec attention l'environnement, mit sa capuche et des lunettes fumées. Tête rentrée dans les épaules, il s'arrangea pour échapper au champ des diverses caméras de surveillance espionnant les moindres recoins.

Dès sa sortie de la gare, le véhicule se dirigea vers le quai de Paludate pour rejoindre la rocade en direction de l'A63.

☆

Mercredi 25 avril deux mille dix-huit

Samantha avait tenu parole. Depuis l'incident de la veille, Ludivine n'avait reçu aucune nourriture, seulement un verre d'eau, ni obtenu le droit de se rendre aux toilettes. Après s'être retenue un maximum de temps, elle s'était laissé aller.

Pour la première fois de la journée, la silhouette de Samantha se découpa dans l'encadrement de la porte de la cellule.

— Tu pues, lui lança en guise de bonjour sa gardienne. Tu vas passer sous la douche immédiatement !

Elle libéra les chevilles de Ludivine, qui se leva titubante, les jambes endolories par toutes les heures passées immobilisées. La faim la tenaillait de plus en plus, la soif également. Elle dut se doucher sous le regard impassible de Samantha. Malgré les yeux plantés sur sa personne, toute pudeur évanouie, elle en profita pour se soulager. Samantha la laissa boire quelques gorgées directement au pommeau de douche.

— C'est terminé, sèche-toi rapidement et enfile ça ! intima sa geôlière en déposant sur le lavabo une chemise blanche en coton.

Ludivine constata que la chemise correspondait au modèle distribué aux patients dans les hôpitaux. Un bruit de roulettes troubla le calme de la pièce.

— Avance et couche-toi sur le brancard ! ordonna Samantha.

Ludivine obtempéra gagnée par une panique intérieure.

Qu'allait-il lui faire ? Voulait-il l'opérer ? De quoi ?

Une fois la prisonnière installée et sanglée, le brancard poussé par un infirmier quitta la cellule et gagna une grande salle bétonnée envahie par une odeur caractéristique de vin. Là, attendait portes ouvertes une ambulance garée au milieu de tonneaux sagement alignés.

Par-dessus son tee-shirt, Samantha revêtit une veste bleue aux liserés rouges et accompagnée d'un homme en tenue identique, prit place à côté de Ludivine dans le fourgon au gyrophare bleu en marche. Sa geôlière lui brancha avec dextérité une perfusion de glucose au bras droit. Ludivine s'aperçut que celle-ci détenait des connaissances médicales. Était-elle réellement infirmière avant de devenir délinquante ? Toutes ces questions sans réponse assaillaient son cerveau en ébullition et contribuaient à l'augmentation de son rythme cardiaque.

Le véhicule prit immédiatement la route. À chaque carrefour, le conducteur réclamait la priorité en actionnant la sirène réglementaire. Ludivine eut l'impression que l'ambulance empruntait de petites routes. Cette fois-ci, ses yeux n'étaient pas bandés, mais allongée dans le fourgon aux vitres opaques, elle se trouvait dans l'incapacité de reconnaître l'itinéraire emprunté. Elle évita de questionner Samantha malgré son fort désir, par peur du déclenchement d'une nouvelle réaction violente. Au bout d'un temps indéterminé, le véhicule ralentit. Par l'interphone intérieur, une voix masculine annonça :

— Attention, barrage !

Aussitôt, Samantha se pencha à l'oreille de Ludivine et chuchota, tout en lui présentant une seringue prête à servir munie d'une longue aiguille :

— Ne crie pas, ne parle pas ! Si tu essaies quoi que ce soit, je te fais immédiatement cette piqûre remplie d'un puissant poison. Tu mourras dans les secondes suivantes d'un arrêt cardiaque fulgurant. Compris ?

— Oui, bredouilla Ludivine paralysée sur la civière par ses liens et l'effroi.

Dès que l'ambulance rejoignit la file de véhicules stoppés au barrage de gendarmerie, son chauffeur actionna sa sirène et la remonta doucement pour se présenter au contrôle. Il s'arrêta devant la herse disposée en travers de la route, encadrée par deux militaires armés d'un fusil d'assaut pointé.

— Gendarmerie nationale, présentez-moi vos papiers et ceux du véhicule ! D'où venez-vous et où allez-vous ?

— Bonjour, une urgence cardiaque pour l'hôpital Pellegrin, répondit avec naturel le sapeur-pompier installé au volant. Il tendit les précieux documents. Le chef de patrouille s'approcha :

— C'est une ambulance des pompiers de Pauillac. Laisse-la passer ! indiqua-t-il à son subordonné zélé.

— Merci et bonne journée ! lança le conducteur en enclenchant la première.

La herse dégagea un passage pour le fourgon qui franchit le barrage de la D104E3 au pas avant d'accélérer pour rejoindre au plus vite une route départementale peu fréquentée en direction du sud. Vingt minutes plus tard, il s'engagea sur une route forestière. Après un parcours de quelques centaines de mètres sur ce chemin caillouteux mais carrossable, le véhicule de premiers secours s'immobilisa au niveau d'une petite clairière entourée de pins maritimes trentenaires. Là, deux autres véhicules l'attendaient, une Audi Q5 noire et une ambulance blanche sérigraphiée portant le sigle d'une société implantée en Aquitaine.

Ludivine fut immédiatement transférée dans cette dernière accompagnée de Samantha qui troqua sa tenue de sapeur-pompier pour une blouse blanche d'infirmière. L'ambulance démarra derrière le puissant SUV. Les deux véhicules se tenaient en contact radio, l'Audi précédant l'ambulance d'environ un kilomètre. Pendant ce temps, le fourgon des sapeurs-pompiers de Pauillac prit la direction de Bordeaux sans passager.

Deux heures plus tard, après un voyage sans incident, l'ambulance privée s'engouffra à la suite de l'Audi noire dans la grange d'une bâtisse landaise perdue au milieu des pins. Ludivine se retrouva enfermée attachée dans une espèce de cave dépourvue de la moindre ouverture sur l'extérieur, aux murs épais en bois et torchis, au sol en terre battue. Ses geôliers lui avaient laissé la chemise hospitalière, mais elle se trouvait toujours pieds nus. Le confort de sa nouvelle prison était très spartiate, un simple sommier métallique recouvert d'un misérable matelas à ressort avec une couverture unie de couleur kaki typique de l'armée, un seau hygiénique posé dans un coin, un tabouret en bois garni d'une cruche d'eau et d'un verre en plastique pour se désaltérer. L'unique ampoule à incandescence pendait tristement de la voûte au bout de son long fil torsadé couvert de toiles d'araignées, seule trace de modernité de sa présente geôle.

Dans le profond silence nocturne de la forêt, juste troublé par l'aboiement d'un chevreuil et le ululement d'une chouette ou d'une hulotte, Ludivine perçut le bruit caractéristique du ressac de l'océan. Ses sens lui jouaient-ils des tours ? Après une écoute attentive de plusieurs minutes, elle conclut que sa prison se situait à proximité de l'océan Atlantique. Elle ne repéra aucune caméra dans ce trou à rat, mais la nuit l'éclairage bascula en mode veilleuse. Le local devait donc comporter une trappe au niveau de la porte permettant de l'observer discrètement.

La surveillance ne se relâchait pas. Depuis son arrivée en ce lieu sinistre, la vie de Ludivine restait rythmée par les visites de Samantha. Depuis son arrivée dans ce nouveau lieu de détention, ses ravisseurs ne l'avaient plus battue. Elle commença à croire à la fin de la période des châtiments corporels.

Le lendemain matin, Samantha entra avec un regard noir :

— Lave-toi rapidement, ordonna-t-elle. Puis, elle déposa un seau d'eau, un savon, un gant et une serviette rêche sur son grabat.

Ludivine se dressa sur sa couche, retira sa chemise poisseuse et se lava sans un mot devant sa geôlière. Dès la fin de sa toilette, Samantha lui accrocha les mains à deux anneaux fixés au mur et se mit à cravacher sa peau nue avec virulence. Ludivine surprise par la morsure du cuir sentit son dos et ses fesses à nouveau la brûler. Des larmes ruisselaient de ses yeux gonflés, mais curieusement aucun cri ne sortait de sa gorge nouée. Elle se mordit les lèvres pour ne pas défaillir sous la violence du traitement.

— Tourne-toi, clama sa tortionnaire d'un ton colérique.

Alors pour la première fois, Ludivine osa regarder son bourreau dans les yeux, jolis par ailleurs, vert émeraude avec une expression étoilée, image irréelle dans ce visage au masque dur, le corps prêt à recevoir sa dose de coups. Celle-ci défiée ne soutint pas le regard de sa prisonnière, mais recommença à la fouetter, côté face cette fois-ci.

Lorsque le premier coup zébra sa poitrine, Ludivine encaissa, grimaça et serra les dents. Son corps entier frémit. Son cerveau empêcha toutes plaintes de s'échapper de sa gorge. Les coups de cravache suivants semblaient moins appuyés, moins assurés. Quelque chose venait de se produire entre ces deux femmes réunies dans ce huis clos improbable. Depuis son enlèvement, Ludivine n'avait quasiment eu affaire qu'à Samantha. Combien étaient ses bourreaux ? Elle n'en savait absolument rien, pas plus que le lieu précis de sa captivité. Les yeux baissés de Samantha et la diminution de la violence des coups montraient clairement un changement psychologique chez sa gardienne, un vague début d'empathie.

Après un tel traitement infligé, les privations, les humiliations, les tortures physiques et psychologiques commençaient à briser peu à peu la résistance de Ludivine sans qu'elle ne s'en rendît compte. Le syndrome de Stockholm la guettait. Son corps et sa tête esquivaient la réalité de sa condition, pour fuir un avenir inconnu, pour éviter la folie ou sa réduction à l'état d'esclave. Ludivine venait d'atteindre cet état extatique nécessaire à la jouissance de l'insupportable, la douleur libératrice. Elle venait de comprendre comment l'être humain pouvait supporter un tel traitement, pour oublier son existence détruite, pour supporter cette vie carcérale imposée, pour tenir jusqu'à sa libération ou sa fuite, pour libérer les maux de son subconscient. Elle devait s'échapper, car tout le monde l'avait oubliée. La recherchait-on ? Si oui, qui, où ?

Dès la punition infligée, Samantha apporta à Ludivine des vêtements, un tee-shirt à manches courtes, un legging et une paire de baskets à scratch.

— Habille-toi, vite ! commanda-t-elle d'une voix presque normale en lui détachant les mains.

Ludivine hésita, puis se lança :

— Pourquoi m'avez-vous battue à nouveau aujourd'hui ? Je n'avais rien fait de mal !

Samantha hésita avant de répondre. Ses yeux brillants croisèrent ceux provocateurs de la prisonnière.

— Ludivine, je le devais. Continue à bien te comporter ! Ainsi, ta situation s'arrangera et ta détention se terminera.

— Merci pour les vêtements. Samantha, puis-je avoir un slip s'il vous plaît ?

— Tu n'en as pas besoin ! Contente-toi de ceux-ci pour commencer ! Dépêche-toi, nous partons !

— Où ?

— Ne sois pas si curieuse, dit-elle. Ensuite, elle lui banda les yeux et lia ses poignets dans le dos.

Dans cet accoutrement, poussée par Samantha, Ludivine quitta sans regret son antre sordide. On la fit monter sous la garde de sa geôlière à l'arrière d'un véhicule, qui démarra aussitôt.

Le bandeau mal ajusté permit à Ludivine de distinguer d'un œil des bribes du paysage. Elle constata qu'il faisait nuit et reconnut les ombres inquiétantes d'une forêt de pins.

Après un court parcours, la voiture stoppa dans un chemin

forestier et attendit durant de longues minutes tous feux éteints. Aucune parole ne s'échangea dans l'habitacle. Seul le bruissement des arbres troublait cet angoissant silence bercé par le bruit caractéristique des vagues se brisant avec force sur la côte proche. Ludivine imagina la marée haute avec un coefficient élevé à l'attaque permanente du cordon dunaire malmené par les précédentes tempêtes.

Alors Ludivine l'aperçut. Elle compta mentalement quatre-quatre-quatre-treize de période obscure entre les éclats. Oui, le signal lumineux blanc d'un phare rayonnait dans la nuit tel un bon samaritain, celui du phare de Contis situé sur la commune de Saint-Julien-en-Born dans le département des Landes.

Enfin, elle connaissait un lieu de sa détention. Une joie intérieure l'envahit, vite tempérée par la remontée de souvenirs heureux enfouis au tréfonds de sa mémoire.

Les vacances avec ses parents prématurément disparus au camping près du courant de Contis, les balades à vélo par les pistes cyclables vers Mimizan-Plage ou Moliets, les crêpes après la plage, le cinéma et son festival du court-métrage à la renommée nationale, les concerts dans les bars-restaurants et les soirées dans l'unique discothèque.

La dune parsemée de maisons anciennes, les trottoirs en sable, la rue principale d'où les touristes découvraient l'océan majestueux et impétueux à quelques centaines de mètres. Le pont rose sur le courant de Contis, la plage sud sur la commune de Lit-et-Mixe avec son blockhaus tagué avalé inexorablement par le sable et les flots, la plage nord, celle des naturistes, l'école de surf, les jumeaux vainqueurs deux fois de l'Atlantique sur de frêles embarcations.

Sur ce lieu de détente, Ludivine avait connu son premier flirt, un jeune Allemand en vacances avec ses parents. Elle était jolie et bien foutue, mais très timide. L'adolescent l'avait invitée à danser et entraînée sur le sable de la petite crique du courant à marée basse sous un clair de lune bienveillant. Là, il l'avait embrassée, puis libérée de son tee-shirt. Tout en caressant tendrement ses seins dont elle était si fière lorsqu'elle se baignait topless, le jeune homme avait déclaré dans un excellent français :

— Et bien, je ne les croyais pas aussi fermes !

Loin de se vexer après cette remarque sexiste très maladroite sur son anatomie, elle s'était laissé câliner, abandonnée sur le sable. Toutefois, lorsqu'une main tenta de s'immiscer dans sa culotte en coton sans invitation, elle la retira et la reposa tendrement sur son buste. Pour Ludivine, le temps n'était pas encore venu de laisser un inconnu dévirginiser son intimité. Le flirt en resta là. Le jeune étranger quittait Contis-Plage le lendemain. Il s'appelait Walter. Ce prénom demeurait gravé dans sa mémoire pour la vie.

L'évocation intérieure de ses souvenirs heureux se trouva annihilée par le redémarrage du SUV. Le véhicule prit la direction du phare et pénétra au ralenti dans son enceinte. Oui, le phare de Contis s'élevait bien là, habillé de sa livrée elliptique caractéristique noire et blanche, tel un seigneur dressé fièrement, presque cinquante mètres au-dessus de la forêt depuis des décennies pour guider les navigateurs et les pêcheurs. Évidemment, sa prestance n'égalait pas celle de celui de Cordouan, le roi des phares ou le phare des rois, qui trônait majestueusement depuis le dix-septième siècle les pieds dans l'eau à l'embouchure de l'estuaire de la Gironde. Toutefois, son habillage peu commun lui conférait un véritable air de noblesse maritime.

Ludivine se rappelait aussi des visites avec son père des

phares présents sur leurs lieux de vacances. Elle appréciait l'escalade de la multitude de marches pour gagner la lanterne et l'observation du paysage grandiose offert à trois cent soixante degrés à la ronde.

Que tous ses souvenirs radieux semblaient loin maintenant ! Ses parents fauchés en pleine force de l'âge dans un banal accident de la circulation, elle prisonnière de tordus sur un site idyllique, un site de villégiature, de farniente, de fêtes, de baignade, de surf. Que le destin pouvait se révéler bizarre et cruel ! Pourquoi elle ? Pourquoi s'attaquer à des femmes et les faire souffrir sans raison apparente ? Toutes ces questions sans réponse encombraient sa tête et contribuaient à l'accentuation de son mal-être.

7 – La pêche à l'alose

Jeudi 26 avril deux mille dix-huit

Émile se leva tôt. Depuis la terrasse de sa petite maison nichée sur les hauteurs de Lormont, la Garonne, d'une couleur plutôt claire par rapport à son habituel coloris café au lait, semblait paresser sous les premiers rayons du soleil levant. Vision sereine trompeuse, la puissance de ce fleuve ne devait jamais être sous-estimée. Il consulta une nouvelle fois la carte des marées. Pile la marée haute, deux heures de pêche possibles ! Bien que depuis plusieurs jours la pêche à l'alose feinte fût ouverte sur la Garonne, la Dordogne, la Dronne et l'Isle, les conditions favorables n'étaient point au rendez-vous. Aujourd'hui, enfin elles étaient là, pourvu que le poisson y soit également.

Depuis plus de cinquante ans, Émile traquait ce mythique poisson migrateur. Enfin presque ! Pendant plusieurs années, la pêche avait été interdite à cause de la pollution du fleuve au PCB, acronyme barbare du coupable écotoxique et perturbateur endocrinien, le polychlorobiphényle rejeté en toute impunité pendant des décennies par les usines chimiques dans le milieu naturel aquatique. Suite à des analyses à nouveau dans les normes admissibles, les restrictions venaient d'être levées pour l'alose feinte et les anguilles, mais pas pour la grande alose classée comme espèce menacée.

Émile se souvenait parfaitement de ses premiers lancers et des astucieuses recommandations paternelles :

« Milo, utilise toujours une cuillère ondulante de petite taille pour l'alose feinte ! ».

Depuis, les conditions avaient beaucoup évolué, les berges accessibles aux pêcheurs rétrécissaient comme peau de chagrin, le poisson se raréfiait. Mais contre vents et marées, Émile restait un des rares pêcheurs de Lormont à connaître parfaitement les bons coins et les techniques apprises pendant des heures au contact de ce paternel en communion avec la rive droite du fleuve nourricier.

Un quart d'heure plus tard, Milo s'installait seul face à la Garonne la canne à la main, équipée à son extrémité du fameux leurre magique de couleur dorée. Les aloses se trouvaient bien au rendez-vous, prêtes à lutter pour sauver leurs écailles au contact de ce pêcheur semi-professionnel à l'impressionnant tableau de prises. Au bout de quelques lancers, une première touche tendit le fil. La lutte débuta. Pas de chance pour le vertébré aquatique ! Pas de chance pour l'impétueux et savoureux poisson, tomber sur Émile était l'assurance de terminer dans un plat à four sur la table de la salle à manger familiale ou d'agrémenter la carte d'un restaurateur du cru. Quarante centimètres, presque un kilo, une belle prise pour commencer la saison, pensa Milo la face hilare en le glissant dans son panier.

Sans tarder, il relança. Le fil se raidit :

« Merde... Je me suis accroché dans un obstacle caché dans les eaux sombres du fleuve. », murmura entre ses dents un

Milo au sourire évaporé.

Après réparation de sa ligne, la pêche reprit. À nouveau, il se fit piéger par l'obstacle situé en plein milieu de son coin favori de pêche, l'endroit idéal pour prendre ce poisson mythique de la Garonne.

La marée descendante était amorcée depuis presque deux heures. Un gros nuage blanc occulta le soleil matinal pendant plusieurs minutes. Ses yeux lui jouaient-ils des tours ? Un rectangle à l'irisation orangée semblait se dessiner à l'endroit de l'obstacle indélicat. Milo posa sa canne et s'installa sur une pierre judicieusement placée par ses soins pour déguster son casse-croûte. Il tira de sa besace une canette de bière blonde et un gros sandwich aux grattons.

Malgré ces aléas, cette première pêche de la saison demeurait une réussite. Trois aloses feintes gisaient désormais au fond de son panier. L'une d'elles serait cuisinée par sa chère et tendre épouse. Les deux autres promises à un ami restaurateur enrichiraient la carte d'une des rares véritables guinguettes installées le long du fleuve. La ressource devait être gérée, les réserves de cette espèce prisée s'avéraient fragiles. Il se souvenait parfaitement de cette recommandation paternelle pleine de bon sens :

« La Garonne est ta nourrice, si tu la respectes, elle te le rendra ! Si tu la trompes, elle te le rendra aussi ! »

La coloration remarquée intriguait toujours Milo. Elle lui rappela une très ancienne relatée par sa mère Angelina un rare jour où une envie de confidence permit à son fils de découvrir un évènement arrivé pendant la Seconde Guerre mondiale. Mordant à pleines dents dans son casse-croûte, Milo se laissa emporter pendant quelques minutes soixante-dix ans en arrière.

Ce souvenir de l'occupation rendait à chaque fois Milo nostalgique. Toujours assis sur son caillou face au fleuve, il repensait à ses parents disparus depuis longtemps, à sa sœur Lisa émigrée en Australie depuis plusieurs décennies, dont la dernière visite remontait à bien des années.

Une fois terminé son sandwich aux grattons de Lormont, Milo fixait toujours l'endroit où deux de ses cuillères spéciales héritées de son père avaient été avalées par l'indomptable Garonne. Patiemment, il attendit la baisse du niveau des eaux.

Son attention se trouva distraite pendant quelques minutes par le passage de la barge bleue *Breuil* ornée sur les flancs de l'inscription « Airbus A380 on board », qui transportait les ailes et le fuselage du fameux gros-porteur entre Soulac sur Mer et Langon, emballés comme un colis de La Redoute. Le bateau devait arriver au pont de Pierre à marée basse pour le franchir au niveau de la neuvième arche. Depuis quelques semaines, une rumeur courait sur l'arrêt par la société Airbus de la fabrication de son gros-porteur. Nouveau coup dur en perspective pour le fleuve à nouveau privé de fret !

Après cet intermède, soudain, il comprit l'origine de la coloration orangée. Un morceau de métal de couleur rouge se dévoila subrepticement en fonction des mouvements des eaux. Lorsque ce dernier réapparut, l'astre solaire frappa la surface de l'eau à l'endroit où pêchait Milo et rendit les flots d'une iridescence orangée.

Alors, Milo décida d'aller jeter un coup d'œil à cet obstacle grâce à sa barque amarrée à proximité. Après l'avoir allégée de quelques seaux d'eau de pluie et vérifier son étanchéité, en quelques solides coups de rame, son embarcation rejoignit l'intrus. Il le sonda et resta stupéfait de sa découverte. L'obstacle métallique de coloris rouge planté dans la vase en plein milieu de sa zone habituelle de pêche à l'alose était tout simplement un véhicule immergé.

Milo sentit sourdre une colère froide devant cette adversité mettant en péril sa saison, devant la bêtise d'irresponsables se débarrassant dans la Garonne de toutes sortes d'objets et déchets au mépris de toutes règles environnementales. Et voilà qu'un nouveau gros con n'avait rien trouvé de mieux que de balancer récemment un vieux véhicule sur son lieu de pêche, plutôt que de le conduire à la casse. Ce fleuve n'avait-il pas déjà assez subi d'agressions dans les années passées ! Nonobstant, toutes les consignes données, tous les rappels formulés, toutes les mesures prises pour la protection de l'environnement, les mauvaises pratiques perduraient et les sources de pollution s'ajoutaient.

Fâché, Milo se rendit immédiatement à la gendarmerie de Lormont pour faire part de sa découverte. Les gendarmes prirent sa déposition au sérieux. Le chef de poste envoya immédiatement un équipage en reconnaissance et prévint la brigade fluviale en patrouille sur la Garonne.

Dans l'après-midi, Milo assista depuis son caillou fétiche à l'intervention des plongeurs de la brigade fluviale aidée d'un camion-grue. Celui-ci remonta sur la berge un fourgon rouge carrossé en ambulance de marque Renault, intact en apparence, siglé : SDIS de Gironde - Centre de secours de Pauillac.

8 – L'ambulance

Vendredi 27 avril deux mille dix-huit

Comme à chaque prise de service, le commissaire divisionnaire Alexis Kellner rangea sa voiture de fonction sur la place réservée de l'hôtel de police de Bordeaux. Malgré l'échec de l'intervention médocaine et l'admonestation préfectorale de mercredi soir, il arrivait au bureau le sourire aux lèvres. La veille, l'agréable soirée passée avec sa nouvelle amie avait représenté un super exutoire pour évacuer le stress journalier engendré par son difficile métier. La culture du résultat mise en place par le ministère de l'Intérieur contribuait à augmenter encore la tension sur le terrain, en dépit de toutes les arguties développées par la haute hiérarchie policière pour expliquer et vendre aux fonctionnaires le bien-fondé de cette mesure dans l'exercice de leur profession au quotidien.

D'un pas assuré, Alexis Kellner monta la volée de marches menant à son étage. Un excellent petit noir préparé par sa secrétaire l'attendait. Dès le palier atteint, le suave parfum de l'arabica garanti commerce équitable titilla ses narines. À peine venait-il de tremper ses lèvres dans la tasse fumante que son téléphone vint troubler ce moment matinal privilégié :

— Allô, Kellner ? annonça une voix bien connue à l'autre bout du fil.

— Mes respects Monsieur le Préfet, répondit avec déférence Alexis en sentant poindre une nouvelle bordée de reproches dans le ton hautain du haut fonctionnaire prétentieux.

Immédiatement son sourire s'évanouit, remplacé par une mine anxieuse sur son visage de serviteur de l'État, chef de service d'une unité aux ordres préfectoraux.

— Alors, où en êtes-vous depuis hier dans votre enquête sur cette disparue de la Garonne après le fiasco de mercredi ? Le maire de Bordeaux a déjeuné hier soir avec le ministre de l'Intérieur et évoqué cette affaire. Le cabinet du ministre exige un résultat rapide, balança le Préfet d'un ton autoritaire et dédaigneux. Et, je ne vous parle pas des médias ! La presse commence à se demander si le silence des autorités ne cache pas un loup. La psychose sur l'insécurité des quais bordelais ne doit pas gagner la population. Kellner, vous savez que des élections se profilent !

— Monsieur le Préfet, mes services sont mobilisés sur cette affaire…

— Écoutez Kellner, je m'en doute. Je veux que vous arrêtiez les coupables et retrouviez cette jeune femme au plus vite, morte ou vive, le coupa le Préfet de façon péremptoire.

— Tout à fait Monsieur le Préfet ! L'enquête avance.

— Peut-être ! Mais à très petits pas ! Je ne tiens pas à recevoir un second coup de fil du cabinet du Ministre. Vous m'avez compris Kellner !

— Parfaitement Monsieur le Préfet. Je vous tiens au courant de l'avancée de cette enquête très rapidement.

— À bientôt Kellner, termina le Préfet sans laisser le temps à son dévoué subordonné d'ajouter le moindre mot.

Les emmerdements commençaient. Comme d'habitude, les politiciens, les hauts fonctionnaires voulaient un résultat rapide. Ces parvenus se fichaient éperdument qu'une enquête compliquée mobilisât une ou plusieurs équipes pendant des semaines, voire des mois, avant son aboutissement.

☆

Dès son retour au bureau, Max informé par un de ses enquêteurs monta chez son patron. Max se doutait que cette urgence concernait l'enquête en cours.

— Bonjour Alex, annonça Max en s'installant avec décontraction face au bureau d'Alexis assis le visage grave dans son fauteuil en cuir élimé, les bras posés sur les accoudoirs.

— Max, tu te doutes du motif de ta visite ! Je viens de prendre une engueulade par le Préfet, lequel s'est fait remonter les bretelles par le cabinet du ministre de l'Intérieur. Le ministre, qui est un grand ami du maire de Bordeaux, exige un résultat rapide. Je n'ai pas besoin de te faire un dessin ! Il a aussi évoqué les médias et la psychose des quais, l'informa Alexis d'un ton désabusé.

— C'est toujours pareil ! Ces hauts pontes pensent qu'il suffit de claquer des doigts pour arrêter les coupables. Putain ! Il faudrait qu'ils s'immergent un jour dans la vie d'un service. Au moins, ils connaîtraient le fonctionnement réel... et peut-être seraient-ils moins réticents à allouer les moyens nécessaires, morigéna Max une nouvelle fois irrité par ces interventions parasites.

— Je sais, je sais Max. Ne te fâche pas ! Tu les connais comme moi ! Ils s'en foutent du pourquoi et du comment. Il leur faut du « résultat » pour l'opinion publique, pour leur carrière, pour le gouvernement…

Max le coupa :

— Alex ! Ce qui me met en rogne, c'est le verbe : exiger. Je ne connais que deux catégories qui exigent, les politiciens et les syndicalistes.

— Tu as raison Max ! Mais, en tant que fonctionnaire et quel que soit notre ressenti, courber l'échine et obéir reste notre quotidien.

— Ouais… ! En tout cas, l'enquête progresse. Justement, j'allais t'en faire part. La brigade fluviale alertée par un pêcheur d'aloses ayant accroché sa canne dans un obstacle non identifié du côté de Lormont, à proximité du pont d'Aquitaine, a retrouvé un fourgon de premiers secours des sapeurs-pompiers de Pauillac immergé dans le fleuve, un Renault Trafic.

— Tu m'intéresses Max, je t'écoute.

— Le véhicule porte l'immatriculation d'un modèle identique en service au centre de secours de Pauillac. La brigade de gendarmerie de Pauillac a contacté le lieutenant commandant le centre.

— Je te vois venir Max.

— Tout à fait ! Leur unique ambulance est toujours opérationnelle et venait de partir en opération.

— Intéressant, même très intéressant tout ceci ! s'exclama Alexis ragaillardi par cette communication de son subordonné.

— Je me suis rendu sur place. La police scientifique est en train de le passer au crible. Ce n'est pas terminé. Un des gendarmes envoyé au centre de secours de Pauillac tenait le barrage sur la D104E3, lors de notre opération sur le château Rouge Gironde. Dans son rapport, il a mentionné le contrôle du véhicule retrouvé dans la Garonne. Son chauffeur a prétendu se rendre à l'hôpital Pellegrin pour une urgence cardiaque. Malou a contacté les urgences de l'hôpital. Aucune ambulance en provenance de Pauillac n'a déposé de malade ce jour-là !

— Merde ! Ils nous ont bien baisés ! On s'est fait avoir comme des bleus !

— Eh oui, plumés tels des poulets ! Mais ne t'inquiète pas, le fourgon va parler, le rassura Max. Bonne nouvelle, le ménage a été bâclé avant sa mise à l'eau. Les collègues ont découvert du matériel à l'intérieur.

— Quel genre ?

— Médical : brancard, perfusion, seringues.

— Étonnant !

— Même plus, je dirais : détonnant !

☆

Une fois retiré des eaux glauques de la Garonne, ledit fourgon prit place sur un camion-plateau recouvert par une bâche. Dès son arrivée dans les locaux de la police scientifique, une équipe de plusieurs fonctionnaires le passa au peigne fin. Pour des limiers aussi habiles, ce véhicule retrouvé dans le fleuve représentait une véritable aubaine, une mine d'informations. Il se révéla truffé d'indices pertinents pour la suite de l'enquête et la quête de la vérité sur cette affaire d'enlèvement déguisé en suicide.

La perfusion retrouvée dans la partie ambulatoire dévoila un ADN exploitable non enregistré dans le fichier de la police. Les empreintes de plusieurs personnes furent recueillies, ainsi qu'une seringue inutilisée emplie d'un poison puissant capable de tuer en quelques secondes par arrêt cardiaque.

Grâce à ces indices, le fichier central divulgua les noms de deux individus fichés : celui du présumé suspect Bruce Madeiro et d'un étudiant allemand Hugo Specht, expulsé de France l'année précédente après sa condamnation dans une affaire de trafic de cannabis sur le campus de Talence. Quant à l'ADN, après comparaison avec un prélèvement réalisé dans l'appartement de la disparue à Carbon-Blanc, il appartenait à Ludivine Fontan.

L'enquête venait de progresser d'un bond. Ludivine Fontan avait bien été enlevée. Elle avait voyagé récemment dans cette ambulance et était vivante à ce moment-là. Le sieur Madeiro trempait bien dans cette sombre affaire. Pour quelles raisons, ce véhicule se retrouvait-il immergé dans la Garonne ? La réponse à cette question fut une évidence pour un commissaire aussi expérimenté que Max. Il réunit à nouveau ses troupes pour faire le point :

— Mercredi, Ludivine Fontan était en vie et présente dans l'ambulance des sapeurs-pompiers lors du franchissement du contrôle de Saint Sauveur. Bruce Madeiro se trouvait également à bord avec au moins le dénommé Hugo Specht. Ce dernier est peut-être le second agresseur de la victime. Malgré toutes ses apparences de respectabilité, le château Rouge Gironde a tenu de lieu de détention de notre victime. Notre intervention avait ciblé le bon endroit. Néanmoins, un grain de sable a alerté les ravisseurs qui se sont échappés avec l'ambulance vers une autre destination. Maintenant, nous devons répondre à ces questions : Quel est le nouveau lieu de détention ? Pourquoi l'ambulance a été immergée du côté de Lormont sans même que le ménage n'ait été fait ? Pourquoi détiennent-ils Ludivine Fontan et quelles sont leurs intentions ?

Un silence studieux succéda à la tirade de Max. Les quatre enquêteurs muets réfléchissaient à la suite à donner. Fred le brisa :

— Je pense que l'on va retourner au château Rouge Gironde et le fouiller de fond en comble. S'il le faut, on le démontera pierre par pierre ! Les bâtiments comportent sûrement une cache secrète qui nous aura échappé lors de notre première visite.

— Bien raisonné Fred ! Ce chai n'a pas encore parlé. On va le pressurer jusqu'à l'ultime goutte de jus. Et ce n'est pas du Pauillac qui en sortira, mais la vérité, quelle qu'elle soit ! garantit Max.

— Pour l'ambulance, soit l'individu qui l'a balancée n'était pas très malin ou alors très pressé, analysa Mot.

— Ou il n'a pas prévu les courants du fleuve, ajouta Malou tout en remettant en place une mèche rebelle.

— Cela confirme mes dires, un malfrat de petite envergure, reprit Mot.

— Ou tout simplement, un stratagème mafieux pour nous orienter sur une fausse piste. Ben, fais le point sur cet étudiant allemand expulsé, Hugo Specht ! On ne sait jamais, il connaissait peut-être notre ami Kurt. Deux étudiants allemands apparaissent dans notre enquête. Est-ce une pure coïncidence ou alors… un nid d'outre-Rhin ?

— OK patron, répondit Ben.

— Au travail, termina Max déjà debout.

— Je te vois venir Max. Tu penses à un réseau international ? lança Fred.

— Possible ! confirma Max.

☆

Ben et Mot étudièrent avec méthode les plans du permis de construire accordé au nouveau propriétaire du château Rouge Gironde, désireux de moderniser les installations et d'apporter des modifications substantielles. Au premier abord, aucune différence ne leur apparut par rapport aux constatations effectuées sur le terrain lors de la première perquisition.

— Max, les plans du projet semblent correspondre à la construction.

— Fais voir que je jette un coup d'œil ! déclara Max.

Max se plongea aussi dans la rénovation du domaine. Pendant plusieurs minutes, il vérifia les cotes, mesura, compara les vues et les coupes. Un sourire carnassier éclaira son visage concentré, avant qu'il n'exprime sa conclusion :

— Y'a un os ! J'en suis sûr et certain !

Ben et Mot se regardèrent perplexes.

— Et quel est cet os ? s'enquit Ben.

— Rappelle-toi ! On a traversé le chai qui se termine sur un mur refend dans lequel s'encastre cette fameuse porte blanche en acier.

— Oui, et alors ?

— La pièce pleine de divers matériels était de longueur réduite et occupait toute la largeur de l'édifice.

— C'est vrai ! Elle devait mesurer cinq à six mètres de long, confirma Ben.

— Regarde la cote marquée sur le plan-masse !

— Douze mètres, annonça Ben. Merde, il y a une pièce cachée au fond du bâtiment !

— Exact ! Et quand on additionne la longueur du chai à celle de la pièce de stockage de matériel, on retrouve bien la longueur totale de la construction, confirma un Max réjoui. Le château est sous surveillance, mais je n'en attends pas grand-chose. Nos oiseaux se sont envolés et ne reviendront pas au nid. Par contre, nous devons prouver que le repaire de malfaisants se trouvait bien dans cette propriété viticole… Et peut-être nous fournira-t-il quelques indices supplémentaires ? termina Max déjà debout pour monter chez Alex.

9 – Port de Bayonne

Vendredi 27 avril deux mille dix-huit

La vedette rapide *L'Izardia* sortit du chenal pour rejoindre le navire de commerce *Anneke Hermina* en attente de pilotage pour entrer dans le port de Bayonne. Le bateau était un vraquier de classe handysize de trente-cinq mille tonnes de lourd, parfaitement adapté aux caractéristiques du port de Bayonne avec ses cent cinquante mètres de longueur et ses vingt-cinq mètres de largeur.

Le temps était au beau fixe, l'océan peu agité. Malgré ces conditions météorologiques marines favorables, la manœuvre d'entrée dans le port resterait un moment de stress pour le pilote, l'expérimenté capitaine Bixente Zuruburru.

À proximité du rivage, la confluence entre les eaux de l'Atlantique et de l'Adour soulevait une houle courte, hachée, pernicieuse. L'accès au port de Bayonne demandait une parfaite connaissance de la barre de l'Adour, des bancs de sable au sud du chenal et des courants marins imposant au bâtiment de longer la digue nord.

En dépit des difficultés quotidiennes de son métier et des dangers de la barre de l'Adour, le capitaine Zuruburru n'aurait échangé sa place pour rien au monde. Parfois en hiver par temps très clair, la vue portait jusqu'au Pyrénées et les pics d'Anie et du Midi se découpaient majestueusement à l'horizon.

Ce navire enregistré sous pavillon du Honduras venait régulièrement chargé du maïs. Bixente le connaissait. Comme à chacune de ses visites, il le ferait accoster au poste Maisica, situé sur la rive droite de l'Adour au niveau des silos à grains.

Positionné sur l'échelle d'enfléchures bâbord du pont avant de *L'Izardia*, le capitaine Zuruburru saisit d'une main ferme l'échelle de corde pendue le long de la coque de l'*Anneke Hermina*. Après son escalade, accueilli par l'officier de sécurité, le pilote gagna la passerelle où l'attendait le capitaine du vraquier, le hollandais Dereck Van Kneel.

Bixente Zuruburru prit immédiatement les commandes et donna ses ordres de navigation au commandant, qui les répercuta sur l'officier de quart indien pour l'entrée dans le chenal du port.

Le bâtiment immatriculé sous pavillon de complaisance appartenait à une compagnie néerlandaise basée à Rotterdam, la Vankrucken Shipping B.V. Son port d'attache se trouvait en Amérique Centrale à Puerto Castilla, petit port situé au bord de la mer des Caraïbes dans la baie de Trujillo au Honduras. Cette société possédait seulement deux navires parcourant les mers du globe avec du fret maritime. Puerto Castilla demeurait un village traditionnel de pêcheurs, en dépit de la présence d'une base militaire et d'un port de commerce. Le trafic essentiel du port reposait sur un fruit prisé des Européens, la banane. D'ailleurs, le second navire de la Vankrucken Shipping B.V. transportait exclusivement ce type de fret entre le Honduras et l'Europe et faisait escale couramment en

France, au Havre.

L'équipage du vraquier se composait de trois officiers néerlandais, le capitaine, son second et l'officier de sécurité, d'un officier mécanicien indien et de marins indiens et honduriens. La compagnie justifiait la présence à bord de l'officier de sécurité par la navigation fréquente de ce navire dans des mers infestées de pirates.

Celui-ci, un ancien militaire, officier dans les commandos néerlandais de marine, reconverti dans la sécurité maritime, avait participé à plusieurs opérations secrètes au Moyen-Orient. Les visiteurs se trouvaient toujours surpris de cet accueil à bord par un homme en treillis et rangers, armé d'un pistolet israélien Uzi à la ceinture, et, pour un œil averti, d'un couteau de combat Knaken porté au mollet. Ce poignard, fruit d'une collaboration avec le commando Hubert, unité d'élite de la marine nationale, passait pour un des meilleurs et équipait de multiples unités de commandos dans le monde.

Néanmoins, le capitaine Zuruburru trouvait judicieux l'emploi d'hommes armés à bord. Capitaine au long cours, comme tous les pilotes, Bixente Zuruburru avait écumé tous les océans sur des navires de commerce. Lors de son dernier commandement, un patrouilleur de la marine française détaché dans le golfe d'Aden avait sauvé de justesse son pétrolier dépourvu de toute protection contre le piratage par des pêcheurs au large de la Somalie.

Dès l'accostage du vraquier, le capitaine Zuruburru le quitta par l'échelle de coupée et rejoignit la vedette *L'Izardia* qui l'attendait pour le ramener à la capitainerie située sur la rive opposée.

☆

Samedi 28 avril deux mille dix-huit

Deux heures du matin marquait presque l'horloge de l'église Saint-André située dans le petit Bayonne endormi. Devant le parvis stationnaient deux véhicules de couleur sombre. Le petit Bayonne s'était vidé de ses derniers oiseaux de nuit avec la fermeture des bars et des restaurants. Seul, quelques attardés traînaient leur mal-être ou leur excès de boisson, ainsi que quelques paumés en quête d'une dose de dope pour pallier un manque récurrent.

Un noctambule aviné et chargé traversa la rue d'un pas mal assuré en rigolant bêtement et s'approcha du premier 4x4 pour satisfaire un besoin naturel sur la portière avant gauche. Après une descente difficile de la fermeture éclair de sa braguette, il brailla le pénis à l'air :

— Putain de bourges ! Je vous pisse au…

Sa déclaration imagée et sectaire fut stoppée net par la descente de la vitre latérale fumée avant gauche et la découverte de deux yeux noirs prolongés par le canon d'une arme de poing. Le mec bourré rangea avec célérité son matériel et partit aussi vite que possible la braguette ouverte à la recherche d'une pissotière plus accueillante.

Dès le second coup de cloche, les deux tout-terrain démarrèrent en direction des Allées Boufflers et franchirent l'Adour par le pont Saint-Esprit. Après avoir longé le quai de Lesseps et atteint la commune de Boucau, deux minutes plus tard, ils pénétrèrent dans l'enceinte du port désert, tous feux éteints par le rond-point des Libertés. Sans la moindre hésitation, les deux véhicules se dirigèrent à vitesse réduite vers l'*Anneke Hermina* endormi et s'arrêtèrent devant l'échelle de coupée. Les chauffeurs restèrent au volant, moteur tournant, pendant que les passagers avant sortaient et ouvraient le hayon arrière. Aussitôt, le pont s'éclaira, la passerelle s'anima. Quatre marins descendirent du vraquier chargés de gros sacs en toile de jute sous la supervision de l'officier de sécurité accoudé au bastingage. En plusieurs rotations sous cette nuit sans lune, seulement éclairée par la lumière ambiante, les hommes répartirent la cargaison dans les deux véhicules. L'opération silencieuse ne prit que quelques minutes. Chacun connaissait son rôle. Dès la fin du chargement, les deux 4x4 redémarrèrent et quittèrent rapidement le port par le même chemin, puis prirent la direction du nord. L'*Anneke Hermina* se rendormit.

☆

Veuf, le capitaine Bixente Zuruburru vivait seul depuis ce drame familial et devenait encore plus insomniaque qu'au temps où il assurait les quarts de nuit sur les navires de commerce.

N'étant pas du genre à fréquenter les établissements pour noctambules, souvent son insomnie le traînait solitaire du côté de la plage de la Barre. En ce lieu où l'océan attaquait rageusement la terre ferme, il pouvait passer des heures à contempler le large et le spectacle sans cesse renouvelé des vagues s'écrasant avec force écume blanche sur les rochers et les digues des Cavaliers et de la Barre. Parfois, sa marche nocturne l'entraînait vers le sud par le chemin côtier jusqu'à la plage de l'Océan et le golf de Chiberta sur la commune d'Anglet. Inévitablement, son périple se terminait du côté de la capitainerie dans l'observation des mouvements du port à l'aide de ses jumelles de vision nocturne.

De temps à autre, Bixente se trouvait voyeur sans le

chercher de scènes cocasses, comme lorsque deux amoureux ou un couple illégitime se réfugiaient du côté des installations maritimes dans l'espoir d'une intimité illusoire. Son but n'était pas de surprendre de telles scènes. Simplement, il ne se lassait pas d'examiner les bateaux amarrés et de repérer les quelques déplacements nocturnes sur les quais.

Ce soir-là, Bixente suivait avec ses jumelles depuis la rive gauche de l'Adour, un chevreuil perdu et paniqué qui s'était introduit dans l'enceinte de la rive droite landaise du port sur Tarnos. La bête erra sur le quai Marcel Forgues puis se dirigea sur le qui-vive vers le poste Maisica, où l'*Anneke Hermina* mouillait isolé. Aucune vie à bord du navire, l'ensemble des éclairages était éteint, même pas un membre d'équipage prenant le frais une clope aux lèvres, accoudé au bastingage tout en observant les lumières de la ville endormie !

Tout à coup, le chevreuil s'arrêta net, fixa la silhouette du navire à quai et s'enfuit dans le sens opposé à grands bonds désordonnés. Cette volte-face subite de l'animal intrigua le capitaine Zuruburru. Quelque chose venait d'apeurer la bête. Mais quoi, un chien errant, un piéton perdu, un reflet inopiné ?

Très vite ses yeux électroniques trouvèrent la cause de la frayeur animalière : un simple gros matou, perché sur un muret. Cette découverte lui arracha un sourire, un puissant cervidé mit en fuite par un si petit animal. Alors qu'il s'évertuait à retrouver la trace de la bête, soudain dans son champ de vision nocturne apparurent fugitivement deux gros tout-terrain noirs s'éloignant du vraquier tous feux éteints. Les deux véhicules en pleine accélération disparurent vers la sortie du port. Bizarre, même très bizarre pensa-t-il !

☆

Castets dans le département des Landes, Autoroute A63, sens sud nord, trois heures trente du matin. Les gendarmes autoroutiers en planque dans leur break Renault Mégane somnolaient devant l'écran de contrôle du radar mobile caché derrière la pile du pont de la départementale reliant Dax à Castets. Le trafic réduit à cette heure-là était constitué en grande majorité de poids lourds étrangers, surtout espagnols et portugais, et de quelques véhicules légers profitant de l'horaire matinal pour rouler en excès de vitesse. L'appareil était réglé sur cent quarante kilomètres heures. L'adjudant regrettait avec amertume que son radar d'ancienne génération ne fût pas discriminant. De nombreux camions profitaient de cet état de fait pour dépasser allégrement leur vitesse réglementaire en toute impunité.

Le bip réveilla les deux gendarmes. L'affichage numérique à côté de la photo du contrevenant indiquait cent quatre-vingt-dix kilomètres heures, soit un excès de vitesse imposant le retrait immédiat du permis de conduire et la confiscation du véhicule. Pour ce faire, encore fallait-il pouvoir stopper le véhicule avec le concours de la voiture rapide détachée sur ce tronçon d'autoroute, une Renault Mégane RS dernier modèle, ou plus classiquement par deux motards de la gendarmerie. Mais ce soir-là, les deux gendarmes se trouvaient bien isolés sous le pont et dans l'incapacité de lever le contrôle pour poursuivre un délinquant de la route, surtout à une telle vitesse. Moins d'une minute plus tard, nouveau record de la soirée, cent quatre-vingt-douze kilomètres heures. Le sous-officier se contenta de transmettre au PC autoroutier la description et l'immatriculation des deux véhicules pris en flagrant délit.

— Buse 33 à belette 44, deux clients au PK 117+500 sens

sud nord : un SUV BMW noir immatriculé aux Pays-Bas, BQC-58-F, cent quatre-vingt-dix kilomètres heures à trois heures trente-cinq, un 4x4 Subaru noir immatriculé en Allemagne, MU-K 969, cent quatre-vingt-douze kilomètres heures à trois heures trente-six. À vous.

— Belette 44 à buse 33, bien reçu. Nous allons procéder à leur interception au péage de Saugnaq-et-Muret. Terminé

— Chef, s'ils sortent avant ? s'étonna le jeune gendarme auxiliaire en poste depuis quelques jours à la gendarmerie autoroutière de Castets.

— C'est un risque, mais ce soir il nous est impossible de faire autrement. De toute façon, s'ils s'échappent par une sortie antérieure, on les retrouvera.

☆

Dimanche 29 avril deux mille dix-huit

En championnat de Pro D2 de rugby, l'Aviron bayonnais affrontait dans l'après-midi son éternel rival biarrot, le Biarritz Olympique en peine sportivement comme l'Aviron. Bixente Zuruburru, Basque né et élevé dans le populaire quartier du Petit Bayonne du côté de la rue Pannecau, bleu et blanc de cœur jusqu'au bout des ongles, ne supportait pas cette idée récursive de projet de fusion entre les deux clubs emblématiques basques. Pour lui, Biarritz représentait le luxe, le fric, la jet-set, la station à la mode, le bling-bling. Un monde très différent de celui qui était le sien depuis son enfance, même si ces deux communes appartenaient à la même communauté d'agglomération. De plus, il n'y avait pas si longtemps, les Basques se foutaient des Béarnais de la Section paloise encroûtés dans le ventre mou de la Pro D2. Et maintenant, Pau jouait à nouveau en Top 14 et affichait l'ambition de faire partie des six meilleurs clubs de l'élite rugbystique française, pendant que les deux clubs basques stagnaient dans le milieu de tableau de la Pro D2.

Seul en ce dimanche comme souvent et de repos, Bixente décida de se rendre au stade Jean-Dauger de Bayonne pour assister à ce derby prisé joué à domicile, clou de la saison. Des grappes de supporters vêtus aux couleurs historiques des deux clubs, bleu ciel et blanc pour l'Aviron, rouge et blanc pour l'Olympique, se pressaient vers le stade du derby basque.

Ses enfants vivaient loin. Son fils Aïtor, sur les traces professionnelles de son paternel, commandait en second un des rares cargos encore sous pavillon français. Sa fille Maïder, designer à Londres envisageait à cause du Brexit de quitter la Grande-Bretagne pour s'installer à Bruxelles, au désespoir de son père qui pensait la voir réintégrer le Pays basque.

Le spectacle offert fut moyen, comme les deux équipes. Le destin veillait. Bayonne s'imposa de justesse grâce à un essai marqué en contre suite à un en-avant oublié par l'arbitre sous les huées des supporters biarrots dépités, après une récupération dans un ruck. Après le match, écharpe bleu ciel et blanc autour du cou, Bixente se fraya un chemin jusqu'à la buvette. Dans la foule assoiffée, un homme lui asséna une vigoureuse tape sur l'épaule, son ami Imanol Etcheberry, capitaine à la police judiciaire bayonnaise, ancien seconde ligne de l'Aviron.

— *Egun on*[1] Imanol, on n'est pas près de remonter en Top 14, attaqua Bixente heureux de la victoire de Bayonne, mais déçu par le piètre jeu proposé.

---

1 Bonjour (langue basque)

— Bonjour Bixente, j'en ai bien peur. Il faut garder espoir et croire au miracle. Bien que la Vierge ne soit pas basque, les miracles existent. Lourdes n'est qu'à cent quarante kilomètres ! Comment vas-tu ?

— Bien et toi ? Tu bois un demi ?

— OK Bixente, mais la tournée est pour moi.

— T'es de repos aujourd'hui ?

Sans répondre, Imanol écarta légèrement son blouson pour que son ami distingue le calibre lové dans son holster.

— Toujours sur le pont à ce que je vois !

— Tu sais ! Mon métier c'est un véritable sacerdoce. Et puis, en laissant traîner les oreilles, on peut toujours apprendre des infos intéressantes. Et toi, quoi de neuf sur l'Adour ?

— La routine, guider les bateaux à l'appontement, les accompagner pour sortir du port.

À cet instant, la scène de la veille lui revint en mémoire. Ils s'écartèrent le verre à la main pour échapper à toute oreille indiscrète.

— Imanol, quelque chose m'a intrigué vers deux heures du matin dans la nuit de vendredi à samedi au poste Maisica sur la rive droite. Des mouvements de véhicules quittant le port à vive allure tous feux éteints depuis un bateau hondurien amarré arrivé au port l'après-midi même.

— T'as raison, c'est suspect ! Pas net ton affaire ! As-tu identifié les véhicules ?

— Un des deux, une BMW, peut-être un X quelque chose. Quant à l'autre, sûrement une japonaise.

— Et l'immatriculation ?

— Tu m'en demandes trop ! La scène a été fugitive et j'étais sur l'autre rive.

— Tu vois pourquoi j'aime bien, outre le rugby, m'éterniser

du côté des stades et de leurs buvettes. Tu peux toujours rencontrer un indic !

— Tu penses à quoi ?

— J'ai une petite idée. Ça mérite de se pencher dessus ! poursuivit Imanol déjà en mode enquêteur. Ce bateau, est-ce un habitué du port ?

— Oui, c'est un vraquier hondurien dénommé *Anneke Hermina*. Son port d'attache est Puerto Castilla, port situé dans la mer des Caraïbes dans la baie de Trujillo au Honduras.

— Intéressant ! Connais-tu le capitaine ?

— Oui, depuis plusieurs années.

— Comment le ressens-tu ?

— Normal. Tu sais, je ne reste pas longtemps à bord. Dès que j'arrive à la passerelle, je prends la direction des opérations. Par contre, son équipage a une particularité…

— Tu m'intéresses Bixente ! le coupa Imanol.

— Il est composé de quatre officiers, trois Néerlandais et un Indien, et de marins indiens et honduriens. L'accueil à bord est assuré par un officier de sécurité en treillis et rangers, un ancien des commandos de marine néerlandais reconverti, toujours armé d'un pistolet à la ceinture et d'un poignard au mollet.

— Plutôt sympathique l'accueil sur ce rafiot ! s'étonna Imanol de plus en plus attentif.

— Sa présence se justifie soi-disant par le fait que ce navire navigue parfois dans des mers infestées de pirates comme au large de la Somalie.

— Ouais ! Troublantes ces infos ! Travailles-tu demain ?

— Oui, je commence à neuf heures, précisa Bixente.

— Je passerai te voir au bureau des pilotes et tu m'emmèneras avec un véhicule du port jeter un œil discret au site et à ce vraquier. Je t'aurais bien demandé de solliciter une visite du navire auprès du capitaine pour un vieux copain fournisseur de whisky de derrière les fagots, mais je crains que ton Rambo soit allergique à la volaille. Le flingue, c'est une chose, mais un poignard porté au mollet... Bizarre pour un honnête homme !

— Tu as raison Imanol ! Méfiance, avec son artillerie, son gabarit de troisième ligne et son crâne rasé, l'homme ne m'a jamais inspiré confiance. Et puis, il faut l'avouer... Tu possèdes une véritable tête de flic !

— En tout cas, mieux vaut détenir une bonne tête de poulet qu'une sale gueule de truand ! conclut Imanol. *Agur*[2] Bixente, à demain.

Bixente regagna son appartement pensif. Suite à la conversation partagée avec son copain Imanol, il prenait encore plus conscience que ce chevreuil égaré dans l'enceinte de la rive droite du port, apeuré par un simple matou veillant sur son terrain de chasse, pouvait mener à la découverte de faits délictueux.

---

2 Salut (langue basque)

10 – Jeannot

Dimanche 29 avril deux mille dix-huit

Jeannot habitait à Onesse-et-Laharie depuis sa naissance. Vieux garçon, ouvrier boulanger, depuis plusieurs décennies, chaque jour un peu avant quatre heures du matin, quel que soit le temps, il enfourchait son antique mobylette bleue de marque Motobécane pour rejoindre son lieu de travail à Mézos. Tout le monde le connaissait avec son profil landais agrémenté d'une clope roulée dans du papier de maïs le plus souvent éteinte, son accent rocailleux fleurant bon le terroir, son béret éternellement vissé sur son crâne dégarni et son antédiluvien deux-roues pétaradant mais toujours vaillant.

Au Jeannot, certains soirs, il lui arrivait d'abuser du Tariquet, le blanc sec exclusivement. Jamais de rosé, trop féminin, jamais de rouge, trop tannique, jamais de moelleux, trop sucré. Alors, le lendemain matin, le vélomoteur avait du mal à tenir sa droite. De toute façon, à cet horaire matinal, les usagers se faisaient très rares entre Onesse et Mézos. Ainsi, le cyclomoteur partageait la route avec quelques animaux nocturnes.

Par cette nuit sans lune, seul son phare avant amenait un

pâle halo de lumière dans cet environnement d'ombres de pins alignés serrés, donnant une atmosphère oppressante, troublé seulement par le cri d'une hulotte ou le déplacement furtif de chevreuils et de sangliers. En pleine forêt, arrivé à proximité du ruisseau de Lapendille de Paschicot, un crissement de pneus, un léger choc, et Jeannot se retrouva propulsé avec son engin dans le fossé de la départementale comme un vulgaire fétu de paille. Lui, qui dans sa jeunesse, raide comme un piquet de vigne de Chalosse, n'avait jamais pratiqué la gymnastique, réalisa un magnifique salto avant avec double vrille digne d'un sauteur de course landaise lors des fêtes de la Madeleine de Mont-de-Marsan. Enfin presque, la réception ne fut pas celle d'un champion, mais plutôt celle d'un touriste au fessier titillé par les cornes d'une vachette landaise durant une course à la cocarde.

Heureusement qu'il était gaillard le Jeannot ! Malgré la figure imposée sans échauffement, il eut le temps de voir disparaître dans l'obscurité à toute vitesse deux feux rouges. Il se releva un peu groggy avec un coquard au visage, courbatu mais entier, couvert d'aiguilles de pins et de mousses, les habits maculés de la boue du fond du fossé. Seul, sa jambe gauche lui faisait vraiment mal. Même sa cigarette était toujours collée à sa lèvre inférieure. Heureusement qu'elle était quasiment toujours éteinte, au moins cela évita de coller le feu à la forêt avoisinante déjà bien desséchée en ce milieu de printemps.

Par contre, son béret avait disparu et sa mobylette gisait en piteux état quelques mètres plus loin, sa roue arrière voilée, son garde-boue arrière en huit et son phare avant brisé, hors d'état de poursuivre le trajet.

— *Hilh de pute* ! roumégua le Jeannot pour la forêt en

époussetant son éternel bleu tout temps.

— T'as vu le con, au milieu de la route et aucune lumière à l'arrière de sa pétrolette ! maugréa le chauffeur du véhicule incriminé ayant oublié de s'arrêter.

— C'est pas une grosse perte ! ironisa le passager sarcastique.

Jeannot, la guibole gauche traînante, décida de continuer à pied dans l'espoir d'un bon samaritain pour le prendre en stop. Allergique au modernisme, donc dépourvu de téléphone portable, il ne pouvait même pas prévenir son patron de son retard.

Après avoir clopiné avec difficulté sur un bon kilomètre en s'aidant d'une canne en bois improvisée avec les ressources de la forêt, deux phares balayèrent la route. Un tout-terrain salvateur s'arrêta.

— *Dià !* Jeannot, t'as perdu ta moitié ? lança le chauffeur en route pour prendre son travail à Mimizan, hilare devant la dégaine claudicante du piéton semblable à un pauvre pèlerin perdu sur le chemin de Saint-Jacques de Compostelle.

— *Adiou* Fernand. Rien compris, j'roulais tranquille… et j'me suis retrouvé le cul dans le fossé.

— Jeannot, t'es allé au pichet hier ! J'te l'ai déjà dit : le Tariquet c'est bon, mais sans abus !

— J'pinte pas moi, j'étanche ma soif, et j'bois que du blanc, jamais de mélange. *Hilh de pute*, toute la journée au fournil, ça donne chaud !

— Et soif… Allez grimpe, je vais te déposer au turbin. Ton patron doit s'inquiéter, toi qui es mieux réglé qu'une horloge astronomique.

☆

À la boulangerie de Mézos, une effervescence inhabituelle par rapport à un dimanche ordinaire régnait. Avec l'arrivée tardive de son mitron, le patron s'était trouvé au four et au moulin et dans l'obligation de laisser tomber certaines fabrications. Avec cette météo presque estivale en cette veille de premier mai et ce week-end à rallonge, ce n'était vraiment pas de chance. Pour la première fois de la saison, de nombreux citadins venaient prendre leur premier bain de mer et constater le recul inexorable du trait de côte et les dégâts des tempêtes hivernales sur le fragile cordon dunaire.

Heureusement qu'en commerçant avisé, le boulanger avait anticipé la fabrication des pastis maison. Dans un rayonnage proche du comptoir trônaient bien en vue des clients une vingtaine d'unités de ce succulent gâteau landais traditionnel parfumé à la fleur d'oranger, rehaussé d'une touche de vanille de Madagascar et d'une dose de rhum. La recette se transmettait de génération en génération pour les plus chanceux. Le boulanger de Mézos appartenait à cette catégorie. De ce fait, dans le département des Landes, peu de boulangers-pâtissiers artisanaux poursuivaient la fabrication de véritables pastis landais à l'ancienne. La plupart n'étaient que des copies plus ou moins réussies.

Vers huit heures, la clochette de la porte de la boulangerie tinta et deux gendarmes de la brigade de proximité de Lit-et-Mixe entrèrent.

— Bonjour la compagnie, tu nous prépares deux noirs avec une chocolatine, lança à la cantonade le chef de patrouille le calot à la main, un des rares Landais en poste dans sa région.

— *Adiou*, désolé messieurs, mais ce matin les viennoiseries sont encore dans le four. Le Jeannot, je ne sais pas ce qu'il a fait. Il est arrivé très en retard, pas frais, en voiture, en boitant, les vêtements boueux, avec une tête de participant à la force basque ayant pris l'enclume sur la caboche, répondit le boulanger affairé au remplissage des rayonnages de pains chauds juste sortis du four à bois. Allez au fournil, vous verrez sa tête !

Les deux gendarmes gagnèrent le fournil.

— *Dià !* Jeannot, t'as *chuqué*[3] hier ou quoi ? interrogea le gradé.

— *Hilh de pute* ! Suis pas allé au pichet, juste quelques verres pour la soif. Un chauffard m'a renversé ce matin entre Onesse et Mézos.

— C'est lui qui t'a amené au travail ?

— Non, c'est même pas arrêté le bougre !

— Je vois que tu es blessé, tu traînes la guibole et t'as une tête de Mickey. Il faut que tu déposes plainte et que tu te rendes chez le médecin pour le traitement et la constatation de tes blessures.

— Jeannot jamais malade, irai pas chez le toubib !

— Écoute Jeannot ! C'est un ordre, asséna le militaire d'un ton péremptoire.

— Bon, d'accord, à vos ordres mon adjudant ! répliqua Jeannot au garde-à-vous devant le four à bois, le visage fariné.

— Et ton char ?

— Resté dans le fossé. C'est ben la première fois qu'il me laisse tomber !

— Oh Jeannot, tu perds un peu la mémoire ! Tu veux que je te rappelle toutes les fois où on t'a ramené dans ton gourbi ! As-tu identifié le véhicule ?

— Tu parles ! Étais à la limite de faire le *pet*[4], ai vu deux

3 Boire plus que de raison (patois landais)
4 Malaise (patois landais)

feux rouges.

— *Dià*… Jeannot, avec ça tu ne nous facilites pas la vie !

— Suis pas flic moi !

— *Adishatz* Jeannot ! On va aller jeter un œil à ta pétrolette.

Les deux gendarmes burent rapidement leur café sans viennoiserie et prirent la direction de la route départementale 38. Ils n'eurent aucun mal à découvrir la fameuse Motobécane bleue abandonnée tristement dans le fossé à environ deux kilomètres d'Onesse.

— Vu l'état du bolide, il a eu de la chance le Jeannot ! constata le second gendarme.

— Positif ! Regarde, son béret est resté accroché dans un pin. Voyons les traces du choc !

Les gendarmes notèrent un choc arrière avec une légère trace de peinture noire sur les restes du garde-boue arrière.

— Et chef, ça, ce n'est pas un morceau de vélomoteur ! annonça le plus jeune, un petit morceau de plastique translucide à la main.

Le chef de patrouille examina avec attention le débris et conclut :

— C'est un morceau de clignotant de véhicule, reste à découvrir de quel véhicule ! Aide-moi, on va embarquer la mobylette de Jeannot dans le Trafic et on rentre à la brigade.

☆

Le barrage mis en place au péage de Saugnaq-et-Muret ne permit pas d'intercepter les deux véhicules recherchés. Aucune Subaru ne se montra au péage, seul un quatre-quatre BMW X5 noir immatriculé en France avec une seule personne à bord se présenta au contrôle vers cinq heures du matin.

L'habitacle renfermait seulement une planche de surf et un sac de sport. Le chien renifleur ne découvrit pas trace de substances prohibées. Le véhicule appartenait à son chauffeur, un dénommé Norbert Meyer, maître de chai au château Rouge Gironde à Pauillac.

L'hypothèse émise par le gendarme stagiaire de la brigade autoroutière de Castets se vérifia. Les deux chauffards avaient quitté l'autoroute par une sortie plus au sud. De plus, l'examen des immatriculations décela la présence de fausses plaques. Le SUV allemand correspondait à un modèle similaire en circulation dans la région de Hanovre appartenant à un policier allemand de service le soir du contrôle. Quant au tout-terrain néerlandais, il concordait à un modèle japonais identique propriété d'un citoyen néerlandais de Rotterdam.

Un gendarme de la brigade autoroutière se rendit au PC de Castets pour visualiser les enregistrements des caméras de surveillance des voies du péage.

Il appela immédiatement son chef pour lui rendre compte de ses investigations :

— Chef, les deux véhicules signalés ont franchi le péage de Castets dans le sens sud nord quelques minutes avant leur passage devant le radar par la voie de télépéage à vitesse lente de 30 km/h.

— Parfait ! Reste à obtenir les coordonnées des titulaires des contrats.

— Je les ai. Celui de la BMW est un contrat Rapido au nom de Norbert Meyer domicilié à Pauillac et celui de la Subaru est un contrat Stop and Go au nom d'Anne Gordini habitant à Paris.

— Peut-on identifier les conducteurs avec les vidéos ?

— Négatif Chef ! Par contre, on distingue nettement la

présence de deux hommes à l'avant de chaque véhicule.

— Je vais contacter le chef de la brigade de Pauillac pour qu'il rende une visite de courtoisie à ce Meyer. Excès de très grande vitesse avec des fausses plaques d'immatriculation, c'est louche !

— Affirmatif Chef ! Mais, rouler avec des fausses plaques et se servir de son télépéage, c'est pas très malin !

— Rappelle-toi que les truands font toujours une erreur un jour ou l'autre. On ne s'improvise pas James Bond du jour au lendemain.

11 – Le *Café du Marché*

Lundi 30 avril deux mille dix-huit

Malgré son retour tardif du bureau la veille, Max tombé du lit à l'aube en profita pour aller se dégourdir les jambes autour du lac de Bordeaux. Cette vaste zone de loisirs urbains et de baignade, très prisée des promeneurs, des enfants et des adeptes du sport en extérieur, avait remplacé un marais au milieu du vingtième siècle. Sa proximité avec le nouveau stade, le Matmut-Atlantique, le casino, un golf et diverses installations dédiées aux loisirs nautiques la rendait encore plus attractive.

À cette heure matinale, seuls quelques joggeurs faisaient des ronds autour du parcours sportif ou soignaient leur musculature sur les agrès. Max venait de boucler sur un bon rythme son dixième kilomètre de footing lorsque son téléphone sonna. Immédiatement, il s'arrêta et s'oxygéna avant de répondre pour ne pas paraître essoufflé. Bien qu'adepte régulier de randonnées dans les Pyrénées, la forme de sa jeunesse s'estompait et les entraînements de course à pied devenaient plus pesants.

— Allô !

— Commissaire Grabowski, s'inquiéta une voix inconnue teintée d'un léger accent étranger à l'autre bout du fil.

— Oui, c'est moi.

— Ici, Kurt Bauknecht, annonça l'étudiant allemand d'un timbre bas craintif. Bruce a envoyé une connaissance à la recherche de quelque chose dans sa chambre. Il est encore là.

— Arrange-toi pour voir ce qu'il emporte ! Dès qu'il quitte l'appart, tu me rappelles. Sans faute Kurt, n'oublie pas notre marché ! Comment est-il habillé ?

— Jogging gris Adidas avec une capuche bleue… et des baskets, chuchota l'homme d'un ton quasiment inaudible.

Max raccrocha et appela immédiatement Mot en planque dans le sous-marin.

— Mot, y'a du neuf ! Ça bouge, un gars vient d'entrer dans l'immeuble, basket, jogging gris Adidas avec une capuche bleue. C'est un pote à Madeiro. Dès qu'il sort, tu le shootes sur toutes les coutures et tu le files. Je te rejoins le plus rapidement possible. Je préviens les collègues.

— OK ! Je l'ai vu le gonze. Il est arrivé en courant comme un mec de retour de son jogging matinal et a composé le code de l'immeuble. Je l'ai déjà fixé sur la péloche.

Cinq minutes plus tard, la porte de l'immeuble s'ouvrit. Une mamie avec son chihuahua de couleur fauve dans les bras se dessina dans l'encadrement de la porte d'entrée et huma avec précaution l'air extérieur avant de se risquer dans la rue vide. Elle hésita avant de déposer au sol son chien de salon pour faire ses besoins. Immédiatement derrière, le mec en jogging gris avec la capuche sur la tête et des lunettes fumées se montra. Il jeta un œil à droite et à gauche, puis sortit à son tour les mains dans les poches et partit la tête rentrée dans les épaules à grandes enjambées en direction de la place de la

Victoire. Le Nikon du service déclencha en rafales. Mot le laissa prendre une cinquantaine de mètres d'avance et se mit discrètement à ses basques. Le gus semblait inquiet. Plusieurs fois, sur le qui-vive l'homme se retourna et observa l'environnement d'un œil attentif. Mot en as des filatures réussit chaque fois à anticiper et à se dissimuler. Il adorait ce jeu de chat et de souris, surtout dans le rôle du matou aux griffes remplacées par un Sig-Sauer.

En dépit de ses cuisses emplies d'acide lactique, Max sprinta pour rejoindre son véhicule garé au niveau de la plage du lac. Le cerveau plein d'adrénaline, il s'habilla rapidement et prit soin de s'asperger de déodorant et d'eau de toilette afin de ne pas sentir trop l'homme des bois. Déjà qu'il arborait une barbe de quatre jours amplifiant son faux air de Brad Pitt !

Fred et Malou filaient déjà vers la place de la Victoire. À son tour, la C4 Cactus démarra sur les chapeaux de roues, gyrophare sur le toit, sirène hurlante, et gagna les boulevards intérieurs. Au niveau du carrefour avec la rue de Caudéran, alors que la Citroën s'apprêtait à dépasser à pleine vitesse une vieille Renault 4 conduite par un papi « Mougeot », celle-ci changea subitement de file sans clignoter. Max réagit avec promptitude. Il écrasa les freins, l'ABS se déclencha et la berline banalisée stoppa au ras du pare-chocs de l'ancêtre.

— Putain de con ! Le vieux doit être sourd comme un pot et les clignotants en option sur sa poubelle, jura Max à haute voix.

D'un coup de volant rageur, il contourna l'intrus par la voie réservée aux tourne-à-gauche et reprit sa course folle vers la Victoire. Dès l'entrée de la rue de Pessac, il ralentit, stoppa son avertisseur et rentra son gyrophare magnétique.

Pendant ce temps, le suspect traversa la place de la Victoire et suivit le cours de la Somme. Arrivé à hauteur de la rue Giner de Los Rios, il s'arrêta, épia et finalement s'y engagea. Ensuite, il bifurqua dans la rue Julie et se cacha dans le renfoncement d'une porte cochère pour observer avec discrétion la voie quittée.

Mot rompit la filature après la place de la Victoire. Malou transformée en paisible piétonne, le sac à main en bandoulière, le remplaça en liaison par oreillette avec ses collègues.

Soudain, l'homme pisté se cacha dans une encoignure de porte. Elle eut juste le temps de se glisser entre deux véhicules stationnés le long du trottoir.

— Fred, il est dissimulé dans le renfoncement d'une porte au carrefour entre la rue Giner de Los Rios et la rue Julie, face à un bar, le *Café du Marché.*

— Reste planquée et ne bouge pas ! Max vient d'arriver.

— La porte du bar s'est ouverte, le patron prend le frais une clope à la main. Je crois qu'il piste si la voie est libre. Il vient de se gratter la tête le pouce levé. Ça part, ça part… Le mec traverse la rue et entre dans le bar. La porte a été refermée… et un écriteau apposé sur la vitre, les rideaux ont été tirés.

Max intervint :

— Inutile Malou d'aller le lire, on se doute du message : fermeture exceptionnelle, un truc de ce genre. On va essayer de squatter dans un bâtiment en face. Je préfère ça à la mise en place d'un soum dans le coin. Soyons extrêmement discrets, le patron je le connais depuis quelques années, un dénommé Abaro, il fait une énorme allergie au poulet et peut avoir des réactions violentes ! Je ne serais pas étonné que son boui-boui recelât tout un arsenal !

— OK Max, je reste sur place. Vu ma position accroupie, j'espère que les riverains ne vont pas penser que je me soulage entre les voitures ou que j'essaie de forcer le coffre d'un véhicule.

— Si t'es importunée par un emmerdeur, ton Glock devrait suffire à le rassurer sur tes intentions pacifiques et à le dissuader de se mêler des affaires d'autrui !

Depuis plus d'une heure, Malou surveillait le bar. Ses jambes ankylosées et ses reins en compote réclamaient d'aller se dégourdir.

— Toujours rien Malou ? interrogea Max songeur.

— Rien, le bar est toujours fermé.

— Étrange ! Y'a un problème, on va intervenir…

Malou coupa Max :

— Ça bouge ! Le rideau vient d'être tiré et l'écriteau retiré.

— Prépare-toi, notre client va sortir. Tu ne bouges pas ! Je suis au coin de la rue sur le cours de la Somme. Ben est planqué à l'extrémité de la rue Julie et Mot verrouille la rue Giner de Los Rios côté centre-ville.

— Max, j'ai vu entrer deux clients, mais pas trace du nôtre, ni apparition du patron. Deux gus sortent… Ce sont les deux consommateurs.

— On va intervenir. J'arrive avec Fred et Ben. Mot et toi, restez sur vos positions ! Un équipage en tenue va bloquer l'extrémité de la rue Julie.

Deux minutes plus tard, Max pénétrait avec Fred et Ben dans le *Café du Marché*. Une jeune et mignonne serveuse, la narine gauche ornée d'un discret piercing, officiait derrière le bar. La porte des toilettes entrouverte indiquait la disponibilité du lieu.

— Quelle surprise Commissaire ! Vous venez prendre l'apéritif ? lança Abaro d'un ton moqueur.

— Ne bouge pas ! lui intima Max en se dirigeant vers la

réserve.

Il ouvrit la porte avec précaution et entra le flingue à la main. D'un coup d'œil, il constata qu'à part des fûts, des bouteilles et des canettes, il n'y avait personne.

Malou et Mot arrivèrent en renfort.

— Abaro, je n'ai pas beaucoup de temps à te consacrer. Où est l'homme en jogging gris qui est entré dans ton bar ce matin ?

— Vous venez de voir par vous-même. En ce moment, il n'y a que Suzon ma serveuse et votre serviteur. Même les chiottes sont libres !

— Comment s'appelle-t-il ?

— Je ne sais pas de qui vous parlez Commissaire !

— Continue à te foutre de ma gueule et je fais fermer ton estancot ! Ben, boucle l'établissement et surveille mademoiselle Suzon. Viens avec nous dans la réserve, commanda Max en poussant Abaro devant lui.

— Doucement Commissaire, je suis un honnête citoyen. J'ai fait des conneries, mais j'ai payé. Vous avez un ordre de perquisition ?

— Ta gueule, et avance !

Devant la détermination affichée par le commissaire et le Sig-Sauer pointé dans ses côtes, Abaro s'exécuta. Max inspecta les murs, le plafond, aucune trace ostensible d'une ouverture masquée.

— Fred et Mot, dégagez les caisses du fond. ! Jusque-là, Abaro affichait une impassibilité digne d'une statue du musée Grévin, couplée à un air railleur. Pourtant, à l'apparition d'une trappe dans le sol bétonné, son faciès changea légèrement de couleur. Mot souleva la trappe qui révéla un escalier en béton.

— Abaro, c'est quoi ce passage ?

— J'en sais rien. Je ne suis que locataire. Faudrait interroger le proprio !

Mot sortit une torche de son blouson et descendit les marches le flingue en main. Il ressortit une minute plus tard.

— Le tunnel se termine par une porte en acier verrouillée de l'intérieur dans les caves de l'immeuble de la rue de derrière, la rue Monadey. Dans un renfoncement, j'ai trouvé ça. Ce n'est qu'un échantillon ! Y'en a au moins trois cents similaires cachés sommairement sous une bâche, ainsi qu'une caisse avec trois Kalachnikov AK47 et une collection de chargeurs de calibre 7,62 mm.

— Abaro, c'est quoi cette poche de plastique d'environ un kilo rempli d'un produit blanc, protégée par un arsenal ?

— Jamais vu ! On dirait du sucre à confitures, fanfaronna le patron.

— Continue à te foutre de notre gueule ! ironisa Max, la poche en main et son opinel dans l'autre. Il fit un petit trou dans le plastique et goûta le produit.

À cet instant, profitant de l'attention portée sur Max, vif comme l'éclair, Abaro bouscula par surprise Malou qui se retrouva les fesses dans une caisse de canettes. Il se rua dans le bar, percuta Ben qui tenta vainement de s'interposer, et s'échappa en courant en direction du cours de l'Yser. Malou et Mot se lancèrent immédiatement à sa poursuite.

— Ben, tu restes dans le bar, passe les pinces à la belle Suzon. Fais-la embarquer au frigo et appelle la scientifique ! lança Max en rangeant son opinel.

Max sauta dans sa C4 Cactus avec Fred qui demanda du renfort pour boucler le quartier et les quais. Le fugitif possédait une cinquantaine de mètres d'avance sur ses deux poursuivants. Malou et Mot étaient certains de le rattraper assez vite, Abaro ne semblant pas posséder une superbe condition physique. À leur surprise, leur client cavalait comme un lapin. La poursuite emprunta la rue Labrède, la rue de Bègles, la rue Ferbos. Au niveau du lycée Gustave Eiffel, deux lycéens se bécotaient. Le jeune fit démarrer son scooter et posa son casque sur sa tête. Abaro d'une main ferme l'éjecta *manu militari* et s'enfuit avec le scoot. Quelques secondes plus tard, Mot brandissait sa carte de police sous le nez de la fille qui s'apprêtait à enfourcher le sien.

— Police, passe-moi ton scoot !

Sous l'effet de surprise et sans réaction, la fille obtempéra devant son petit copain encore assis incrédule le cul sur le bitume à côté de son casque. Les autres témoins de la scène, médusés, n'eurent même pas le temps de bouger le petit doigt, ni même de la filmer avec les téléphones portables rivés dans leurs mains.

La poursuite reprit avec Abaro et Mot motorisés. Malou continua pedibus en direction des quais. Les deux scooters bridés à quarante-cinq kilomètres par heure filaient à la même allure en ligne droite. Abaro disposait toujours d'une cinquantaine de mètres d'avance, mais Mot plus agile, habitué aux puissants deux-roues, reprenait du terrain petit à petit à chaque virage ou changement de direction, cours Barbey, cours de la Marne, rue Peyronnet. Les sirènes de nombreux véhicules de police en train de converger vers le secteur résonnaient. Une voiture avait déjà pris position au niveau du quai de Paludate, ainsi qu'une autre à l'entrée du pont de Pierre.

Arrivé à hauteur du quai de Paludate, Abaro s'aperçut de la présence de la police barrant son accès. Sans hésiter, il tourna brutalement à gauche et s'engagea le long du quai Sainte-

Croix sur la voie du tramway de la ligne C. La course-poursuite continua sur le quai de la station Sainte-Croix, heureusement quasi déserte à cet instant. Le tramway en direction des bassins à flot venait juste de redémarrer. Peu de passagers étaient descendus à cette station. Un papy se jeta de justesse dans un hurlement à l'intérieur de l'abri pour échapper à la meute motorisée. Une femme apeurée effleurée par la carrosserie du scooter conduit par Abaro laissa échapper son panier à provisions ; ses fruits et légumes se répandirent sur le béton. Le second bolide dérapa légèrement sur la poche de bananes, mais la dextérité de son pilote évita la chute.

Les passagers du tramway virent ahuris les deux scooters se pourchasser et remonter le long de la rame en pleine accélération. La scène paraissait irréelle, mais elle était bien réelle.

On se serait cru dans le film *Le Marginal* du réalisateur Jacques Deray, où un commissaire divisionnaire de police interprété par Jean-Paul Belmondo poursuivait au volant d'une puissante Mustang un truand au volant d'une autre grosse américaine dans les rues de Paris, en particulier sous une ligne aérienne du métro. La différence venait de la cylindrée des bolides, moins d'un cheval à Bordeaux contre plus de quatre cents à Paris.

Le conducteur du tram s'aperçut du jeu dangereux qui se déroulait le long de sa rame. Il déclencha sa cloche. Faute de réaction des deux protagonistes, pour éviter tout accident avec sa rame, il enclencha le freinage d'urgence. Le deux-roues de tête profita de cette aubaine pour franchir la voie du tramway et la coupa en glissade devant celui-ci, imité par le second en passe de le rattraper.

Le conducteur du premier scooter ne vit pas la rame de la

ligne C qui arrivait dans l'autre sens à l'arrêt Sainte-Croix. Malgré la vitesse réduite du tram, le choc fut terrible. Le deux-roues s'encastra dans un bruit de ferraille sous l'avant de la motrice. Le second put s'arrêter en dérapage de justesse à côté du tram traînant l'engin du fugitif dans un nuage d'étincelles. Abaro propulsé en l'air rebondit plusieurs mètres plus loin sur le capot et le pare-brise d'une Ford Escort qui circulait sur le quai Sainte-Croix et termina sa course contre la bordure extérieure de la chaussée, la tête dans le caniveau à côté d'une poche usagée au logo O'Quick Service et d'une canette vide de lager. La Ford, le pare-brise défoncé acheva son trajet contre un panneau souhaitant la bienvenue dans le Bordeaux historique. Des crissements de pneus précédèrent plusieurs chocs, des cris résonnèrent. Surprises par le freinage brutal inopiné de la berline et son encastrement dans la signalétique, quatre voitures venaient de s'emboutir.

Le temps parut suspendu durant quelques secondes avant la reprise des cris et l'effervescence liée à la violence de la scène.

La C4 grise de Max surgit à cet instant sur le quai. Au pas de course, il rejoignit Mot déjà près d'Abaro. Celui-ci ne bougeait plus, un filet de sang coulait de sa bouche entrouverte et d'une blessure à la tempe droite. Mot prit le pouls de l'accidenté.

— Max, il est mort.

Devant le corps inerte d'Abaro à ses pieds, les yeux déjà révulsés, Max ne ressentit aucune compassion pour cet homme, alors que d'habitude il éprouvait toujours un pincement au cœur dans l'examen d'un mort, truand ou autre. Il pensa surtout à toute cette saloperie de poudre blanche découverte chez le bistrotier et aux overdoses ou intoxications potentielles dues à sa présence dans la ville. Depuis son engagement dans ce difficile métier, il avait trop ramassé de jeunes morts d'une overdose un soir de fête ou par toxicomanie chronique. Son empathie ne pouvait plus être provoquée simplement par le côtoiement de la mort.

Les sirènes hurlaient de partout dans le quartier. La police, les pompiers rappliquaient à toute vitesse. En un rien de temps, le périmètre fut bouclé. Les gyrophares bleus clignotaient dans tous les coins. Toute circulation se trouva interrompue, que ce soit sur rail ou sur chaussée. Un médecin surgit d'une voiture bloquée. Son auscultation d'Abaro confirma le diagnostic de Mot. Plusieurs personnes étaient blessées dans les véhicules accidentés et deux dans une des rames du tram, deux personnes âgées qui n'avaient pas eu le temps de gagner une place assise. Une mamie en pleurs veillée par son irascible cocker présentait une fracture ouverte de la jambe. Un homme se plaignait de la clavicule. Des policiers et des passagers s'affairaient pour leur apporter une première aide. D'autres voyageurs restaient prostrés par la scène vécue, d'autres encore avaient pour unique préoccupation, la mise en ligne de ce chaos sur les réseaux sociaux.

Un policier apporta une couverture pour recouvrir le corps d'Abaro. Les constatations et auditions des nombreux témoins débutèrent. Le procureur de la République était déjà en route pour rejoindre le lieu du drame. Dans l'attente de son arrivée, Max s'éloigna pour prévenir son patron :

— Alex, on vient d'avoir notre premier mort dans l'affaire Fontan.

— Vous avez retrouvé le cadavre de la jeune femme ? interrogea Alexis Kellner très inquiet.

— Rassure-toi, non. C'est Abaro, le patron d'un bar du

quartier des Capucins. Il s'est jeté sous un tram lors d'une course-poursuite en scoot avec un de mes équipiers.

— Je ne savais pas qu'on possédait des scooters de service à la Crim !

— Moi non plus ! Mais cette ordure d'Abaro recelait un stock de cocaïne sous son établissement, a priori de la pure, au moins trois cents kilos, plus un petit arsenal, trois AK47 avec leurs munitions. De quoi faire beaucoup de dégâts !

— L'affaire Fontan serait liée à un trafic de drogue !

— J'en ai bien peur Alex ! conclut Max. Je te laisse, le Proc vient d'arriver.

Sous le régime de la garde à vue, débuta en soirée l'interrogatoire de Suzon Tacchini, la serveuse du *Café du Marché*, âgée de vingt ans. Sous son air sympathique se cachait une rebelle refusant de desserrer les dents et l'assistance de l'avocate commise d'office.

Max décida de la laisser cogiter quelques heures en cellule, la nuit portant conseil.

✮

Mardi 1er mai deux mille dix-huit

Le matin vers sept heures, Malou se colla à l'interrogatoire de la jeune femme. Dans sa cellule isolée de garde à vue, Suzon venait de passer une nuit insomniaque couchée en chien de fusil sur un vulgaire banc de bois, recouverte d'une couverture kaki rêche. À la place du traditionnel muguet, pour son réveil, Malou lui apporta un grand noir et deux croissants. Suzon la fixa avec des yeux sombres, mais dévora le petit-déjeuner sans un mot d'un air peu rassuré, tel un canidé qui a peur de se faire piquer son os.

Max fit une apparition dans le bureau où Malou reprenait l'interrogatoire interrompu la veille au soir, faute de coopération, et lança :

— Suzon, tu la connais cette chanson ?

Chez l'épicier, pas d'argent, pas d'épices,

Chez la belle Suzon, pas d'argent, pas de cuisses…

— Et, j'suis pas une pute moi ! éructa la jeune fille énervée par les paroles.

— Mais, elle parle ! la provoqua Max. Suzon, c'est un extrait du refrain d'une chanson de Georges Brassens, poète chanteur français de Sète.

— J'le connais pas ce mec !

— Ça ne m'étonne pas ! C'est quoi ton genre, rap, hard-rock, hip-hop, techno ? enchaîna Malou sentant que le contact s'établissait.

Après une nuit de garde à vue, sans manger et avec peu de sommeil, les prévenus se radoucissaient souvent.

— Rap, Maître Gims. Ouais, mais ce n'est pas le tout, le lundi, c'est moi qui ouvre le bar à huit heures, avança Suzon d'un ton plus docile.

— Suzon, je te rappelle que tu es en garde à vue dans une affaire criminelle depuis hier, onze heures trente, pour quarante-huit heures, prolongeable d'autant, asséna Malou. Et puis, ton patron, il ne te dira rien, continua Malou en étalant sur le bureau sous les yeux de la suspecte un tirage couleur en format A4, montrant le gros plan d'un corps à côté d'une poche de fast-food et d'une canette de bière.

— C'est dans quel clip cette photo ringarde ? tenta Suzon encore un peu revêche.

— C'est ton patron, Abaro, il est mort.

Suzon changea immédiatement de couleur. Son teint hâlé un peu estompé par la nuit à l'ombre, vira au livide. Elle voulut parler, pourtant aucun son ne sortit de sa bouche ouverte. Sa glotte montait et descendait dans le vide. Un voile de tristesse nimba ses yeux verts qui s'embuèrent. Malou sentit craqueler le vernis. Le reste du rimmel allait bientôt couler et la belle se mettrait à table. Malou se leva, la prit par les épaules, et les yeux dans ses yeux, expliqua :

— Tu sais, il est mort sur le coup. Il n'a pas souffert… C'était ton mec ?

Maintenant, Suzon chouinait à grosses larmes. Malou lui tendit un mouchoir en papier.

— Non, pas vraiment. On a juste baisé ensemble quelques fois, juste comme ça, pour le fun. Mais, je vous le jure sur la tête de ma mère, pour ses affaires, je suis au courant de rien.

— Écoute, je veux bien te croire. Le gonze en jogging gris à capuche bleue, tu le connais ?

— Peu, il vient de temps en temps voir Abaro. Chaque fois, il s'enferme avec lui dans la réserve.

— Son nom ?

— Je ne connais que son surnom, le Bavarois.

— Pourquoi le Bavarois ?

— Parce que c'est un Allemand, amateur de bière allemande. De temps en temps, il prend une pression au comptoir, toujours de la Paulaner. Un jour, il m'a raconté que seul les Allemands de la région de Munich brassaient de la bonne bière.

— Le souterrain dans la réserve, tu l'as déjà pris ?

— Le quoi… Jamais entendu parler ! La réserve, c'est le domaine du patron. Moi, c'est le bar.

— Tu t'es déjà shootée ?

— Non, dit-elle en montrant ses avant-bras dépourvus de toutes traces de seringue. Et puis, vous le savez, hier votre médecin m'a examinée à poil sous toutes les coutures, même le trou du…

— Et la cocaïne, les armes, tu étais au courant ? la coupa Malou.

— Ah non ! Je vous le jure sur la tête de ma mère.

Durant tout cet interrogatoire, Max était resté en arrière en observateur muet. La fille lui parut sincère. Toutefois, elle devait en savoir un peu plus. Il insista :

— Suzon, laisse ta mère en dehors de cette histoire ! Avec une affaire comme celle-là, tu peux prendre vingt ans. Tu te rends compte à ton âge. Quel dommage, une jeunesse gâchée, ta vie quoi ! Mais, si tu nous dis tout et si tu n'as pas trempé dans les combines illégales d'Abaro, je peux en parler au juge. Peut-être, acceptera-t-il de te laisser en liberté ?

La perspective de moisir en prison impressionna cette belle jeune fille encore au début de sa vie, la tête emplie d'autres projets que le service de cafés et d'apéritifs à des piliers de comptoir ou à des poivrots de quartier passant leur temps à reluquer son agréable anatomie d'un air salace et à balancer des remarques sexistes, le verre à la main.

— Commissaire, le Bavarois, parfois, il livrait les boissons.

— Le nom du fournisseur ?

— Aquitaine Boissons de Mérignac.

— C'est bien Suzon. Pour le moment, je suis obligé de te garder pour ta sécurité. C'est une affaire complexe et dangereuse. Je vais en parler au juge et à ton avocate, conclut Max après cet interrogatoire fructueux.

L'enquête venait de progresser énormément avec ce

témoignage. Il confirmait le ratissage de l'établissement d'Abaro par les limiers de la police. Le chien renifleur avait marqué devant plusieurs caisses de bière belge. La police scientifique ne trouva pas d'anomalie dans le liquide, ni de trace de poudre sur la caisse. Un chien possédant un odorat cent fois supérieur à celui d'un humain, cette caisse avait donc dû côtoyer la cocaïne dans le véhicule de transport. La drogue entrait tranquillement dans l'établissement par les livraisons de boissons et ressortait discrètement par le tunnel pour être coupée et conditionnée pour la vente dans le laboratoire de la rue Monadey.

*

Le commissaire divisionnaire Alexis Kellner passa voir Max à son bureau.

— Mon collègue des Stups m'a contacté. Ils sont jaloux. La Crim trouve trois cents kilos de blanche en cherchant une disparue, alors que les Stups depuis le début de l'année n'ont saisi que vingt kilos de poudre et cent kilos d'herbe malgré des heures de planque.

— Alex, je m'en doutais ! Il ferait mieux de coopérer que de jouer à la guéguerre entre services.

— Bonne nouvelle, les Stups sont sur ta longueur d'onde. Il m'a lâché quelques infos intéressantes. Ils surveillent depuis plusieurs semaines des locataires de la rue Monadey, en particulier celui qui loue l'échoppe, dont la cave accueille la sortie du tunnel.

— On a mis un coup de pied dans la fourmilière, si je ne m'abuse ! Par contre, comme construction, c'est bizarre et inhabituel. Les caves de cinq maisons communiquent entre elles et possèdent une sortie unique sur la rue par une trappe au niveau du trottoir.

— Les cinq maisons appartiennent au même propriétaire, une SCI de Pessac, clean en apparence. Deux sont inoccupées et trois louées.

— Ont-ils visité les lieux ?

— Pas pour le moment !

— Je sens que le labo est dans une des trois louées.

— Une est louée par un couple d'octogénaires plus très vaillants, la seconde par un jeune couple dont la femme vient d'accoucher, et la troisième par un homme seul, un dénommé Hughes Farman, poursuivit Alex.

— Je te parie un repas chez *L'Ardoisier* que le labo se niche dans la troisième et que Farman est notre homme, en déduisit Max.

— C'est également leur conclusion. Ils vont demander au Proc un ordre de perquisition. Mais tu connais leurs méthodes d'investigation, leurs enquêtes sont longues, les Stups veulent la tête de réseau, annonça Alex.

*

Après le départ d'Alexis, Max s'aperçut qu'il avait manqué un appel en provenance de la brigade de gendarmerie de Pauillac. Il rappela aussitôt.

— Commissaire Grabowski, j'ai reçu une information de la brigade autoroutière de gendarmerie de Castets qui devrait vous intéresser. La BMW X5 du maître de chai du château Rouge Gironde s'est fait prendre au radar sur l'A63 la nuit précédente dans les Landes à Castets, à 190 km/h avec des fausses plaques d'immatriculation allemandes correspondant à un modèle identique de Hanovre. Ce véhicule a franchi quelques minutes auparavant le péage de Castets dans le sens sud – nord avec un contrat de télépéage au nom de Norbert Meyer. A priori, elle circulait avec un autre 4x4 équipé de plaques néerlandaises semblables à celles d'un véhicule identique en circulation à Rotterdam, un Subaru Forester.

— Effectivement Chef, voilà une info extrêmement intéressante. Ce lascar est loin d'être un agneau de lait !

— Que fait-on Commissaire ?

— Aucune intervention impromptue sur la propriété, je prépare une nouvelle visite du château Rouge Gironde. Continuez à le surveiller discrètement, je reviens vers vous très rapidement.

— Merci Commissaire, à bientôt !

☆

En début de soirée, Alexis revint dans le bureau de Max.

— Max, j'ai récupéré une copie de deux dépôts de plainte enregistrés aujourd'hui, regarde !

Max parcourut les deux feuillets. Tous deux concernaient les vols de scooter devant le lycée le matin même.

— Max, le premier correspond au vol commis par notre mort, le second concerne l'emprunt forcé fait par un de tes équipiers.

— Alex, tu voulais qu'on laisse s'échapper cette crapule sans mettre en œuvre tous les moyens pour le neutraliser !

— Non, non ! Max, ne le prends pas mal. C'est juste une information. Pendant sa déposition, la mère de la fille a fait un scandale au bureau de police de Caudéran et prétendu être amie avec une adjointe bien placée du maire de Bordeaux.

— Et comment se nomme cette brave dame ? Éléonore de Beaurivage, propriétaire d'un grand cru classé à Saint-Émilion.

— Je m'attends à un appel du cabinet du maire ou du préfet !

— Que ces ronds de cuir appellent ! Je n'en ai rien à cirer. S'ils font chier, je les emmène à l'institut médico-légal, zieuter quelques cadavres de jeunes morts d'overdose à cause de ces saloperies de poudre… ou descendus par une rafale de AK47. Après, on verra bien s'ils sont capables de garder leur mine de papier mâché et leur quatre-heures ! Outre la drogue, j'en conclus qu'on fait vraiment dans le pinard avec cette enquête.

Malou attendit le départ du patron de la brigade criminelle pour faire son rapport à Max.

— Max, le livreur surnommé le Bavarois travaille pour la société d'intérim Aquipower. C'est un ressortissant allemand du nom de Hughes Farman, locataire d'un appartement de la Rue Monadey.

— Excellent travail Malou ! Farman est donc notre homme. Cela fait trois citoyens allemands dans cette affaire. À moins que Farman recouvre une fausse identité !

12 – La S.A. Lucasse-Chartrons

Mercredi 2 mai deux mille dix-huit

Le surlendemain matin du décès d'Abaro, le portable du commissaire divisionnaire Alexis Kellner sonna tôt :

— Kellner, vous avez lu la presse ce matin ?

— Bonjour Monsieur le Préfet, pas encore.

— *Sud-Ouest* titre en première page : Far-west sur les quais, un commerçant des Capucins poursuivi par la police. Bilan : un mort, six blessés, la ligne de tram C interrompue ! C'est ça l'avancée promise dans votre enquête sur la disparue de la Garonne ! Vous me devez des explications… et elles ont intérêt à tenir la route, Kellner !

— Monsieur le Préfet, oui, mais c'est aussi trois cents kilos de cocaïne pure saisis chez le défunt, des armes de guerre trouvées, un réseau interrompu, donc des milliers de doses retirées du circuit, des overdoses évitées, des…

— C'est bon, j'ai compris ! Inutile de me détailler le scénario Kellner ! Tenez-moi au courant de la suite ! Et vite !

Et comme d'habitude, le haut fonctionnaire raccrocha sans plus de salutations d'usage qu'en début d'appel. Ce préfet toujours tiré à quatre épingles était sûrement diplômé de l'ENA[5] ou d'une autre grande école. Dans ces institutions formatrices des futurs dirigeants de l'État et des grandes entreprises, on lui avait inculqué qu'il appartenait à l'élite de la nation, que les citoyens lambda étaient des individus de « castes inférieures » au destin de moutons. Par contre, les cours sur la politesse et le respect des êtres humains manquaient au programme enseigné !

*

— Docteur Delpech. Commissaire Grabowski, j'ai terminé l'autopsie de votre client. Vous pouvez passer quand vous voulez.

— Parfait Doc, je viendrai dans l'après-midi.

— Vous êtes comme moi, toujours sur le pont ! De toute façon, votre client sera là… au frais, lâcha le légiste doté de l'humour décalé de ceux côtoyant la mort chaque jour.

Cette promiscuité avec l'au-delà n'amenait pas les professionnels de cette spécialité médicale à l'insensibilité devant les disparitions d'individus. Cependant, ce sacerdoce au service de la justice demandait des qualités humaines spécifiques permettant aux personnels de surpasser toute empathie et de vivre sans envahissement du cerveau par des visions lugubres rémanentes.

Quelques minutes plus tard, le téléphone de Max retentit à nouveau :

— Commissaire Grabowski ? interrogea une voix inconnue fleurant le notable.

— Lui-même, bonjour !

— Maître Paul Lucasse, directeur de la S.A. Lucasse-

5 École nationale d'administration

Chartrons. Mes collaborateurs m'ont informé de votre visite suite à la disparition de Maître Ludivine Fontan. Quel drame ! Une jeune femme bien dans sa tête en apparence, si professionnelle, une excellente collaboratrice avec un avenir tout tracé. Je ne comprends pas. Je suis abasourdi.

— Vous savez Maître, on ne sait jamais réellement ce qui se passe dans le crâne des gens. Combien d'assassins en série passaient auprès de leur entourage pour des êtres gentils, serviables et sans histoire, pour des pères de famille idéaux, pour des maris modèles ! Combien de pédophiles passaient auprès des parents pour des personnes emplies d'humanité et passionnées par l'éducation et le bien-être de leurs enfants !

— Commissaire, cette affaire n'a rien à voir avec ces crimes abjects. Elle se serait suicidée. Qui aurait pu le penser !

— Oui, oui… Maître, dans le cadre de l'enquête habituelle après un tel drame, je souhaiterais vous rencontrer… très rapidement.

— Pouvez-vous passer demain matin, vers neuf heures ?

— Je préférerais aujourd'hui. La disparition de votre collaboratrice remonte déjà à une dizaine de jours. J'ai un cadavre à visiter. Je peux passer en suivant, vers dix-sept heures ?

— Je comprends Commissaire. Je fais le nécessaire pour me libérer. À dix-sept heures !

Max resta dubitatif après ce premier contact avec le directeur de la Lucasse-Chartrons. Avait-il affaire à un agneau de lait ou à un loup déguisé en mère-grand ? Paul Lucasse était avocat, donc habitué à la confrontation, aux joutes oratoires, à la défense de l'indéfendable. Mais, le commissaire Grabowski n'était pas un perdreau de l'année !

☆

Max se pointa accompagné de Malou à l'institut médico-légal de Bordeaux. L'assistante du légiste les accueillit en blouse blanche et coiffe bleue. Dès que les deux policiers eurent revêtu le kit de bienvenue, blouse, charlotte et surchaussures, l'adjointe du Dr Delpech les amena à la salle de travail, où sous un éclairage vif, le Doc procédait à l'autopsie d'une femme d'âge mûr au teint blafard, étendue sur la table de dissection en inox, retrouvée morte chez elle le jour de la fête du Travail. Malou moins habituée à cette ambiance macabre préféra détailler le carrelage mural blanc commun à toutes les salles de ce type d'institut et éviter de jeter un œil sur la desserte roulante en inox encombrée d'instruments de torture, bistouris, scies, pinces, écarteurs.

— Ingrid, tu peux amener monsieur Abaro !

Le légiste surprit le regard fuyant de Malou et comprit son embarras devant sa chirurgie d'enquête. Aussitôt, il posa le bistouri présent dans une de ses mains et annonça en couvrant la dame :

— Excusez-les, parfois mes patients manquent de décence.

Une minute plus tard, Abaro couché sur un chariot en inox à roulettes, entrait dans la salle d'examen le corps recouvert d'un drap blanc. Le légiste découvrit la dépouille étiquetée au gros orteil gauche de l'inscription « Abaro – 30 avril 2018 », et expliqua aux deux policiers ses constatations anatomiques et résultats d'analyse :

— La mort a été causée par un premier choc au niveau de la tempe droite, lequel a enfoncé l'os temporal et causé des dommages létaux au cerveau. Le décès a été instantané. Le second choc consécutif à sa chute sur le bitume a occasionné un traumatisme crânien non fatal. Autrement, il présente une double fracture de la jambe gauche et de multiples fractures des côtes consécutives au heurt avec le tram et le véhicule léger. Pas de trace de produits stupéfiants, narine propre, aucune piqûre. Le taux d'alcool dans le sang est de zéro milligramme par litre. Un athlète, pour un tenancier de bar, un véritable ascète votre homme !

Malou souffla à Max, le regard posé sur le corps dénudé de l'homme :

— Max, je comprends mieux pourquoi il nous a fait cavaler lors de la poursuite à pied.

— Et oui… Il ne paraissait pas sportif, mais il devait faire de la musculation. Il n'y a qu'à observer les pectoraux et les cuisses !

— Commissaire, puis-je le ranger ? Il craint la chaleur votre client… et puis il a besoin de repos. Vous me direz, il dispose de l'éternité devant lui !

— Oui, c'est bon Doc.

— Parfait ! Suivez-moi à mon bureau, je vais vous remettre une copie de mon rapport. Ingrid, vous pouvez raccompagner monsieur Abaro à ses appartements.

*

— Maintenant, on va se rendre à la boîte de Ludivine, annonça Max.

La même secrétaire rousse au sourire séduisant et à la plastique parfaite reçut les deux policiers.

— Commissaire Grabowski, je préviens immédiatement Maître Lucasse de votre arrivée et de celle de… ? annonça-t-elle en dévisageant de la tête aux pieds la belle brune qui l'accompagnait.

— Capitaine Besnier, répondit sèchement Malou, mécontente d'être prise pour une potiche par cette secrétaire échappée d'une revue de mode.

Un élégant sexagénaire cravaté du col, au sourire avenant et commercial rehaussé de dents blanches de style publicité pour dentifrice, s'avança dans son costume bleu foncé sur mesures, griffé d'un grand couturier français. Il tendit une main ferme à Max et se fendit d'un sourire encore plus éclatant pour saluer Malou.

— Bienvenue Messieurs dames ! J'aurais préféré vous rencontrer dans d'autres circonstances.

— Dans ce cas Maître, nos routes ne se seraient sûrement pas croisées, avança Max déjà en train d'essayer de jauger cet interlocuteur au profil suffisant et à l'aise en toutes circonstances.

— Ségolène, vous pouvez nous apporter trois cafés dans la petite salle de réunion, décida le directeur.

— Tout de suite Maître, acquiesça sa secrétaire.

Pas impressionnée le moins du monde par le cadre luxueux et quelque peu désuet, Malou s'aperçut sans la moindre ambiguïté de l'intérêt porté à sa petite personne par l'avocat et le catalogua aussitôt dans la catégorie exécrée : homme à femmes. Elle repensa à la belle rousse de l'accueil. Avec un patron de ce genre, échapper à des propositions indécentes ou à des attentions non sollicitées devait être difficile. Ou alors la beauté couchait avec lui ?

À ce moment-là se profila l'antinomique collaborateur de Paul Lucasse, Maître Delmonnec, de retour d'un rendez-vous externe. Il salua vaguement d'un regard fuyant les deux enquêteurs et s'enferma immédiatement dans son bureau, telle une fouine surprise par un prédateur se terrant dans son antre salvateur. La découverte de ce collaborateur au comportement et au physique opposés à ceux de son directeur suscita un rictus malicieux sur le visage de Malou.

Une fois tous installés autour de la table ovale de la salle de réunion à la décoration connotée dix-neuvième siècle avec son lustre en cristal de baccarat de style Louis Philippe, ses poutres apparentes en chêne massif, ses boiseries d'un autre temps, Max rentra dans le vif du sujet :

— Maître Lucasse, Mademoiselle Fontan, travaillait-elle sur des dossiers sensibles ?

— Commissaire, la S.A. Lucasse-Chartrons existe depuis une vingtaine d'années. Jusqu'à présent, mes collaborateurs n'ont été impliqués dans aucune affaire. L'excellente réputation de mon cabinet est un gage de sérieux pour mes clients. L'application stricte des règles déontologiques et le respect de la légalité sont primordiaux pour la pérennité d'une telle entreprise qui œuvre dans le milieu de la finance.

— Je n'en doute pas Maître ! Vous ou vos collaborateurs, avez-vous déjà reçu des menaces dans le cadre professionnel ?

— Absolument pas ! Nos clients font appel à nos services en toute liberté. Notre unique souci est de les satisfaire dans le cadre de la loi.

— Justement, avez-vous rencontré des clients souhaitant déroger à la loi ?

— Jamais !

À cet instant, Ségolène entra et déposa les cafés servis dans des tasses en porcelaine de Limoges sur un plateau en argent de style Napoléon III, agrémentés d'un fin chocolat noir à croquer.

— Vous avait-elle confié des éléments pouvant expliquer sa

disparition ?

— Nos relations restaient strictement professionnelles. Maître Fontan n'évoquait jamais sa vie privée, confia Paul Lucasse.

Malou sourit intérieurement. Le regard en coin de l'avocat sur la croupe de Ségolène, moulée dans un pantalon très ajusté, lors de son apparition dans la salle de réunion, ne lui avait point échappé, comme les coups d'œil discrets jetés en sa direction. Elle avait beaucoup de mal à ne pas imaginer le directeur faire du gringue à sa collaboratrice Ludivine dotée d'un look attirant les prunelles des mâles, telles des abeilles sur une sucrerie.

Sans la moindre attention pour le premier propriétaire de l'immeuble, un riche négociant bordelais en vins ayant fructifié sur le commerce triangulaire peu glorieux entre l'Europe, l'Amérique et l'Afrique, posant pour l'éternité, debout la main droite appuyée sur un guéridon, Malou relaya Max :

— Maître, aurait-elle pu entretenir une relation avec un de vos collaborateurs ?

— Mademoiselle…

— Capitaine Besnier, le reprit sèchement Malou qui pressentait une forme de goujaterie sous l'abord classieux du directeur.

— Excusez-moi Capitaine ! J'attache beaucoup d'importance à la séparation entre les vies personnelles et professionnelles de mes collaborateurs et de moi-même. Ce précepte est un gage de sérénité pour l'entreprise, avança-t-il avec un petit sourire malicieux pour lever le doute tout en jouant au chat et à la souris avec Malou.

Malou décrypta dans cet insistant regard clair hypnotique un tout autre langage et fut loin d'être convaincue par cette réponse circonstanciée. Cet homme la draguait ouvertement en dépit de son statut d'officier de police judiciaire et la présence de son chef. Il lui envoyait un message subliminal du genre : je te baiserai bien. Cette impression bizarre renforça son idée d'une relation cachée entre Lucasse et sa jeune et jolie secrétaire. Pour l'enquête, elle fit semblant d'accepter le rôle de la souris blanche et laissa à nouveau la main à Max.

— Parlez-moi de vos collaborateurs !

— Commissaire, vous avez déjà eu l'occasion de discourir avec Maître Delmonnec, un homme de toute confiance. Quant à mon autre collaborateur, Maître Yves Descoumes, le pauvre est en arrêt de maladie depuis le mois de mars suite à un malheureux accident de la circulation. Une voiture l'a renversé sur un passage protégé sur le Quai des Chartrons, à deux rues d'ici.

— Et votre secrétaire ?

— Ségolène Martignac, une jeune femme de bonne famille, discrète et excellente professionnelle.

Max n'attendait rien de cette entrevue. Il voulait seulement jauger le personnage et ses employés. Après encore quelques questions, quelques banalités dénuées d'intérêt, des réponses convenues et feutrées, Max décida de ne pas abuser plus du temps de ce dirigeant lisse comme une lame de scie.

Une fois dans la C4 Cactus, Max et Malou échangèrent leurs ressentis :

— Je suis certaine qu'il sort avec sa secrétaire, confia Malou.

— Moi aussi, mais ce n'est pas un délit entre adultes consentants. C'est un dragueur ce Lucasse. Celui qui m'intrigue le plus, c'est Delmonnec.

— Lucasse m'a draguée ouvertement, ajouta Malou.

— Je l'ai également remarqué. Je te fais confiance pour l'envoyer bouler ! En tout cas, tous les employés du cabinet Lucasse-Chartrons et du château Rouge Gironde sont sur écoute. Si l'un a trempé dans l'enlèvement de Ludivine, on ne va pas tarder à le savoir.

— Si on veut en savoir plus sur ce cabinet en dehors des données officielles et des réponses conformistes, il faudrait pouvoir interroger la belle Ségolène Montignac. Si elle a connaissance d'irrégularités, elle parlera. J'en suis persuadée. Elle roule bien du popotin, toutefois la belle devrait être moins à l'aise entre quatre yeux, enfermée, assise sur une chaise inconfortable dans nos locaux tristounets.

— Bien vu, Malou… Pour être certain qu'elle se mette à table, un interrogatoire sous le régime de la garde à vue serait le bienvenu. Par contre, à ce stade de l'enquête rien ne permet de le faire. Évitons tous vices de procédure, on a affaire à un cabinet d'hommes de loi !

*

— J'ai découvert des infos intéressantes concernant les employés du cabinet Lucasse-Chartrons, annonça Malou en glissant devant son patron les fiches d'enquête.

Max les lut avec attention. Au sujet de Maître Yves Descoumes, rien de particulier, marié, deux enfants, un chien, une vie ordinaire. Pour Paul Lucasse, divorcé depuis une quinzaine d'années, vit en couple avec une femme beaucoup plus jeune que lui, sort beaucoup, voyage souvent, États-Unis, Japon, Russie, Australie, Émirats, Colombie… et bien d'autres. Considéré comme un tombeur, mais aucune liaison régulière avérée.

Quant à François Delmonnec, célibataire, adepte des réseaux sociaux, fréquente des escort-girls rencontrées sur la toile. Noté comme pervers dans le dossier de la direction générale de la Sécurité intérieure, sans orientation pédophile. De plus, avocat du maître de chai Meyer dans l'affaire du trafic de vins. Recruté par Lucasse il y a cinq ans.

— Profil intéressant ce Delmonnec, je ne le sens pas depuis notre première rencontre, commenta Max. Moi, les mecs à la patte molle, ils m'ont toujours intrigué.

Il poursuivit sa lecture par la fiche de Ségolène Martignac. Mère célibataire d'un enfant de deux ans, un petit Côme né de père inconnu. Cliente assidue des boîtes de nuit et des bars à hôtesses, mais elle s'est rangée depuis la naissance de son fils. Travaille au cabinet Lucasse-Chartrons depuis trois ans.

— La surveillance des conversations téléphoniques des employés n'a rien apporté à ce jour, précisa Malou.

— Il faudrait également regarder les mouvements sur les comptes bancaires pour vérifier l'adéquation entre les gains de chacun et leur train de vie, décida Max.

☆

Jeudi 3 mai deux mille dix-huit

En fin de journée, Malou débarqua dans le bureau de son patron.

— Les comptes bancaires du directeur et des employés de la Lucasse-Chartrons ne montrent pas de distorsion entre les gains et leurs trains de vie. Cependant, le compte de Ségolène Martignac présente une particularité. Elle touche un salaire net mensuel de mille six cent cinquante euros, complété mensuellement par un virement automatique de six cents euros.

— Qui alimente ainsi son compte bancaire ?

— Justement, c'est là que le bât blesse ! La somme provient d'un compte numéroté d'une banque suisse.

— Donc, on ne sait pas qui se cache derrière !

— Tout à fait Max !

— Depuis combien de temps encaisse-t-elle ce complément anonyme de revenus ?

— Depuis deux ans. Ne serait-ce pas le père inconnu du petit Côme qui assume à retardement sa paternité discrètement ?

— Bonne déduction Malou ! Le père serait un Suisse… ou simplement, un homme marié possédant un compte en Suisse, souhaitant rester discret après avoir engrossé une jeune française rencontrée en boîte lors d'une sortie en célibataire. Et, cette espèce de pension alimentaire a-t-elle été déclarée par la gracieuse Ségolène ?

— J'ai vérifié. Ses deux dernières déclarations de revenus font abstraction de cette ressource, l'informa Malou.

— Et ben voilà, une bonne occasion pour un contrôle fiscal… ou pour un interrogatoire sur cette omission !

— Sous le régime de la garde à vue ?

— Non Malou, je vais la convoquer en lui expliquant que tous les employés de sa société seront entendus dans le cadre de l'enquête sur la disparition de Ludivine Fontan. Toutefois, c'est toi qui procéderas à l'interrogatoire, précisa Max.

Contactée par Max en personne, Ségolène Martignac accepta de passer à l'hôtel de police le soir même, comme si rencontrer un sosie de Brat Pitt la mettait en joie.

En cette fin de belle journée de printemps, le planton de l'hôtel de police de Bordeaux resta bouche bée devant la jeune femme à la chevelure fauve, montée sur des escarpins à hauts talons, portant un sac à main en cuir blanc d'un maroquinier de renom en bandoulière, vêtue d'une robe imprimée d'été ultracourte et moulante faisant pigeonner sa poitrine blanche aux discrètes taches de rousseur. Avec un sourire à faire fondre la glace, la belle annonça son rendez-vous avec le commissaire Grabowski de la brigade criminelle.

Malgré l'apparence assurée et trompeuse de la visiteuse, le factionnaire comprit d'instinct qu'il n'avait pas affaire à une péripatéticienne. D'habitude, il se contentait d'appeler le service pour signaler l'arrivée d'un visiteur. Cette fois-ci, il accompagna la jeune femme jusqu'aux bureaux de la brigade criminelle.

— Bonjour Monsieur, j'ai rendez-vous avec le commissaire Grabowski annonça d'un air gourmand l'élégante rousse au policier en tenue de la Crim.

Celui-ci la conduisit jusqu'à un bureau situé au fond du couloir.

— Bonjour Madame Martignac, prenez place, je vais procéder à votre interrogatoire, l'avertit Malou sans se lever de son fauteuil tout en détaillant la tenue aguicheuse de sa cliente.

Ségolène Martignac resta presque bouche bée à la découverte du capitaine Besnier. Elle rosit et se sentit ridicule dans cet accoutrement sexy destiné à l'attirant commissaire. Ses mains tentèrent bien de tirer sur sa robe ultracourte. En vain ! La faible longueur du tissu et la position assise la faisaient invariablement remonter et découvraient ses superbes cuisses fuselées aussi laiteuses que le sucre raffiné, tout en mettant en péril l'intimité de son string en dentelle immaculée.

Malou rigolait intérieurement de la gêne causée par le changement de sexe de l'enquêteur. Ce stratagème imaginé par Max devait permettre d'aboutir plus vite au recueil des confidences. Après un temps assez long de mijotage de Ségolène Martignac sur sa chaise inhospitalière en acier et son information sur le cadre légal de sa présence en ses murs, elle entra dans le vif du sujet :

— Madame Martignac, vos déclarations de revenus des deux dernières années ne font pas apparaître l'ensemble de vos revenus ! Pouvez-vous m'expliquer la raison ?

Bien que déstabilisée par le thème imprédictible de l'interrogatoire et une première question inattendue très éloignée à première vue du motif de sa convocation, la jeune femme répondit avec une certaine assurance :

— Capitaine Besnier, je ne comprends pas votre allusion. Mes déclarations comportent tous mes revenus, limités par ailleurs. Je ne suis qu'une simple secrétaire et ne perçois que mon salaire mensuel.

— Madame Martignac, inutile de nous mentir ! Nous possédons quelques éléments sur votre vie privée laissant à penser que votre déclaration comporte une omission.

— Je vous jure sur la tête de mon…

— Petit Côme ! la coupa Malou le regard plongé dans celui de la belle.

Ségolène encaissa avec embarras l'évocation du fruit de ses amourettes. Ainsi, la police savait. Elle baissa la tête et se résolut à évoquer ce fils caché :

— Oui… J'ai un fils… de deux ans. Il n'a pas de père. Je suis mère célibataire. Avec mon salaire, c'est difficile de vivre.

— D'accord, vous lui dissimulez son père, mais vous, vous le connaissez ! Vous savez le nom de votre amant.

Suite à cette insinuation à sa vie intime, elle vira du blanc au rouge. Cependant, elle ne se laissa pas démonter, malgré ses joues empourprées et une chaleur irradiant tout son être.

— Malheureusement Capitaine. À cette période, je sortais beaucoup… en boîte. Vous savez ce que c'est ! Parfois, par plaisir… ou par intérêt, j'acceptais de coucher avec un inconnu. Il a suffi d'une fois. J'avais trop bu… Il a profité de mon état second et omis l'utilisation d'un préservatif. La suite… Vous la connaissez. Maintenant, je paye ce moment d'égarement au prix fort !

— Ségolène, vous avez un fils, vous l'aimez. J'en suis persuadé… et je suis également persuadé que vous ne m'avez pas tout dit.

— Écoutez Capitaine, je croyais que vous enquêtiez sur la disparition de ma collègue. En ce moment, vous vous occupez plutôt de ma vie privée. Je ne vous dirai plus rien ! N'oubliez pas que je travaille dans un cabinet d'avocats. Je connais la loi Capitaine !

— Madame Martignac, si vous avez envie de border votre fils ce soir, il vaudrait mieux que nos échanges gardent la courtoisie nécessaire ! Sinon, en tant qu'Officier de police judiciaire, je peux vous faire mettre en garde à vue pour vous amener à la raison. Ce serait dommage d'en arriver là ! tenta Malou sentant la carapace de Ségolène prête à se briser, malgré sa dernière déclaration teintée de menaces.

La belle rousse avait perdu beaucoup de sa superbe depuis son entrée dans le bureau. Sa poitrine se soulevait au rythme élevé de sa respiration. Elle se savait prise dans une nasse, dont elle ne pourrait s'extraire qu'en lâchant à cette enquêtrice informée et tenace la raison de son omission dans ses déclarations de revenus. Pour l'instant, sa tête était encore hors de l'eau, mais pour combien de temps ? Ses yeux verts s'embuèrent d'un voile réel de tristesse. Elle consentit donc à avouer :

— D'accord, je voulais cacher à mon enfant ce père lâche… qui a refusé de le reconnaître.

— Qui est le père de Côme ?

— Un citoyen suisse.

— Son nom ?

— Je ne connais que son prénom, Steeve.

— Donc, ce Steeve vous verse une pension alimentaire occulte chaque mois de six cents euros depuis une banque de son pays à partir d'un compte numéroté ?

— Oui, c'est cela, confirma Ségolène soulagée que son aveu paraisse satisfaire la policière.

— Pourquoi n'avez-vous pas lancé une procédure en recherche de paternité ? Avec les comparaisons d'ADN, c'est devenu une banale formalité !

— C'est impossible pour moi de l'obliger à cela ! Il est marié.

— Et alors ! Quand un homme marié de surcroît couche avec une inconnue, de plus sans protection, il doit assumer les conséquences de son acte… Ou alors peut-être avez-vous subi un viol après une ingestion non désirée de GHB[6], la drogue des violeurs ? poursuivit Malou.

Elle contourna le bureau et posa une main bienveillante sur l'épaule gauche de Ségolène, puis lui tendit un mouchoir en papier pour essuyer ses yeux inondés de larme.

— Non, non… Il ne m'a pas violé… ni drogué. J'étais

6 Acide gammahydroxybutirique : drogue de synthèse connue sous le nom de « drogue des violeurs »

consentante. Il a juste abusé de sa position.

— Pénalement, c'est donc un viol. Ségolène, donnez-moi le nom de cet homme ?

— Je ne peux pas ! Il me tuerait, s'il le savait ! répliqua vivement Ségolène d'un air apeuré.

— Je vais vous donner son nom. Il n'est pas Suisse !

— C'est vrai… Il est… Français

— Et c'est quelqu'un de proche, de qui vous pouvez difficilement repousser les avances, quelqu'un de votre entourage professionnel. N'est-ce pas ?

Ségolène Martignac approuva d'un hochement de tête, le regard fixé sur ses escarpins assortis à sa robe.

— C'est Maître Delmonnec ?

— Lui jamais ! Ce n'est pas du tout mon genre, rétorqua Ségolène offusquée que l'enquêtrice puisse penser qu'elle avait couché avec cet homme libidineux à l'œil lubrique.

— Alors, c'est votre patron, Maître Paul Lucasse ?

Ségolène fixa Malou comme si elle venait de croiser le diable. Son regard parlait pour elle. Malou venait de frapper juste. La jeune femme signa sans sourciller le compte rendu d'interrogatoire mentionnant son omission dans sa déclaration de revenus, l'auteur du virement mensuel non déclaré et le nom du père biologique de son fils.

Malgré les paroles réconfortantes et les encouragements du capitaine Besnier, lorsque Ségolène Martignac quitta l'hôtel de police, tout l'éclat de son entrée s'était évanoui pendant cet éprouvant interrogatoire. Son teint livide, son maquillage ruiné, ses yeux rougis, ses cheveux ébouriffés et sa démarche hésitante trahissaient un trouble intérieur non feint, une crainte de l'avenir et une peur pour sa vie et celle de son petit Côme.

Elle rentra directement à son appartement de Bruges, appela

la nounou pour lui demander si elle pouvait le garder. Angoissée, elle se jeta tout habillée en travers de son lit et pleura à chaudes larmes.

Son téléphone portable la tira de sa mélancolie. À la vue du numéro affiché, elle se sentit dans l'obligation de décrocher.

— Je t'ai attendue, vociféra une voix d'homme familière. Où étais-tu fourrée ?

— J'ai eu un empêchement, répondit-elle sans conviction d'une voix faible et triste.

— Tu as intérêt à venir immédiatement… sinon tu auras à en supporter les conséquences, répliqua-t-il froidement, puis il raccrocha.

Elle se leva, rajusta sa tenue, refit son maquillage et partit rejoindre l'homme.

À la vue de sa tenue de femme fatale, il explosa :

— Tu es encore allée traîner, salope ! Je t'ai déjà prévenue, tu m'appartiens… rien qu'à moi ! Sans moi, tu n'es rien, sinon une gonzesse que j'ai sortie des bars louches.

Après cette tirade humiliante et blessante, avant qu'elle puisse répondre, une première gifle la cueillit par surprise, une seconde lui redressa la tête. Il lui arracha ses vêtements plus qu'il ne la déshabilla. Sans pouvoir s'expliquer, elle se retrouva agenouillée nue sur le parquet de la garçonnière située au-dessus des bureaux de son employeur, tenue fermement par ses beaux cheveux roux, la bouche emplie du sexe de son patron. Sa lèvre tuméfiée lui faisait mal. Elle ressentait sur ses joues les traces des claques portées par Paul Lucasse. Connaissant ses accès de violence pendant ses crises d'autoritarisme, elle subit sans broncher. Quand Lucasse eut pris son plaisir, il la congédia telle une vulgaire catin, sans un mot.

Sur le chemin du retour à son domicile, Ségolène repensa aux nombreux reproches déplacés sur son infidélité supputée. Heureusement que son amant la pensait volage et ne se doutait pas de la trahison de leur secret. Sa réaction aurait pu être pire encore. Elle connaissait l'amoralité de cet homme divorcé et sa propension à la cruauté. Elle ne tenait aucunement à affronter sa colère dans ces moments-là. Ce n'était pas la première fois qu'il portait la main sur elle. La dernière fois remontait à quelques semaines. Sous un prétexte futile, il l'avait frappée, humiliée. Mais après, il pouvait se montrer si gentil, si tendre et la combler de cadeaux somptueux.

Et puis, Paul Lucasse réglait mensuellement sans difficulté une pension alimentaire pour un fils non reconnu. Ce complément financier lui permettait de vivre décemment. Ensuite, elle aimait faire l'amour avec cet homme riche et être prise sauvagement. Depuis son adolescence, le fantasme de la virilité brutale l'avait toujours tourmentée et attirée dans les rapports physiques. D'ailleurs, à la période où elle fréquentait beaucoup les bars, clubs et boîtes de nuit, son attirance se tournait majoritairement vers des hommes sans douceur. C'est dans ces circonstances qu'elle avait rencontré le séduisant Paul Lucasse.

Faire l'amour avec tendresse après une série de préliminaires, elle en avait oublié les sensations après toutes ces années passées à chercher le coup vite fait ou ceux à la limite de l'avilissement.

Puis, devenue son amante, l'homme s'arrangea pour licencier sous un prétexte bidon son ancienne secrétaire et l'embaucha dans son cabinet pour ses compétences professionnelles et surtout sa plastique. Depuis, presque chaque soir, après le départ des autres employés, elle faisait discrètement une heure supplémentaire à l'horizontale dans le petit appartement de l'étage. Elle se doutait que Paul Lucasse eût d'autres aventures extraconjugales, lors de ses voyages à l'étranger.

Bien qu'adultère, l'homme se montrait d'une possessivité exacerbée et d'une jalousie maladive. Il soupçonnait souvent sa maîtresse de le tromper et justifiait, par ce biais, les coups, insultes et insanités distribués gratuitement. Pourtant, le quitter n'effleurait pas Ségolène ! Une telle décision minerait son rôle de mère et sa situation professionnelle.

Pourtant ce soir, dans le bureau de cette belle mais coriace enquêtrice, elle avait craqué, trahi et lâché leur secret. Ne venait-elle pas de franchir la ligne rouge mettant en péril sa vie et sa relation discrète ? Pouvait-elle faire autrement ?

Cette policière ne l'aurait pas lâchée sans obtenir des aveux. Et puis, cette fourbe s'était servie de son point faible, son fils, pour la pousser à la déclaration de cette liaison cachée, de ce fils imposé, de ce fils non désiré. Ce fils, elle essayait de l'aimer et de l'élever comme elle le pouvait. Elle réfutait l'idée d'un viol. Mais au tréfonds de son âme, elle savait qu'elle en avait subi un. Cependant, son cerveau rejetait cette pensée et préférait croire à son consentement. Était-ce sa face obscure qui ressortait ainsi et l'amenait à adorer la violence physique et la soumission ?

Des envies de meurtre l'effleurèrent, son patron, la policière, ce commissaire diabolique qui l'avait attirée dans un piège savamment préparé. Elle n'en avait pas le cran. En dehors de ses qualités professionnelles, elle gérait au mieux une seule chose : son corps avenant attirant les hommes et le soumettre à leurs fantasmes souvent pervers.

13 – Nouvelle énigme

Vendredi 4 mai deux mille dix-huit

Malou arriva à son bureau quelque peu fatiguée. La veille, après une longue journée de travail, elle était sortie et rentrée au petit matin pour décompresser.

Malgré une douche régénératrice et une couche réparatrice de maquillage, sa mine déconfite ne pouvait tromper sur son état de fatigue. Le téléphone la tira de sa somnolence. Rapidement, les idées remises en place, elle décrocha :

— Adjudant Bernard de la brigade fluviale. Capitaine Besnier, un pêcheur a découvert un corps de femme pris dans des joncs sur la rive droite de la Garonne, du côté de Floirac. La victime se trouve dans un sale état après son séjour dans l'eau. Son corps a été transporté à l'institut médico-légal pour identification. C'est peut-être votre cliente ?

Malou resta de marbre devant cette tragique nouvelle, toutefois l'image de la pauvre Ludivine Fontan se profila immédiatement.

— Comment était vêtue la noyée ? sollicita-t-elle avec la peur d'entendre l'inadmissible.

— Capitaine, vêtue si l'on peut dire ! Seulement habillée

d'un manteau gris foncé, aucun sous-vêtement ni autres effets personnels.

— Effectivement, votre constatation ne correspond pas à la tenue habituelle des suicidés. Cette noyade sent l'homicide à plein nez !

— Affirmatif Capitaine !

— Merci pour l'info, je préviens immédiatement le commissaire Grabowski.

Après ce rebondissement inattendu mais appréhendé, Malou resta un moment scotchée dans son fauteuil à roulettes avant de filer chez Max.

Dès l'entrée de Malou dans son bureau, Max comprit à l'air dépité de sa collaboratrice qu'elle était une messagère de mauvais augure.

— Max, un corps en décomposition avancée vient d'être trouvé sur la rive droite de la Garonne à Floirac. Une femme dénudée uniquement couverte d'un manteau identique à celui de Ludivine, couleur, taille et marque.

Sous le choc de ce renseignement, Max demeura silencieux quelques instants.

— Merde, ces fumiers l'auraient éliminée ! Je refuse d'y croire.

— Le corps est entre les mains du docteur Delpech.

— Malou, on file à l'institut.

Trente minutes plus tard, la même assistante en blouse blanche les accueillit et leur remit la tenue réglementaire.

— Je préviens tout de suite le docteur Delpech de votre présence.

Le légiste venait juste de terminer l'autopsie du corps amené quelques heures plus tôt par un fourgon mortuaire.

— Bonjour Commissaire, bonjour Capitaine. Eh bien, vous

ne pouvez plus vous passer de moi ces temps-ci !

— Ne vous méprenez pas Doc ! Toutefois, n'auriez-vous pas une cliente nous intéressant ?

— Venez, elle est encore sur la table. Je veux bien vous la montrer, mais ce n'est pas beau à voir.

— Malou, ça ira ou tu m'attends, s'inquiéta Max.

Malou respira profondément. Rassurée par la présence au fond de sa poche de blouson d'une petite fiole miraculeuse d'huile essentielle de camphre, malgré l'émotion de la découverte probable de la dépouille de Ludivine, elle répondit d'une voix assurée :

— On peut y aller Doc.

Le toubib présenta le corps : un amas de chair au visage méconnaissable, aux tissus gonflés.

— Sexe féminin, origine caucasienne, trente ans, taille un mètre soixante-quatorze, brune, signe particulier : un tatouage derrière l'omoplate gauche à l'identification malaisée, un papillon semble-t-il. La morte a subi des violences sexuelles *ante-mortem*, présence de traces de sperme dans le vagin.

— Des effets personnels ?

— Peu, seulement un manteau croisé anthracite, taille trente-huit, marque Karina's. Le vêtement est posé sur la desserte à gauche. J'ai réalisé plusieurs prélèvements. En fin de journée, je vous communiquerai les résultats.

— Et la cause de la noyade, accident, suicide ou homicide ?

— Homicide clairement, pas d'eau dans les poumons. Cette femme a été tuée avant son séjour dans la Garonne. Sa mort par strangulation remonte à environ trois jours. Les os écrasés du larynx et des traces suspectes au niveau du cou confirment ce diagnostic. Bonne nouvelle, si l'on peut dire ! La victime s'est défendue bec et ongles. Sous ses ongles, j'ai pu prélever des lambeaux de peau. Son meurtrier doit conserver quelques traces de son forfait sur le corps.

Le docteur Delpech recouvrit la dépouille et demanda à son assistante de la remettre au frigo.

— Dès les résultats ADN, je vous appelle Commissaire Grabowski.

Max et Malou sortirent abattus par les propos du légiste. Tout concordait, le sexe, l'âge, la taille, la couleur des cheveux, le manteau. Cette enquête se révélait un échec majeur. Dire que jusqu'à ce jour, toutes les enquêtes de kidnapping confiées à leur équipe avaient été élucidées et l'otage récupéré sauf.

— Quand je pense qu'on l'a manquée lors de la perquisition au Château Rouge Gironde ! On a merdé sur toute la ligne. J'en suis vert de rage… et persuadé ! avança Max le regard grave et déterminé.

Malou ne répondit rien, mais encaissa difficilement cette vraisemblable dramatique issue. Elle repensait à toute l'énergie déployée par l'ensemble des enquêteurs pour la retrouver vivante, à sa visite avec Fred de l'appartement de la disparue à Carbon-Blanc, à la petite chatte recueillie dans le secret espoir de pouvoir la redonner à Ludivine, à cette belle jeune femme intelligente à l'avenir brisé par un sadique ou une organisation criminelle.

Quel métier passionnant était le sien, mais parfois quel métier pourri ! Malgré ce coup du sort, hors de question de baisser les bras ! La police se devait de découvrir le ou les assassins, coûte que coûte. Bien que son rôle consistât à l'arrestation des coupables pour déférement devant la justice, Malou serra le Glock niché dans son holster avec une folle envie de cribler de plomb les coupables.

D'habitude, eux si prolixes n'échangèrent aucune parole durant le trajet de retour à l'hôtel de police.

Max réunit ses équipiers et les informa du dernier rebondissement dans l'attente des résultats des prélèvements ADN. Un sentiment de profond malaise les envahit tous, couplé à une déception immense devant la perspective d'un échec annoncé.

Vers dix-sept heures, le portable de Max résonna :

— Commissaire, ici Delpech, j'ai les résultats.

— Je vous écoute Doc.

— Le prélèvement effectué sur le manteau confirme son appartenance à Ludivine Fontan.

— Merde, de merde…

— Par contre, les prélèvements effectués sur le corps de la victime n'appartiennent pas à Ludivine Fontan. Ils correspondent à ceux d'une autre femme non répertoriée dans notre base de données. Un troisième ADN, masculin celui-là, identifié dans le sperme recueilli dans le vagin de la victime s'avère inconnu également. On retrouve le même sous les ongles de la noyée… Cerise sur le gâteau, cet ADN mâle est identique à un de ceux prélevés dans le fourgon de pompiers retrouvé dans la Garonne.

— Doc, je n'en espérais pas tant.

— Et vous voilà avec un second suicide sur les bras… et un cadavre de plus dans votre enquête !

☆

Malou se rendit sur un des lieux principaux de la prostitution bordelaise, les boulevards intérieurs, dans le secteur d'évolution de la majeure partie des filles de l'Est, Russes,

Ukrainiennes, Bulgares, œuvrant à côté d'Africaines et de quelques Asiatiques.

Sa condition de femme parlant couramment l'anglais devrait permettre l'établissement d'un contact plus aisé avec ces pauvres hères venus en France pour se sortir de la misère, et non pour faire le tapin au profit de macs dépourvus de la moindre humanité.

Après plusieurs discrètes tentatives infructueuses d'obtention de renseignements sur la fille retrouvée dans la Garonne soupçonnée d'être une péripatéticienne, faute du signalement d'une autre disparition en dehors de celle de Ludivine, Malou accosta une fille au profil slave orné d'une bouche rouge vermillon en cul-de-poule, chapeautée d'une longue chevelure frisée blond platine. Dans un mélange de russe, d'anglais et de français, la jeune femme lui conseilla d'attendre le retour de Donia, une autre prostituée russe en cours de passe avec un client.

Un quart d'heure plus tard, une jeune et mignonne poupée *Barbie* aux lèvres ourlées colorées en violet, fardée outrageusement, vêtue d'une minijupe, revint prendre place à côté d'un lampadaire de l'avenue attirant autant les chiens pour pisser que les hommes pour assouvir leurs pulsions. La fille semblait ailleurs avec ses yeux de hareng frit. Derrière la couche de maquillage et ses pupilles dilatées se dissimulaient toute la tristesse de sa condition d'esclave sexuelle et sa dépendance aux substances psychotropes.

Sa jupette ultracourte cachait à peine son string, son décolleté n'était pas en reste. Dans cette tenue licencieuse, la fille paraissait tremblée sous la fraîcheur de fin d'après-midi et animée d'une haine intérieure difficile à extérioriser sans risques pour sa modeste existence pourrie dans cette cité bordelaise classée au patrimoine de l'Unesco.

Dans la langue de Shakespeare, Malou engagea la conversation avec la jeune Russe et lui offrit une cigarette. Après quelques tirages nerveux de nicotine entrecoupés d'une toux chronique du fumeur, dans un nuage de fumée, la dénommée Donia expliqua à Malou être venue à Bordeaux avec sa sœur aînée pour travailler comme serveuse dans un restaurant. En réalité, après confiscation de leurs passeports, toutes deux s'étaient fait violer et retrouvées contraintes à la prostitution pour payer la dette contractée et éviter des représailles envers leur famille.

— Youlia, ma sœur a disparu depuis trois jours. Elle se serait enfuie, chuchota Donia tel un petit animal pris dans un piège infernal.

Accusée par son proxénète de complicité dans la disparition de sa sœur, elle montra discrètement des traces récentes de coups portés par le triste personnage.

— Possédait-elle des signes distinctifs, tatouages, cicatrices, se renseigna Malou.

— Oui, comme moi, un papillon sur l'omoplate gauche, confia-t-elle en désignant son épaule gauche dénudée. Nous nous les étions fait tatouer avant de quitter la Russie. Le papillon, symbole de la métamorphose et du changement, devait nous amener vers une vie meilleure. Quelle vie de merde ! Excusez-moi, je dois continuer à travailler, autrement je vais prendre une nouvelle trempe ce soir si je n'effectue pas le quota journalier de passes.

Donia ne reverrait jamais Youlia, sa sœur aînée. Son corps martyrisé reposait méconnaissable dans un casier réfrigéré de l'institut médico-légal.

Seul élément positif : suite à ce témoignage émouvant, sa

dépouille identifiée pourrait rejoindre le caveau de sa famille en Russie au lieu de terminer dans le carré des inconnus et des indigents d'un cimetière de l'agglomération bordelaise.

La pauvre Youlia devait son enlèvement et son meurtre à sa seule ressemblance frappante avec Ludivine. Son souteneur l'avait sacrifiée. La raclée mise à Donia était simplement destinée à éviter tout bavardage intempestif.

*

Max décida de poursuivre discrètement l'interrogatoire de Donia. Déguisé en client, Ben montera avec la fille. Le reste de l'équipe chouffera dans le quartier.

Le lendemain, Ben traîna du côté du tronçon de boulevard arpenté par les filles de la Russie éternelle. Ne trouvant pas Donia auprès de son lampadaire, il accosta la blonde platine ayant refilé le tuyau à Malou. Devant son questionnement, la belle-de-jour rétorqua :

— C'est cinquante euros, suis-moi !

Ben lui emboîta le pas et s'engouffra à sa suite dans un hôtel minable du boulevard signalé par un néon rétro rouge clignotant.

— File trente euros au taulier, intima-t-elle à Ben qui jouait au timide frustré.

La clé empochée, le policier se retrouva dans une chambre sordide empestant la sueur et le stupre. Dès la porte refermée, la fille exigea :

— J'encaisse avant, passe l'oseille !

Ben lui tendit un billet froissé de cinquante euros, plus un de vingt pour le pourboire et présenta sa carte barrée de tricolore.

— Je cherche Donia.

La fille de joie le fixa et l'évalua avant de répondre :

— Donia a quitté Bordeaux.

— Savez-vous où elle est partie ?

— D'après des ragots, on l'aurait transférée à Bayonne. Je ne sais rien de plus, précisa-t-elle. Il te reste dix minutes. T'as payé, profites-en, poursuivit-elle en dégrafant son body.

Faute de réaction devant son corps offert, d'une main preste la prostituée saisit la ceinture du jean du policier. Ben l'arrêta.

— Merci pour l'info, répondit-il les yeux plongés sur le corps encore parfait de la fille. Désolé, je bosse... De toute façon je ne paye jamais pour faire l'amour !

— Comme tu veux poulet ! Si tu préfères te taper une branlette, c'est ton affaire !

— Sans rancune, et encore merci pour le renseignement ! Fais gaffe à toi, je ne voudrais pas t'apporter la scoumoune.

— Tu sais, la scoumoune m'est déjà tombée dessus... le jour où j'ai accepté de venir travailler en France comme serveuse... Depuis, j'ouvre les cuisses vingt fois par jour pour récupérer mon passeport et échapper à ma condition d'esclave.

— Quel était ton rêve ?

— Devenir infirmière, malheureusement mes pauvres parents ne pouvaient pas me payer mes études... Alors, j'ai dû travailler.

— Tiens, je te laisse un numéro de portable. Si nécessaire n'hésite pas ! Au fait, comment t'appelles-tu ?

— Danuta.

Ben ressortit rapidement de l'hôtel de passe. Le gérant le dévisagea d'un œil torve et composa un numéro sur son téléphone fixe.

Ben remonta à grandes enjambées le boulevard et s'engouffra dans une voiture banalisée stationnée en surveillance du secteur. Danuta redescendit une minute plus tard et retourna prendre sa place entre un vendeur de sushis à la fraîcheur douteuse et un kebab industriel sans mouton.

Cinq minutes plus tard, une voiture conduite par un papi ralentit. La glace du côté passager descendit.

— C'est combien pour une pipe ? demanda l'homme.

— Trente la pipe, cinquante la passe ! annonça Danuta.

— Monte ! répliqua le vieux en la reluquant d'un air salace.

— Pas dans ta voiture, on va à l'hôtel ! Gare ta caisse sur l'arrêt minute et viens !

— Connasse, va te faire foutre ! éructa l'ancien mécontent.

Un homme jeune s'approcha.

— Papi, t'as entendu ! Soi tu montes, soi tu vas te branler dans ta bagnole pourrie !

Le grand-père, rouge comme un coquelicot, ne demanda pas son reste. Devant cette intrusion dans sa sphère intime, il enclencha la première et démarra sur les chapeaux de roues, frustré. Dans l'action, son véhicule faillit emboutir un bus urbain.

— Eh ! De quoi vous mêlez-vous ! Vous m'avez fait perdre un client, s'emporta Danuta.

— Pas du tout chérie, on monte. Tu ne perds pas au change !

— Bon d'accord, c'est cinquante la passe, plus trente pour la chambre.

Pour la dixième fois de la journée, Danuta récupéra la clé de la piaule minable contre trois billets de dix euros lâchés par son client. Le gérant au teint pâle, affalé sur son journal derrière l'accueil, les saisit d'une main leste. Les euros disparurent aussitôt dans une petite boîte métallique dissimulée sous le comptoir crasseux.

Après encaissement de la somme annoncée, Danuta se

sépara promptement de sa tenue de femme fatale. L'homme au garde-à-vous, le pantalon baissé, intima :

— Suce-moi !

En bonne professionnelle, Danuta se mit à l'ouvrage. Le sexe était énorme. Maintenue fermement par sa blonde chevelure, elle avait du mal à respirer. Elle le sentit prêt à jouir et voulut se retirer.

— Avale ! somma-t-il en l'empêchant de tout retrait.

À contrecœur, elle dut satisfaire ce désir imprévu. Lorsqu'il le décida, l'homme se dégagea. La bave aux lèvres, Danuta s'apprêtait à protester et à réclamer un surcoût pour cette partie de prestation non incluse dans le prix de base, lorsqu'une paire de baffes s'abattit sur ses joues empourprées.

— Danuta, on a à parler, annonça-t-il, puis il lui tordit le cou et lui pinça sadiquement un sein.

— Eh, arrête ! On ne se connaît pas, répliqua-t-elle la peur au ventre devant la détermination malsaine affichée dans les yeux de ce jeune client contre lequel elle ne pouvait pas lutter.

— Hier, une jeune femme t'a accostée. Aujourd'hui, tu montes avec un client bizarre… pour un amateur de putes.

— Je n'ai rien à vous dire.

Une magistrale nouvelle paire de claques tomba sur la tête de la pauvre Danuta. Son second sein subit un sort identique au premier.

— Arrêtez, vous me faites mal. Mon mac vous tuera ! hurla-t-elle en essayant désespérément d'échapper à son agresseur pour saisir sa bombe lacrymogène anti-agression dissimulée dans le tiroir de la table de nuit.

— Écoute, c'est ton mac qui m'envoie aux nouvelles ! T'as compris… ! Où faut-il insister pour que tu te mettes à table !

Danuta eut l'impression de recevoir le ciel sur la tête, couplé à un coup de poing dans l'estomac. Le contenu de son sac à main rejoignit le lit. Au milieu du bric-à-brac de produits de beauté et de préservatifs, apparut un petit papier plié en quatre.

— C'est à qui ce numéro de portable ?

— Une copine.

— Eh bien, on va l'appeler ta copine !

— Pourquoi ?

— J'ai envie d'entendre la voix de ta copine. C'est interdit ? J'espère pour toi qu'elle ne possède pas une voix trop grave. J'suis pas du tout amateur.

Sous la contrainte, Danuta composa le numéro sur son portable. L'homme lui saisit l'appareil des mains et la projeta au sol. Le nez en contact avec les acariens nichés au creux de la moquette sale et usée, Danuta priait intérieurement pour que le correspondant ne décroche pas.

— Allô ! fit à l'autre bout du fil une voix mâle.

L'homme coupa immédiatement la liaison.

— Eh bien Danuta, comment s'appelle cette charmante copine transsexuelle ? éructa-t-il en écrasant du pied sa tête au sol, action ponctuée de vigoureuses tapes sur son fessier sans défense.

— Je ne sais pas. C'est un client qui m'a laissé son numéro, parvint à articuler avec peine Danuta prise dans la nasse.

— Habille-toi salope ! On s'en va !

— Non, Je ne peux pas, je dois continuer à tapiner ! se lamenta Danuta dans un dernier sursaut pour sauver sa peau.

— Ça, c'était avant ! Maintenant, ton sort dépend de l'humeur du boss… et surtout de ce que tu vas lui raconter.

La peur au ventre, la belle-de-jour n'eut pas d'autres solutions que d'obtempérer sous l'œil mauvais et le rictus peu amène de l'homme de main du proxénète. Sous l'œil salace de l'hôtelier, la brute et Danuta quittèrent l'établissement et s'engouffrèrent dans un puissant tout-terrain noir aux vitres fumées stationné devant la porte. Celui-ci démarra aussitôt sur les chapeaux de roues en direction des quais de la Garonne.

14 – Retour dans le Médoc

Samedi 5 mai deux mille dix-huit - après-midi - Bordeaux

Ben se montra inquiet. Cet appel bref sans échange sur le numéro donné seulement à des personnes utiles à l'enquête le perturbait.

Était-ce une tentative de Danuta, la prostituée russe des boulevards, pour le joindre ? Avait-elle changé d'avis ou été dérangée ?

Aucun mot prononcé par l'appelant avant la coupure, même pas le moindre souffle ! Malgré la durée extrêmement réduite de cet appel, le repérage du portable demandeur indiqua son bornage sur un relais installé non loin du minable hôtel de passe des boulevards. Les coïncidences n'existaient pas dans ce style de dossier.

Manque de chance, le matin pendant une dizaine de minutes, la vue depuis le soum planqué dans la rue se trouva masquée par un camion de livraisons en stationnement en double file le long du fourgon banalisé. Depuis la fin de matinée, plus aucune trace de la jeune Slave.

En début d'après-midi, son collègue caché dans le soum le tira de ses réflexions :

— Ben, une grosse berline noire vient de déposer une fille à côté du vendeur de kebabs.

— Danuta est revenue ?

— Ce n'est pas elle. Celle-ci possède bien des cheveux longs et blonds, mais sans les frisettes !

— Merde, merde… Ils l'ont déplacée. On continue la surveillance… On ne sait jamais !

☆

Max réunit une nouvelle fois son équipe pour faire le point. L'enquête avançait. Toutefois, la Crim avait affaire à une structure malfaisante très bien organisée. Il décida de procéder sans tarder à une nouvelle perquisition du château Rouge Gironde. Le procureur venait de valider sa requête. Plus de droit à l'échec, cette fois-ci, la propriété viticole serait visitée par une véritable armée d'enquêteurs, aidée de la police scientifique et de matériel d'investigation permettant de repérer une cache dans la structure du bâtiment.

Vers seize heures, les forces de l'ordre encerclèrent la propriété et l'investirent. Dès l'entrée des policiers dans la cour, l'ouvrier viticole Serge Delassus, allergique aux uniformes, vit rouge et sauta sur un quad stationné derrière le chai. Dans un bruit caractéristique de moteur quatre temps, il s'enfuit plein gaz dans les vignobles adjacents. Un gendarme embusqué dans les rangs de vigne fit les sommations d'usage avant d'ouvrir le feu. Pour tout résultat, les tirs déclenchèrent un coup d'accélérateur rageur du pilote du quad. Deux balles bien ajustées ramenèrent à la raison le fuyard, l'une dans le moteur de l'engin, l'autre dans la botte gauche de l'ouvrier. Sous l'impact, le quad réalisa une embardée et raya de la prochaine récolte une dizaine de pieds de vigne de l'appellation Pauillac.

Immédiatement appréhendé, les pinces aux poignets, le médecin accompagnateur de l'opération le prit en charge. Par contre, aucune trace du maître de chai.

La perquisition révéla quelques surprises. Malgré la nette odeur de vin incrustée dans le chai, la majorité des cuves de chêne entreposées s'avérèrent vides, les deux cuves en inox aussi. Les bouteilles stockées comprenaient essentiellement des millésimes plus anciens, datant d'avant la vente de la propriété. Seul, une vingtaine de barriques contenaient encore du vin.

— Étrange, cette propriété serait-elle devenue une couverture pour d'autres activités moins licites ? en conclut Max.

Suite à l'étude des plans, l'ouverture recherchée fut vite repérée derrière un amas de palettes et d'outils. Une mini-charge explosive ouvrit proprement la porte blindée. La cache soupçonnée apparut aux enquêteurs, vide de toute trace de présence humaine.

Immédiatement, les experts de la police scientifique en prirent possession et recueillirent une foule de prélèvements.

Les équipements de l'abri étaient en état de marche, dont la vidéosurveillance intérieure, sans trace d'enregistrement.

Le portable de Max interrompit ses observations et réflexions. Son homologue de la police arcachonnaise était au bout du fil :

— Salut Max ! Un corps d'une femme entièrement dénudée vient d'être retiré du port de plaisance d'Arcachon, coincé entre deux yachts.

— La disparue de la Garonne, Ludivine Fontan ? lâcha dans un soupir dépité Max, la tête abattue par un poids énorme.

— C'est bien une jeune femme, une blonde, vingt à vingt-cinq ans environ. D'après mes collègues de la BAC[7], ce serait le cadavre d'une prostituée d'origine étrangère, peut-être d'Europe de l'Est ?

— Et en quoi me concerne-t-elle ?

— Cette fille n'a jamais été aperçue sur le bassin. Les premières constatations du légiste laissent à penser qu'on l'a immergée dans le port. Elle n'est pas morte de noyade, mais semble-t-il de strangulation. Des traces suspectes au niveau du cou sans écrasement du larynx apparaissent. Le décès remonte à quelques heures seulement.

— OK, je t'envoie immédiatement les capitaines Damien Benedetto et Malaury Besnier pour reconnaître le corps.

— Ben et Malou, dès la fin de la perquisition, vous descendez à Arcachon.

— Max, cette virée sur le Bassin, c'est pour nous remercier de la réussite de l'opération de ce jour ! ironisa Malou.

— Pas exactement, vous allez visiter la morgue, un nouveau cadavre de femme à identifier.

— Ludivine ? osa Malou les mâchoires crispées, le cœur serré.

— Apparemment non, plutôt une jeune pute blonde de type caucasien.

— Frisée ?

— Mon collègue ne m'a pas donné cette précision.

— Danuta, peut-être ?

☆

Une heure plus tard, Malou et Ben prenaient la direction du

7 Brigade anti-criminalité

sud pour rejoindre le bassin d'Arcachon. La morgue se trouvait dans l'enceinte du centre hospitalier d'Arcachon situé sur le territoire de la commune de La Teste de Buch, une des plus grandes communes françaises au niveau superficie, plus réputée pour ses ostréiculteurs et la dune du Pyla.

Mal à l'aise, Malou préféra laisser le volant à Ben. Cette fois-ci, elle s'attendait à la découverte du corps de Danuta. Convaincue que sa visite, suivie de celle de Ben, auprès du milieu de la prostitution des boulevards avait précipité sa fin. Une rage intérieure l'animait pour mettre hors d'état de nuire ce puissant réseau de pègre qui sévissait sur Bordeaux. Machinalement, elle vérifia la présence de son Glock.

Après trois quarts d'heure de route, la berline banalisée se rangeait devant l'institut médico-légal de la ville balnéaire. Avant de pénétrer dans le lieu, Malou sortit de la poche de son blouson le petit flacon d'huile essentielle de camphre et s'en enduisit les narines de quelques gouttes, puis inspira plusieurs fois à pleins poumons. Le camphre sous cette forme possédait de multiples propriétés, stimulation du système cardio-vasculaire, antiseptiques, immunostimulantes et décontractantes.

— Que fais-tu Malou, tu te shootes ? s'étonna Ben surpris par le geste de sa collègue.

— Ben, par moments t'es vraiment con ! Tu ne connais pas les propriétés du camphre pour mieux supporter les facéties des légistes ! C'est Max qui m'a appris cette méthode.

— Mais si, je connais le truc. Il devrait l'enseigner dans les écoles de police. Je blaguais.

— Ce n'est pas le moment !

Lorsque le légiste retira le drap en présence de leur collègue arcachonnais, la certitude de découvrir le cadavre de la jeune

Russe l'emportait sur toute autre considération. Malou et Ben restèrent figés devant le corps juvénile zébré de marques suspectes.

— C'est elle, Danuta, une prostituée russe évoluant sur les boulevards intérieurs bordelais, lâcha Malou d'une voix éteinte.

Ben confirma.

— Désolé, répondit le médecin légiste. Aucune des marques n'a entraîné le décès, pas d'eau dans les poumons. La femme est décédée d'une overdose d'héroïne, continua-t-il en montrant des traces de piqûre à l'avant-bras gauche.

— Docteur, pour l'enquête, cette fille je l'ai vue torse nu hier. Elle n'avait aucune trace de piqûre, ni l'allure d'une junkie, juste celle d'une fille obligée de se prostituer.

— Inutile de vous justifier jeune homme sur vos fréquentations ! Mes autres analyses et constatations corroborent vos dires. Ce n'est pas une droguée, compléta le légiste.

— D'après vos dires, on l'a donc suicidée par overdose et balancée dans le port de plaisance, récapitula l'enquêteur arcachonnais.

Il n'obtint pas de réponse. Toutefois, les regards révoltés des protagonistes parlaient pour eux.

Durant le trajet de retour vers Bordeaux, Malou et Ben échangèrent peu. La beauté des paysages traversés n'arriva pas à les dérider. La vision du cadavre de cette belle fille de l'Est hantait leurs cerveaux.

L'autoradio diffusait en continu ses chansons et ses publicités sans se préoccuper de l'atmosphère lourde régnant dans l'habitacle du véhicule de service.

Une retint l'attention de Malou durant quelques instants, *Seul* de Garou :

...Tant de fois j'ai grimpé
Jusqu'au plus haut des cimes
Que je m'suis retrouvé
Seul au fond de l'abîme
Seul au fond de l'abîme...

La pauvre Danuta venait d'atteindre solitaire le fond du gouffre.

En dépit de tous les coups du sort fermant à chaque fois une piste, malgré cette hydre semblant posséder toujours un coup d'avance, la détermination de la brigade criminelle restait intacte, et même se trouvait décuplée. La liste des cadavres s'allongeait, trois déjà, dont deux d'innocentes jeunes étrangères ayant cru trouver l'eldorado dans l'hexagone.

La mairie de Bordeaux avait bien envisagé d'équiper le secteur des boulevards avec un dispositif de vidéosurveillance. Pourtant, à ce jour rien de concret n'était en place. Comme si la continuité de ce commerce illicite du sexe sans vagues, arrangeait tout le monde, les proxénètes et les clients.

Quant à Donia, elle n'avait pas encore été repérée dans son nouvel espace de travail, les rues du Petit Bayonne. Concernant Youlia, disparue corps et biens, à jamais !

*

Le portable de Max le tira de ses réflexions.

— Commissaire Grabowski, ici la scientifique, on a les résultats des prélèvements ADN.

— Et alors ? interrogea Max pressé de savoir.

— L'ADN de Ludivine Fontan a été découvert sur le grabat et dans la salle de bains de la cache du chai.

— Chef, vous me redonnez du baume au cœur.

— Un autre ADN a été détecté dans la salle de contrôle, celui d'une autre femme non répertoriée dans nos tablettes.

— Excellent travail, vous me confirmez mon intuition première sur cette délicate affaire.

15 – L'*Anneke Hermina*

Samedi 5 mai deux mille dix-huit - Bayonne

La surveillance du vraquier *Anneke Hermina*, toujours à quai dans le port de Bayonne, se poursuivait.

Le commissaire Imanol Etcheberry réussit avec difficulté à caser le double-mètre de sa grande carcasse d'ancien seconde ligne dans la Renault Twingo de service du port de Bayonne, conduite par son ami pilote, Bixente Zuruburru.

— T'avais pas une caisse disponible plus petite ?

— Écoute, c'était la seule non réservée ce jour. Tu sais ce que c'est, les crédits…

— Ouais, je connais ! Ce n'est pas mieux chez nous.

La petite Renault prit la direction de la rive droite par le pont Saint-Esprit. Dès son entrée dans l'enceinte du port à Tarnos, Imanol se mit en mode chasseur, jumelles haute définition et appareil photo doté d'un puissant zoom.

— Gare ta poubelle à droite entre les deux conteneurs ! Je vais réaliser quelques clichés de ce magnifique navire bleu et blanc.

— OK !

Deux minutes plus tard, le véhicule de service longea le

vraquier à quai et poursuivit sa route jusqu'au poste Marcel Forgues.

— C'est ton cow-boy le gus en treillis debout près du château arrière sur le pont supérieur ? interrogea Imanol les jumelles rivées aux orbites.

— Oui, c'est l'officier de sécurité, confirma Bixente.

Immédiatement, Imanol le shoota à travers les vitres du véhicule. Il jeta aussitôt un œil aux clichés et zooma certains d'entre eux.

— Ton Batave possède véritablement une tête de barbouze. Dans la rue, vaut mieux changer de trottoir ! ironisa Imanol satisfait de son talent caché de photographe. De plus, son couteau au mollet, a priori un Knaken, modèle prisé des commandos. Ce mec n'est pas un rigolo ! Et comment se nomme ce cher homme ?

— Rykaards Beeckman.

— Merci, je fais lancer une recherche sur lui par le fichier d'Interpol. On ne sait jamais. Quand appareille l'*Anneke Hermina* ?

— Normalement demain matin. La marée sera favorable, mais le capitaine a signalé une avarie sur un des moteurs et attend une pièce de Hollande. Je ne sais pas s'il pourra appareiller comme prévu. En tout cas, son chargement sera terminé ce soir. Habituellement, les navires reprennent la mer le plus tôt possible : *bizness is bizness* !

— Dans l'attente, je fais mettre une surveillance renforcée en place. Ramène-moi à ma caisse, je rentre à mon bureau.

De retour à l'hôtel de police de Bayonne, le capitaine Imanol Etcheberry parcourut la fiche d'Interpol au nom de Rykaards Beeckman. Le rapport débutait par ses états de service dans les commandos de marine néerlandais, les Forces maritimes spéciales d'opérations (NL MARSOF) du Corps des marines néerlandais, l'équivalent des bérets verts français. Des commandos formés à tous types d'interventions, n'importe où dans le monde, l'élite des armées.

Décoré pour ses faits d'armes suite à son illustration lors d'opérations extérieures en Afrique et au Moyen-Orient.

Rendu à la vie civile, fondateur d'une société de sécurité maritime louant ses services pour assurer la sécurité des navires de la marine marchande.

Beeckman s'était retrouvé dans le fichier d'Interpol suite à son implication présumée dans une affaire de trafic de stupéfiants entre l'Amérique du Sud et l'Europe après l'arraisonnement, par la marine néerlandaise, du navire sur lequel il officiait. Faute de preuves suffisantes, Rykaards Beeckman avait bénéficié d'un non-lieu.

☆

Le chargement de maïs sur l'*Anneke Hermina*, destiné à un pays du Golfe, se termina comme prévu en début de soirée. Les deux policiers de l'hôtel de police de Bayonne, en planque depuis le début d'après-midi dans un sous-marin surchauffé stationné en plein soleil à une centaine de mètres du vraquier, n'avaient détecté aucune anomalie, ni mouvement suspect. L'heure de la relève approchait pour les deux fonctionnaires en nage.

Un peu avant vingt heures, la passerelle d'accès au navire coulissa. Six marins descendirent à terre se dégourdir les jambes. L'officier de sécurité, Rykaards Beeckman, et l'officier en second apparurent et se positionnèrent au bastingage, comme pour accueillir des invités.

Quelques minutes plus tard, un petit camion carrossé de livraisons de couleur blanche, sans marquage, immatriculé en France, vint s'arrêter à reculons devant la passerelle. Son positionnement masquait la vue des deux inspecteurs en planque.

Néanmoins, les enquêteurs purent fixer sur la pellicule les divers va-et-vient des membres d'équipage transportant du poids lourd au céréalier des cartons de provisions. Deux caisses sans étiquetage, assez lourdes d'après la musculature bandée des marins, suivirent le même chemin. Seules des étiquettes bas, haut et fragile décoraient le pin brut.

Dès la fin de l'opération, le petit camion quitta l'enceinte du port et la passerelle disparut. Plus âme qui vive ne resta sur le quai, ni sur le pont du navire.

Bixente Zuruburru appela son ami commissaire, Imanol Etcheberry :

— Imanol, le vraquier est paré pour lever l'ancre. Je dois le piloter pour la sortie du port à la prochaine marée haute au lever du jour, vers sept heures du matin. J'attends la confirmation.

— Justement, j'allais te téléphoner. Un camion sans identification a ravitaillé le navire il y a une demi-heure. Est-ce une formalité classique ?

— Pas du tout ! Habituellement, celui-ci ne s'approvisionne jamais à Bayonne. Lorsqu'un bateau a besoin de ravitaillement, il est réalisé par des sociétés accréditées qui livrent avec des véhicules identifiables.

— Apparemment, les marins ont chargé des cartons de nourriture et deux lourdes caisses allongées sans identification autre que fragile, haut et bas. As-tu une idée de leur contenu ?

— Non, à moins que ce ne soit des équipements à remplacer

sur le navire. Mais alors, la livraison serait différenciée de celle des denrées alimentaires. Les normes sanitaires interdisent de mélanger la nourriture et le matériel.

— Est-il possible de différer son appareillage ?

— À ce stade non ! Sauf si un incident ou la météo mettent en cause la sécurité de la sortie du port.

— Bien, on se tient au courant.

Imanol essaya de faire le point avec tous les renseignements recueillis. Ces caisses l'intriguaient fortement. Elles paraissaient correspondre à des emballages d'armes. Il prit contact avec ses collègues de la police portuaire.

L'obtention d'une autorisation de fouille du navire l'intéressait, mais sur quel critère ? À ce stade, rien de répréhensible ne pouvait être reproché à ce navire hondurien, même si plusieurs faits semblaient louches : les visites des deux 4x4, le véhicule de livraison, le rôle réel de l'officier de sécurité.

Une réunion organisée en urgence à la Capitainerie du port rassembla des représentants de la direction du port, des Affaires maritimes, des pilotes, de la police portuaire et de la police judiciaire de Bayonne. Son but, se mettre d'accord sur une base légale pour retarder l'appareillage de l'*Anneke Hermina* sans imbroglio juridique international dans l'espoir de pouvoir procéder à une fouille approfondie du navire. Au vu des éléments à charge, l'obtention d'un tel consensus paraissait mince à ce stade de l'enquête.

★

Après examen du dossier, la procureure de Bayonne refusa la perquisition sollicitée, mais autorisa la police judiciaire de Bayonne à poursuivre cette enquête officieuse sur l'*Anneke*

Hermina.

Déçu, le capitaine Imanol Etcheberry se rendit au bureau de la procureure. Néanmoins, il eut beau plaider de toute son éloquence et user de son charme auprès de la quadragénaire, rien n'y fit. En tout cas, cette issue semblait logique. Force devait rester à la loi !

On ne perquisitionnait pas impunément un navire étranger lors d'une escale dans un port hexagonal sur de simples présomptions ou intuitions.

Madame la Procureure se gratifia d'un malin plaisir à rappeler gentiment à Imanol la notion d'extraterritorialité pour un navire étranger à quai dans un port français :

— Capitaine Etcheberry, toute intervention à bord d'un navire doit être requise par son capitaine ou l'armateur ou le Consul de l'État du pavillon. En dehors de ces sollicitations, il faut un flagrant délit ou un trouble avéré de l'ordre public dans les eaux territoriales ou dans le port. Dans ce dossier, je ne trouve ni l'un, ni l'autre.

Imanol ne répondit rien. La Proc avait entièrement raison et ne faisait qu'appliquer la loi, toute la loi. Il avait tenté de forcer sa main, sans trop y croire, tellement persuadé que ce navire cachait quelque chose.

Au niveau sécurité, le navire répondait aux normes internationales. Tous les procès-verbaux adéquats, dûment attestés par un organisme de contrôle maritime à la renommée fiable, avaient été fournis aux Affaires maritimes du port de Bayonne. Aucune intervention n'était possible pour ce motif.

☆

Imanol rentra de son rendez-vous avec la procureure à son

bureau de l'hôtel de police, frustré mais point abattu. Son cerveau tournait à deux cents pour cent pour trouver une solution à cette impossibilité légale de perquisition. La sonnerie de son portable interrompit ses réflexions.

— Imanol, l'*Anneke Hermina* appareille bien demain à sept heures. Je suis le pilote désigné pour assurer sa sortie du port, annonça d'une voix désolée Bixente Zuruburru.

— On a perdu la première mi-temps, pas la partie, répliqua avec amertume Imanol en tant qu'ancien rugbyman. Bixente, ouvre tes yeux encore plus grands que d'habitude et contacte-moi dès ton retour sur la vedette du port.

— Je te tiendrai au courant dès la fin de ma mission.

— Demain matin, je serai en train de planquer près de la Barre. Toute mon équipe sera sur le pont, si je peux dire !

— Jamais l'appareillage d'un banal céréalier au lever du jour n'aura présenté autant d'attention ! objecta Bixente.

— Je peux te dire que je les ai là, de ne pas pouvoir perquisitionner ce navire… Penser que cet enfoiré d'*Anneke Hermina* a peut-être chargé des armes à l'insu des autorités dans un port français et déchargé de la poudre, répliqua Imanol en faisant les cent pas dans son bureau exigu.

— Je te comprends ! Est-ce bien des armes ? Tes habitudes professionnelles à voir le mal partout ne te joueraient-elles pas des tours ? Tu sais, rien ne ressemble plus à une caisse d'armes qu'une de pièces pour moteur.

La conversation terminée, Imanol se rassit dépité dans son fauteuil en skaï.

16 – Autoroute A63

Dimanche 6 mai deux mille dix-huit

En ce dimanche matin printanier incitant au farniente ou à l'activité sportive, un adjoint de la direction des stupéfiants de Bordeaux tira son patron du lit à l'aube :

— Patron, un de mes indics vient de me prévenir d'une livraison ce jour d'une grosse quantité de coke en provenance du sud sur l'agglomération.

— On se retrouve au bureau en suivant. Préviens les collègues ! décida-t-il immédiatement.

Promptement, une opération de contrôle montée au dernier péage avant Bordeaux, celui de Saugnacq-et-Muret dans le département des Landes, regroupa la gendarmerie autoroutière de Mios, les Douanes et la brigade des Stups de Bordeaux chargée par le procureur de Bordeaux de l'enquête sur ce vaste trafic international sévissant depuis quelque temps sur la côte atlantique.

Les deux voies rapides de télépéage furent neutralisées et la circulation canalisée sur deux barrières encadrées d'hommes armés.

Vers onze heures du matin, un puissant 4x4 muni d'un parebuffle impressionnant, immatriculé en Allemagne se présenta sur la voie réservée au télépéage. Dès l'ouverture de la barrière, un gendarme signala au conducteur de se ranger sur le côté. Le véhicule fit mine d'obtempérer. Puis, à l'approche de deux gendarmes, d'un coup d'accélérateur rageur du moteur six cylindres, le tout-terrain redémarra brusquement dans un crissement de pneus, renversa les cônes de balisage et prit la fuite en direction de Bordeaux. Un des gendarmes ne dut son salut qu'à un prompt réflexe, un coup de reins digne d'un écarteur landais, pour éviter l'écrasement par le bolide. Les forces de l'ordre n'eurent même pas le temps de déployer la herse.

Immédiatement, deux motards et le véhicule rapide, une Renault Mégane RS, le prirent en chasse. À plus de deux cents kilomètres à l'heure, la poursuite s'engagea au milieu de la circulation heureusement clairsemée en ce dimanche matin. Le chauffard prenait des risques insensés et slalomait au milieu des usagers stupéfaits. Par chance, ces derniers se rangeaient pour la plupart sur la voie d'arrêt d'urgence au bruit des sirènes et de la vision du ballet des gyrophares bleus dans leurs rétroviseurs.

À l'approche du carrefour autoroutier avec l'A660 desservant Arcachon, la circulation se densifia. Un mini-bouchon se forma à cause de poids lourds doublant d'autres poids lourds. Englué dans le trafic à vitesse réduite, le fuyard encadré par la gendarmerie se rangea finalement sur une aire d'arrêt de borne d'urgence. Le conducteur immédiatement appréhendé, un ressortissant allemand de Berlin d'une soixantaine d'années, fut placé en garde à vue et transféré en suivant dans les locaux de la gendarmerie autoroutière. Son véhicule saisi et évacué gagna le garage de la brigade pour fouille approfondie et démontage si nécessaire.

Le patron des Stups, informé de l'arrestation du fugitif, s'apprêtait à rejoindre les locaux de la brigade autoroutière pour l'interrogatoire de ce drôle de paroissien germanique, quand un camping-car neuf d'apparence se présenta à la même voie de péage. Un des gendarmes croisa les yeux du conducteur seul à bord et décida de le contrôler. Le véhicule de loisirs se gara sans problème sur l'aire dédiée au contrôle.

— Gendarmerie nationale, veuillez couper le moteur, présenter vos papiers et ceux du véhicule et descendre, exigea le gendarme soupçonneux.

L'homme aux cheveux teints en blond, très bronzé, à l'allure de surfeur sur le retour, obtempéra aussitôt et présenta les documents réclamés. Le camping-cariste paraissait calme et dévoilait un air naturel, presque décontracté. Il répondit de bonne grâce au questionnement habituel de la maréchaussée. D'où venez-vous ? Où allez-vous ? Quel est le motif de votre déplacement ?

D'après son passeport, l'homme s'appelait Robert Dricourt et habitait à Arras, chef-lieu du département du Pas de Calais. Un gendarme emporta les papiers dans un fourgon garé à proximité pour interrogation du fichier central. Deux douaniers passèrent à l'inspection détaillée du véhicule. Le chien renifleur ne marqua pas devant ce camping-car d'allure aussi innocente qu'une jeune fille de bonne famille.

— Chef, venez voir, lança un douanier allongé sous le véhicule de loisirs une lampe torche à la main, le longeron central ne paraît pas d'origine et la peinture est à peine sèche.

Il montra ses doigts couverts de marques grises.

— Intéressant, on va essayer de démonter le plancher intérieur pour accéder au longeron.

Une heure plus tard, après le retrait difficile des sièges conducteur et passager, une fois le plancher ôté, une trappe apparut dissimulée sous une couche grossière d'isolant. Dès les quatre vis de fixation desserrées, l'éclairage portatif révéla à l'intérieur du fameux longeron une multitude d'emballages similaires emplis d'une poudre blanche. Cette fois-ci, le chien renifleur des douaniers marqua dès son introduction dans la cabine.

Le conducteur confronté à la découverte nia toute connaissance de cette présence insolite dans son véhicule et maintint se dénommer Robert Dricourt. À la suite de son transfert dans les locaux de la brigade des Stups de Bordeaux, ses faux papiers plus vrais que nature ne résistèrent pas longtemps aux vérifications des limiers de la police.

Un sieur Robert Dricourt existait bien à Arras, toutefois celui-ci se morfondait dans une caisse en bois depuis une année au fond d'une allée du cimetière communal arrageois.

Les Stups ne s'étonnèrent pas du mode de transport. Le temps des go-fasts semblait de plus en plus révolu. Place au plus anodin véhicule de loisirs en vogue, le camping-car ! De plus, ce type de véhicule possédait l'avantage sur les berlines de pouvoir transporter une quantité supérieure de drogue et une possibilité de dissimulation dans des caches plus difficiles à déceler.

Malgré son grimage pouvant tromper un simple contrôle de routine, le fichier anthropométrique ne mit pas longtemps à découvrir la véritable identité de Robert Dricourt : Norbert Meyer, le mystérieux maître de chai du château Rouge Gironde.

Recherché depuis plusieurs jours dans le cadre de l'affaire Fontan par la brigade criminelle de Bordeaux, celui-ci était soupçonné par les Stups d'implication dans un trafic international de drogue. Cerise sur le gâteau, dans une cachette située sous le siège conducteur, un magnifique parabellum avec un chargeur engagé dormait.

*

Le patron de la direction des stupéfiants de Bordeaux passa un coup de fil à son collègue de la brigade criminelle. Tous deux se connaissaient depuis une vingtaine d'années et étaient amis.

— Max, on a arrêté ce matin Norbert Meyer, le maître de chai du château Rouge Gironde. Cinq cents kilos de poudre blanche se trouvaient dissimulés dans un longeron de son véhicule. D'après un de nos informateurs, la cocaïne découverte proviendrait d'Amérique du Sud, de Colombie exactement, et aurait transité par le Honduras. Son identification chimique est en cours. Le suspect est en garde à vue dans nos locaux. Pour l'instant, il est peu coopératif.

— Bien… Nous, ce matin, on a perquisitionné une seconde fois le fameux château Rouge Gironde, son lieu officiel de travail. On a découvert une pièce dissimulée au fond du chai munie d'un dispositif de vidéosurveillance interne et équipée pour garder un otage. L'ouvrier viticole de la propriété est en garde à vue dans nos locaux. Aucune trace de drogue dans la propriété.

— Parfait ! La famille est donc réunie. On va pouvoir organiser des agapes !

— On ne risque pas de rigoler beaucoup. Le mien aussi est taiseux et avec ses chicots affiche une mine de pitbull pris par la patte dans un piège.

— Max, fais attention à ne pas te faire mordre !

— Ne t'inquiète pas ! Après quelques heures de garde à vue et une nuit blanche, mon client va s'adoucir et se mettre à table.

— Je te fais confiance. Le mien paraît coriace. Il a la mine d'un qui ne lâchera rien… Mais il craquera !

— Je te propose qu'on les cuisine chacun de notre côté une journée. Ensuite, on organise une petite confrontation, lâcha Max.

— OK, ça marche.

☆

Très rapidement débuta l'interrogatoire de Norbert Meyer.

— Capitaine Zanella des Stups ! Monsieur Meyer vous êtes…

— Je m'appelle Robert Dricourt, le coupa aussitôt le suspect en garde à vue.

— Monsieur Meyer, inutile de continuer sur cette voie. Vos papiers sont des faux, d'excellente qualité je vous l'accorde.

— Je m'appelle Robert Dricourt et habite à Arras, insista l'homme.

— Parfait ! J'ai une photo de votre dernier logement monsieur Dricourt, répliqua d'un ton narquois le capitaine en glissant sous le nez de son client un cliché en couleur pris le jour même.

— C'est quoi cette mascarade ? Vous me faites du chantage. Je ne parlerai qu'en présence de mon avocat, avança le pseudo Robert Dricourt d'un ton moins virulent.

— Agréable comme dernière demeure, six pieds sous terre en bonne compagnie, à l'ombre de tombeaux de familles arrageoises renommées, à proximité du célèbre détective Eugène-François Vidocq ! ironisa le capitaine Zanella en le fixant droit dans les yeux.

La photo couleur prise dans une allée du cimetière communal d'Arras par la police locale montrait une pierre tombale en marbre gris portant l'inscription : Robert Dricourt (1975 – 2017).

— Est-ce le voisinage de Vidocq qui vous a inspiré cette usurpation d'identité ? N'oubliez pas que ce célèbre personnage fut bagnard avant d'être policier !

Le sieur Meyer resta muet comme une carpe et dénia répondre aux questions de l'enquêteur.

— Je vais vous montrer une petite vidéo édifiante, poursuivit le capitaine Zanella. Puis, il tourna l'écran de son ordinateur de bureau vers son interlocuteur obligé.

Sur l'écran apparut un cliché anthropométrique datant de l'inculpation du maître de chai dans l'affaire du vol de vin. Le logiciel vieillit le suspect de quelques années et arriva à la tête actuelle de Norbert Meyer avant son grimage. Celle-ci se para de cheveux blonds coupés court et se transforma en une image identique à celle de la photo présente sur les faux papiers remis.

— Alors Monsieur Meyer, qu'en pensez-vous ? Jolie technique ! Plus évoluée que celle de vos faux papiers.

— Je m'appelle Robert Dricourt, persista l'homme d'un air de moins en moins convaincu.

— Au fait pour un Ch'ti, citoyen de la patrie de Robespierre, vous possédez un petit accent fleurant bon le Médoc ! Une petite comparaison entre votre ADN et celui de Norbert Meyer permettra de lever tout doute, ponctua le capitaine avec un grand sourire malicieux.

Meyer, en homme non dénué d'une certaine intelligence, comprit que cette fois-ci le piège se refermait et qu'il ne pourrait s'en sortir en continuant à scander désespérément l'identité d'un Ch'ti défunt.

— Ça va Capitaine, je suis Norbert Meyer, avoua-t-il enfin.

L'interrogatoire se poursuivit, mais le maître de chai refusa toute coopération et fit valoir son droit au silence.

☆

En parallèle, l'interrogatoire de l'ouvrier viticole Serge Delassus du château Rouge Gironde se déroulait dans les locaux de la brigade criminelle bordelaise sous la houlette du capitaine principal Fred Marcheval et du capitaine Damien Benedetto. Derrière une vitre sans tain, le commissaire Maxime Grabowski suivait la scène.

Quelques heures plus tard, le dénommé Delassus avait perdu sa mine de pitbull prêt à bouffer du flic pour celle d'un cocker à mamie dans l'attente de sa ration de croquettes.

La fatigue le titillant, le rustre se mit à table et lâcha enfin les informations que les enquêteurs attendaient :

— Oui, des otages ont bien été retenus au château Rouge Gironde.

— Leurs noms ?

— Oui, l'activité viticole a presque disparu depuis la vente du domaine. Seulement vingt barriques contiennent encore du vin et une seule barrique a été remplie avec le dernier millésime.

— Je réitère ma question. Leurs noms ? s'agaça Fred.

— Une fille est passée par le château. Mais, j'suis au courant de rien ! maugréa l'ouvrier viticole.

— Delassus, vous êtes chasseur ?

— Ben oui, comme tout le monde dans le coin !

— Perdrix, grive ?

— Un peu des deux ! Quel rapport avec le château ?

— Delassus, si vous chassez le perdreau de l'année, vous vous êtes trompé d'adresse ! ironisa Fred.

En suivant, l'ouvrier viticole reconnut la jeune femme sur la photo présentée, Ludivine Fontan. Il avoua être complice, mais minimisa son rôle à assurer l'intendance.

Lorsqu'il entendit les aveux de Serge Delassus, Max eut une intuition et décida de retourner au chai avec ses deux autres équipiers, Malou et Mot. Dès leur arrivée sur place, Max brisa les scellés. Sur les indications fournies par l'ouvrier viticole, Max repéra facilement la dernière barrique remplie. Il préleva une pipette de vin dans le fût.

— C'est bien du Pauillac, déclara-t-il à l'issue de sa dégustation.

Le tonneau était quasiment plein, cependant Max ne prit pas de gants et décida de le vider dans le caniveau intérieur du chai.

— C'est du gâchis de jeter ce vin classé, s'étonna Mot en voyant tout ce rouge réputé s'écouler au sol.

— Évidemment que c'est dommage ! Mais, la vie d'une femme n'a pas de prix, rétorqua Max sans le moindre état d'âme.

— Mot, va me chercher une masse dans la remise attenante, exigea Max pressé de passer à l'action.

Dès le fût vidé, sous les regards de ses équipiers surpris, Max défonça à coups rageurs la paroi avant, persuadé que l'intérieur recelait une cache. En réalité, la barrique n'en possédait pas. Pourtant, cette opération paya. Les enquêteurs s'aperçurent que du vin s'infiltrait à travers des interstices présents entre certaines dalles du caniveau du chai.

À la barre à mine, Max et Mot soulevèrent une des dalles disjointes. Devant leurs yeux ébahis, sous le caniveau, apparut une cache vide dimensionnée pour dissimuler des centaines de kilos de drogue.

Le château Rouge Gironde servait également de base arrière à un trafic de drogue, en plus de l'accueil d'otages.

17 – Cap sur Capbreton

Dimanche 6 mai deux mille dix-huit - Bayonne

Vingt-trois heures venaient de sonner à la cathédrale Sainte-Marie de Bayonne. Sur l'océan d'un calme olympien, un petit bateau de pêche naviguait lentement sous un ciel sans lune le long de la côte. Le moteur pétaradait et fumait de plus en plus. Le patron était inquiet, ainsi que son marin l'oreille aux aguets de la carburation. Le ligneur arrivait au niveau de la plage des Cavaliers à Anglet. Le chenal d'accès du port se découpait balisé par ses feux rouge et vert.

— On n'atteindra jamais Capbreton avec ce fichu moteur, lança le marin landais, les mains garnies de cambouis.

— T'as raison, je vais entrer dans le port. On réparera demain matin au chantier naval Arizotegui.

Tout à coup, le silence se fit. Seul le bruit du ressac se brisant sur la côte proche vint troubler la quiétude nocturne. Le marin s'évertua à relancer le moteur récalcitrant. En vain, le propulseur venait de rendre l'âme. La houle se mit à ballotter, tel un fétu de paille, le vieux bateau de pêche privé de son moyen de propulsion. Le patron cramponné à sa barre vit les enrochements de protection de la digue sud du chenal se rapprocher dangereusement.

— Merde, si ça continue, on va se fracasser sur la digue, comme le cargo *Le Luno*[8], hurla le pêcheur cramponné au bastingage.

À cet instant, le vent se leva et immédiatement la houle s'amplifia. Une vague plus puissante que les autres poussa le rafiot incontrôlable vers l'entrée du port. Le patron se remit à espérer en sa chance d'entrer dans le chenal porté par la marée montante, mais au moment crucial le bateau se mit en travers. Immédiatement drossé contre la digue, le ligneur la heurta violemment par bâbord et s'encastra dans les blocs de protection. Heureusement, les deux marins revêtus de leurs gilets de sauvetage, accrochés au reste de leur embarcation battue par les flots, purent être récupérés un peu plus tard sains et saufs par le remorqueur *Le Baléa* appelé sur les lieux.

En suivant, la Capitainerie prit la décision d'interdire tous mouvements d'entrée et de sortie du port, le temps d'évaluer les dégâts et d'étudier les dispositions à prendre.

*

Lundi 7 mai deux mille dix-huit

Vers cinq heures du matin, le téléphone tira du lit Imanol Etcheberry.

— La chance nous sourit. Les entrées et sorties du port sont interdites jusqu'à nouvel ordre suite au naufrage d'un petit bateau de pêche dans le chenal d'accès cette nuit, annonça Bixente.

— Les mouches changent d'âne, comme disait mon ami

8 Cargo espagnol drossé contre la digue des Cavaliers à Anglet en février 2014

commentateur landais de rugby Pierre Albaladejo.

— Ou bien, la cabane est tombée sur le chien, embraya Bixente en fin connaisseur lui aussi d'expressions rugbystiques d'un autre siècle.

— Combien de temps va durer cette fermeture du port de Bayonne ?

— Un jour ou deux, pas plus.

— C'est mieux que rien ! Je vais essayer de convaincre la Proc.

Imanol se leva pensif, prit sur le pouce son petit-déjeuner et fila à son bureau. Il n'était pas huit heures du matin qu'il faisait déjà le pied de grue dans le couloir du palais de justice de Bayonne devant la porte de la procureure de la République.

18 – Direction la Côte d'Argent

Dimanche 6 mai deux mille dix-huit - Médoc

L'annonce de l'arrestation de Norbert Meyer se répandit très vite dans les chais et chaumières médocaines. Sur demande du commissaire Grabowski, la brigade de gendarmerie de Pauillac se lança dans une enquête de terrain approfondie et pressura ses contacts pour essayer d'en savoir plus sur ce drôle de château classé, plus porté sur les activités criminelles que les grands vins, et en priorité sur les personnalités troubles de ses deux employés.

Dans ces campagnes viticoles, les gens n'étaient pas d'un naturel bavard. Néanmoins, la moindre information pouvait se révéler utile à la localisation de Ludivine Fontan, dans le cas où elle fût encore en vie. Les enquêteurs ne devaient pas avoir peur des chiens qui aboyaient à la mort à la vue d'un uniforme et rêvaient de caresser de leurs crocs acérés leurs mollets ou leurs chevilles. Il fallait prendre son temps, accepter de partager un café ou un verre, prendre des nouvelles de l'évolution de la future récolte, refuser la visite de cave, écouter les maux des uns et des autres, et surtout mettre en confiance votre interlocuteur souvent réticent à lâcher des informations aux représentants de l'autorité.

En fin de journée, l'adjudant-chef Pinard, accompagné d'un de ses subordonnés, s'arrêta chez un vieux vivant chichement au milieu de ses oies et ses canards sur une petite propriété isolée, enclavée au milieu des vignes de domaines renommées, à proximité du château Rouge Gironde.

— Messieurs les gendarmes, vous prendrez bien un petit coup de remontant. J'ai encore une vieille eau-de-vie datant de mon pauvre père.

— Non merci, jamais pendant le service, répondit le gradé.

— Allez, juste un doigt pour goûter, vous m'en direz des nouvelles, insista-t-il en déposant trois verres à Cognac sur la toile cirée usée.

— Bon, exceptionnellement, pour vous faire plaisir, décida-t-il.

— Elle a au moins quarante ans et vieilli en fût de chêne. Rien à voir avec la conservation en cuve béton ou inox, comme cela se fait de nos jours, poursuivit le vieux. Tout fout le camp, la qualité se perd.

Puis, il servit une généreuse rasade du précieux nectar aux deux militaires installés à la table de la cuisine.

— Connaissez-vous le château Rouge Gironde ? interrogea l'adjudant-chef lorsqu'il sentit son hôte prêt à parler.

— Oh ! Qui ne le connaît pas dans la région ! Une propriété réputée, qui produisait un Pauillac de qualité, troisième cru classé. Suite au décès de son propriétaire, Auguste Pomirol, elle a été vendue à des étrangers qui n'y connaissent rien en vin, n'ont jamais enfilé une paire de bottes, ni passé un bleu. Si ce n'est pas malheureux ! S'il savait ça le père Auguste !

— C'est légal !

— Peut-être ! Mais alors, comment se fait-il que le maître de chai soit en prison et son acolyte, l'autre bon à rien de Delassus ?

— Vous les connaissez ?

— Oh oui que je les connais, surtout le Serge.

— Eh alors ?

— J'ai rien à dire. Bah ! Déjà son père n'était qu'un *bon-adale*[9]. Il ne vaut pas *chipette*[10], une vraie *loche*[11]. L'argent se gagne à la sueur de son front, pas en bricolant ! Si, vous voyez ce que je veux dire messieurs les gendarmes.

— Et Norbert Meyer, vous le connaissez bien ? souligna le gradé.

— L'autre guignol, vous savez aussi bien que moi sa réputation. La dernière fois, le salopard s'en est bien tiré. Voler du vin à son employeur, de mon temps aucun salarié n'aurait fait une chose pareille ! Et puis, toujours en train de se pavaner avec son énorme tout-terrain. L'autre jour, ils étaient même deux. Son cousin landais est venu le voir avec aussi un 4x4 tout neuf. Ils faisaient les barbots dans les vignes. Vous les auriez vus, fiers comme Artaban !

— Vous n'avez pas l'air de les porter dans votre cœur ! Et ce cousin, vous le connaissez ?

— Pas plus que ça ! J'sais qu'il fait du surf, mais autrement j'ignore sa profession. S'il en a une ! Il a plus une tête de feignasse que de courageux.

— Vous avez dit qu'il était Landais ! De quelle localité ?

— J'sais pas bien. Je crois qu'il habite un village près de la côte… Oui, c'est ça, où y'a un phare peint de façon bizarre.

— Connaissez-vous son nom ?

— Je sais son prénom, Quentin. Messieurs les gendarmes,

---

9 Bon à rien
10 Rien
11 Paresseux

vous reprendrez bien une autre petite rasade ?

— Non merci, la journée n'est pas terminée. On a un autre rendez-vous. On repassera vous voir. En tout cas, elle est excellente cette goutte… et puis elle décrasse.

— Pour sûr, elle doit bien peser dans les cinquante-cinq degrés. C'est pas pour les mauviettes !

— Merci, au revoir et à bientôt !

Une fois dans le véhicule de service, l'adjudant-chef Pinard débriefa avec son collègue la rencontre avec le Médocain.

— Intéressante cette info sur le cousin de Meyer, Quentin. Donc, ce gus doit habiter à Contis-Plage. C'est le seul phare existant sur le littoral landais et il est peint de bandes en spirales, décoration peu ordinaire sur ce type d'ouvrage. On rentre à la brigade. Je vais faire un point avec le commissaire Grabowski.

☆

Dès la fin de son entretien avec le chef de la brigade de Pauillac, Max appela Malou :

— Lance une recherche détaillée sur un habitant de Saint-Julien-en-Born, un dénommé Quentin X, surfeur et cousin de Norbert Meyer.

— OK, dans une heure tu auras tout son pedigree.

Max percevait cette nouvelle piste en capacité de faire avancer son enquête, laquelle commençait à cumuler les morts violentes.

Une heure plus tard, Malou revint triomphante dans le bureau de son patron :

— Max, la piste est bonne. Le cousin s'appelle Quentin Delaborde. Il loue depuis un an au gestionnaire, la commune de Saint-Julien-en-Born, un ancien logement de fonction des gardiens dans l'enceinte du phare de Contis, propriété étatique, pour un prix modique. En contrepartie, le locataire doit entretenir les dépendances vertes du phare, tondre, tailler les arbustes, et réaliser quelques menus travaux extérieurs. Pas de travail fixe, célibataire, l'homme vit de petits boulots : plongeur, serveur en saison estivale dans la station. Il pratique le surf en amateur et la chasse. Fiché pour divers délits, consommation de cannabis, vols, braconnage. Son casier comporte deux condamnations à une amende et une à deux mois de prison avec sursis. Delaborde a acquis récemment un Toyota Land Cruiser neuf dans un garage de Dax. Seulement quelques centaines d'euros garnissent son compte en banque. Pas trace de règlement d'arrhes, ni de mensualité de crédit, ni du moindre paiement pour ce véhicule d'environ quarante mille euros. Par contre, deux dépôts récents d'argent en liquide apparaissent, un de mille euros et un autre de deux mille euros. Dans les jours précédents, un riverain du quartier a remarqué plusieurs fois la présence d'un gros tout-terrain et d'une puissante berline dans l'enceinte du phare.

— Le phare se visite-t-il ?

— Oui, seulement les week-ends et les jours fériés à cette époque de l'année.

— Ce lieu me paraît propice à la garde d'un otage. Lieu appartenant à l'État, géré par une collectivité, ouvert au public certains jours. Aucun enquêteur ne penserait à perquisitionner un tel site !

— T'as raison Max !

— Je vais demander à la gendarmerie de Lit-et-Mixe d'établir une surveillance discrète du phare. Je fonce chercher l'aval du Proc pour monter au plus vite une intervention.

— Tu crois que Ludivine est encore en vie ? s'inquiéta Malou.

— J'espère du tréfonds de mon âme que ces salauds ne l'ont pas massacrée, comme les deux autres pauvres filles.

✯

Mardi 8 mai deux mille dix-huit

Max obtint sans aucune difficulté l'accord du procureur de Bordeaux pour l'intervention projetée à Contis-Plage.

Après des repérages préalables, au petit matin, une opération conjointe regroupant Max et ses équipiers, les brigades de gendarmerie de Lit-et-Mixe et Mimizan renforcées par une équipe de l'antenne du GIGN[12] de Toulouse, fut lancée en présence du procureur de Dax. L'armement des occupants des lieux n'était pas connu. Mais, l'heure était à l'action !

En cette nuit sans lune, le phare cerné continuait inlassablement à lancer ses éclats salvateurs en direction de l'océan. Pratiquement derrière chaque pin se cachait un gendarme équipé d'un pistolet semi-automatique. Les hommes du GIGN tout de noir vêtus, cagoulés, gantés, fusils d'assaut HK-63 TGS à visée laser pointés progressaient sans le moindre bruit, telles des ombres furtives, vers le portail et l'arrière du bâtiment à investir. Le groupe d'intervention informé de la configuration des lieux savait par où entrer pour surprendre les occupants supposés encore dans leurs lits, et libérer vivante l'otage présumée détenue dans le seul local dépourvu de fenêtre. Le Toyota Land Cruiser se trouvait garer dans la cour, moteur froid.

---

12 Groupe d'intervention de la Gendarmerie nationale

À l'heure légale, six heures pile, l'assaut débuta. Le chien couché attaché dans sa niche n'eut pas le temps d'aboyer, ni de tirer sur sa chaîne, réduit au silence et à l'inaction par un tir de seringue hypodermique à effet foudroyant. Le silence initial de la forêt se trouva aussitôt rompu par une série d'explosions. La porte d'entrée du logement vola en éclat, une des fenêtres situées à l'arrière explosa. Plusieurs grenades assourdissantes et aveuglantes éclatèrent dans le logement et l'inondèrent d'une vive lumière blanche. En moins d'une minute, le contrôle du site était réalisé, le seul occupant en pyjama à rayures maîtrisé face contre terre et menotté, puis placé en suivant en garde à vue. Une pièce aménagée en cellule existait bien, toutefois elle était vide. Une nouvelle fois, les criminels avaient anticipé. Une nouvelle fois, le gibier s'était échappé. La police scientifique entreprit sans délai le passage au peigne fin de l'ensemble des locaux du phare.

Sur le coup, Max et son équipe ressentirent du dépit suite au résultat mitigé de l'opération, néanmoins celui-ci était positif. Le fameux cousin de Meyer se trouvait entre leurs mains. Un otage avait bien transité récemment par ce logement. Restait à faire parler les lieux… et primordialement le cousin !

Transféré à la gendarmerie de Lit-et-Mixe, interrogé par Max en personne assisté de Fred, Quentin Delaborde commença par nier avec assurance toute implication dans une quelconque activité criminelle et refusa de fournir la moindre indication sur la provenance des fonds lui ayant permis d'acheter en liquide un véhicule de ce prix.

Moins d'une heure plus tard, la police scientifique prévint Max de ses découvertes. Outre le fusil de chasse de calibre 12 accroché au mur de la salle de séjour, l'habitation recelait dans une ancienne cheminée derrière une plaque en fonte, un pistolet-mitrailleur Uzi et un revolver Beretta avec plusieurs chargeurs, plus une centaine de grammes de cocaïne dissimulée derrière une plinthe en bois de la chambre de l'occupant.

Malou apporta à Max un sac de sport.

— Monsieur Delaborde, on a trouvé du sucre en poudre, *made in Colombia*, dans votre chambre, annonça Max en déposant sur le bureau un paquet de poudre blanche protégé par une poche en plastique transparente.

— Elle n'est pas à moi cette cocaïne, hurla le prévenu en mauvaise posture.

— Qui a parlé de cocaïne, sinon vous Monsieur Delaborde. Tenez, j'ai deux autres cadeaux, continua Max. Il exhiba une poche avec le revolver Beretta et une autre avec le pistolet-mitrailleur Uzi. Joli matériel, excellente qualité ! Pour chasser la bécasse, même pour le chevreuil ou le sanglier, pas très approprié !

— C'est un coup monté ! s'obstina le cousin pris de tremblements et devenu aussi blanc que son tee-shirt.

— Avec vos antécédents, l'ensemble des charges contre vous doit bien peser devant un tribunal une quinzaine d'années de mise à l'ombre, peut-être vingt. Vous n'êtes pas près de revoir l'océan et de titiller les spots de surf landais !

Delaborde baissa la tête, abattu par la perspective peu encourageante d'être nourri et blanchi par l'administration pénitentiaire durant une aussi longue période.

— C'est bon ! C'est la faute de mon cousin Norbert Meyer. Il m'a contacté pour loger quelque temps une femme. J'avais besoin de fric. Il m'a offert un bon paquet contre mon aide.

— Combien ?

— Quarante mille.

— Comment était cette femme ?
— Une jeune femme, belle et brune, une trentaine d'années.
— Celle-ci ? demanda Fred en posant sous les yeux étonnés de Delaborde une photo de Ludivine Fontan.
— Oui, c'est elle, avoua-t-il à contrecœur.
— Les armes, c'était pour la surveiller ?
— Non, non ! Mon rôle consistait seulement à m'occuper des courses et à mettre à disposition une partie de mon habitation. Je ne savais pas que des armes étaient planquées dans ma cheminée désaffectée. Je vous le jure !
— Qui la gardait lors de vos sorties ?
— Moi, je ne m'occupais jamais d'elle. Je l'ai aperçue une ou deux fois. Je ne connais même pas son nom, ni son origine.
— Alors, qui la gardait Delaborde avant que je perde patience ? asséna Max pressé d'en finir avec ce triste individu.
— Une femme… et aussi parfois un homme.
— Leurs noms, descriptions !
— Je ne connais pas le nom du gars. La femme, l'homme l'appelait Samantha.
— Comment est-elle physiquement cette Samantha ?
— Une brune aux cheveux noirs, très typée, toujours vêtue de noir avec des rangers. A priori pas une Française.
— Quelle origine ? Europe du sud, Amérique du Sud, Asie ?
— Oui… C'est ça, plutôt Europe du sud, genre Andalouse ou Napolitaine.
— Métisse ?
— Non, je ne pense pas.
Le cousin ne reconnut pas la femme dans la série de clichés présentés.
— Et le mec ? Son nom, allure, signes particuliers ?
— J'sais pas son nom. Un blond, grand et baraqué, parlant le

français avec un léger accent étranger.

— Origine : Norvège, Suède, Allemagne, Angleterre ?

— Je dirais, Allemand. Oui, il avait le même accent que beaucoup de surfeurs allemands fréquentant Contis.

Fred déposa sous les yeux de labrit battu de Delaborde une nouvelle photo.

— C'est lui ?

— En tout cas, il lui ressemble.

— Et tout ce beau monde, où est-il passé ?

— J'en sais rien moi. Ils sont partis samedi en fin de journée.

— Comment ? Combien étaient-ils ?

— J'sais pas. L'homme m'a envoyé faire des courses au supermarché de Saint-Julien en fin d'après-midi. Quand, je suis revenu, ils avaient disparu. Vous pouvez vérifier, le ticket de caisse doit encore se trouver sur le buffet de mon logement.

Quelques questions plus tard, Max prévint le procureur de Dax des aveux du suspect. Celui-ci décida aussitôt le déférement de Quentin Delaborde devant un juge d'instruction pour complicité dans l'enlèvement de Ludivine Fontan, recel, trafic d'armes et possession de drogue. Les gendarmes prirent en charge le cousin menotté pour l'emmener au Tribunal de Grande Instance de Dax, où le juge de permanence l'inculpa pour les délits et crimes précités. Puis, il le fit incarcérer dans la foulée à la prison de Mont de Marsan.

☆

Un briefing s'improvisa dans la salle de réunion de la gendarmerie de Lit-et-Mixe avec l'ensemble de l'équipe du commissaire Grabowski et le chef de brigade.

— Notre enquête vient de faire un pas de géant, attaqua Max. Après son enlèvement et sa détention au château Rouge Gironde, Ludivine Fontan a été détenue jusqu'à samedi en fin d'après-midi dans le logement occupé par Quentin Delaborde, cousin de Norbert Meyer, au phare de Contis. Deux personnes la gardaient : une femme genre barbouze, a priori typée européenne du sud, répondant au prénom de Samantha, plus un homme reconnu par Delaborde sur photo, Hugo Specht, l'étudiant allemand expulsé l'année dernière pour trafic de drogue sur le campus de Talence. Une partie de l'équipe de malfaisants est sous les verrous : Delassus, Meyer et Delaborde. Un est mort : Abaro. Et nous avons deux victimes collatérales, Youlia et Danuta, deux prostituées bordelaises d'origine russe. Une troisième, dénommée Donia, sœur de Youlia, a disparu. Celle-ci tapinerait peut-être au Pays basque, à Bayonne. Ce dernier renseignement demande confirmation. Le cerveau de cette entreprise criminelle n'est pas identifié pour le moment. Plus nous approchons de sa neutralisation, plus la vie de Ludivine Fontan ne tient qu'à un fil. Son nouveau lieu de détention est à découvrir d'urgence. Face à nous, nous avons une organisation criminelle structurée qui fait dans le trafic de drogue, la traite des femmes et, semble-t-il, dans le trafic d'armes. Nous devons tout mettre en œuvre pour retrouver au plus vite Ludivine Fontan et mettre hors d'état de nuire les assassins encore dans la nature. Je compte sur votre implication à deux cents pour cent. Les heures à venir seront décisives.

Après le speech du patron, une détermination sans faille se lisait sur les visages de tous les enquêteurs de la brigade criminelle, engagés dans une véritable course contre la montre.

19 – Rififi dans les Landes

Mardi 8 mai deux mille dix-huit

Sous des trombes d'eau, Bruce Madeiro, quitta sa planque du bord du bassin d'Arcachon pour filer vers le sud. Son commanditaire lui avait ordonné de rejoindre au plus vite la planque landaise, le département de la Gironde devenant trop risqué depuis les interpellations de Meyer et Delassus. Le malfrat évita de prendre le réseau autoroutier et suivit les petites départementales touristiques serpentant le long de la côte.

Depuis son départ, la colère orageuse du ciel se déversait en continu sur son parcours. Ralentie par les conditions de circulation, son Audi A3 noir venait enfin d'atteindre Biscarosse-Plage, quand un message sur *WhatsApp* le prévint d'un changement et lui intima de poursuivre jusqu'à Moliets. Dans cette station, un lieu de rendez-vous discret était fixé pour la remise des clés de son nouveau domicile provisoire. En homme habitué à déjouer les contrôles de gendarmerie, Madeiro comprit aussitôt que la planque landaise de Contis-Plage était grillée. De ce fait, il décida d'éviter la traversée trop risquée de Saint-Julien-en-Born, au cas où une intervention fût en cours dans ce secteur.

Le soleil revenu, la beauté du paysage côtier et la douceur du vent marin laissèrent de marbre Madeiro concentré sur sa route et un peu inquiet par cette rencontre programmée en pleine nature. Sa préférence se portait nettement sur les rendez-vous en ville. Se fondre dans le flot des passants semblait plus sécurisant qu'un tête-à-tête isolé à l'ombre des pins. Un piège restait toujours possible, une embuscade aussi, malgré l'existence rassurante de son calibre Beretta Tomcat planqué sous son siège et la lame glissée dans sa rangers droite.

Toujours les sens en alerte, une heure plus tard un hélicoptère de la gendarmerie en vol cap à l'ouest confirma à Madeiro le bien-fondé de l'évitement de la D652 à partir de Mimizan et du long détour entrepris par Escource, Onesse-et-Laharie, Lesperon, Linxe pour rejoindre à Vieille Saint-Girons la D328 longeant la côte jusqu'à Moliets. Malgré cet itinéraire fastidieux, il était en avance.

Madeiro franchit le pont sur le courant du Huchet et observa à allure réduite discrètement le lieu de rendez-vous fixé sur l'aire de stationnement du départ des promenades pédestres. Tout semblait normal dans l'environnement du parking désert à cette heure de la journée.

Une petite faim se manifesta, ainsi qu'une envie de fumer. Son dernier paquet de clopes vide venait de rejoindre le bitume. Alors, Madeiro décida de se rendre au village de Moliets pour se ravitailler. Les sens à l'affût, il entra au tabac presse situé au giratoire d'entrée de Moliets sur la D652 et fit rapidement le tour du magasin à la recherche de lecture. Son regard se trouva attiré par les romans policiers régionaux placés bien en vue sur un présentoir proche de la caisse. Pour un homme recherché, la moindre sortie pouvait s'avérer liberticide. Peu amateur de télévision, Madeiro acheta en liquide outre une cartouche de cigarettes, deux polars récents publiés par des auteurs locaux : *Balles perdues dans les pins* et *Rififi sur la Côte d'Argent*. Puis, à la boulangerie sise en face, deux sandwichs au jambon de pays et deux canettes de bière fraîche complétèrent ses emplettes du jour.

Bruce Madeiro s'arrangea pour se trouver sur place dix minutes avant l'heure fixée pour le rendez-vous, vingt heures précises. Par précaution, il stoppa sa berline, moteur tournant, feux de jour coupés, dans l'angle du parking opposé au pont, l'avant tourné vers la route. Tous les sens aux aguets, il observait sans relâche son environnement de plus en plus oppressant avec l'ombre portée des pins. Pour se rassurer, il caressa d'un geste mécanique son poignard, puis déposa à portée de main son semi-automatique Beretta muni d'un chargeur plein, cran de sûreté ôté, appliquant ainsi sa devise de truand : *On n'est jamais trop prudent, même avec les amis.*

À vingt heures pile, un gros cube sombre déboucha du pont, clignota et vint se ranger à vitesse réduite à proximité de l'Audi enveloppée par le jour déclinant. Bruce Madeiro fit coulisser sa vitre électrique avant-gauche. Le pilote de la moto descendit tranquillement de sa machine et s'approcha casque vissé sur la tête.

Quand Bruce Madeiro se rendit compte que le motard l'observait de ses yeux invisibles derrière la visière fumée de son casque intégral et glissait sa main droite gantée dans l'échancrure de son blouson en cuir noir entrouvert de motard, il tendit tel un serpent sa main droite pour saisir son pistolet. Ses doigts eurent juste le temps de se poser sur la crosse de l'arme, que déjà un calibre équipé d'un silencieux le fixait de son embout létal. Deux poufs discrets suivirent sans troubler le moins du monde le silence de la forêt. La première balle tirée à un mètre de distance entre ses deux yeux écarquillés éclata le crâne de Madeiro comme une pastèque trop mûre. La seconde ajustée en plein cœur paracheva sa carrière de minable petit malfrat.

Aussitôt, le pilote de la grosse cylindrée balança dans l'habitacle une fiole d'essence, accompagnée d'une mèche enflammée. La voiture s'embrasa immédiatement avec le cadavre de feu Madeiro dit le Tatoué à l'intérieur.

La scène tragique s'était déroulée en une vingtaine de secondes, sans autres témoins que les habitants nocturnes de la pinède. La puissante moto repartit aussitôt en direction du sud, plein gaz.

☆

Après cette journée finalement bien remplie et fructueuse suite à l'arrestation de Quentin Delaborde, le chef de brigade de Lit-et-Mixe convia à dîner Max et ses équipiers dans un restaurant du centre de sa commune. Ils venaient tout juste de déguster la salade landaise en entrée, que le bip d'alerte du gendarme se déclencha. Un surfeur de retour tardif de la plage venait de découvrir une Audi en partie calcinée avec un cadavre à moitié brûlé à l'intérieur sur le parking du pont du Huchet à Moliets. Soupçonnant un règlement de compte, la gendarmerie des Landes avait mis immédiatement en place des barrages aux points stratégiques, ainsi que celles des départements voisins, la Gironde et les Pyrénées-Atlantiques.

Miraculeusement, les flammes avaient épargné le réservoir et l'arrière du véhicule était intact. Après son ouverture au pied de biche, le coffre avait révélé un sac de voyage en cuir empli des effets personnels du conducteur.

— Un véhicule vient de cramer avec son chauffeur équipé d'une arme de poing et d'un poignard sur le parking du courant du Huchet à Moliets. La brigade locale a découvert dans le coffre un sac de voyage avec caché dans le double fond un passeport au nom d'un homme que vous recherchez, Bruce Madeiro.

— Incroyable Chef ! Le destin veille. Reste à vérifier si c'est bien lui, on a affaire à une organisation criminelle rusée. Dommage ! On va devoir se contenter de l'entrée. On file immédiatement sur Moliets. Excusez-nous auprès de la patronne pour le magret aux pommes sautées, mais là, il n'y a plus une minute à perdre !

— Commissaire, le cadavre est encore sur place dans le véhicule. Mes collègues de Moliets attendent l'arrivée de la scientifique de Dax.

Les deux véhicules de la brigade criminelle bordelaise partirent à tombeau ouvert, sirène hurlante, gyrophare bleu clignotant, vers le sud. Non concerné par la partie en cours, en pleine forêt, un chevreuil lancé à toute vitesse traversa de justesse devant le capot de la C4.

— Putain, on a eu chaud ! réagit Max en appuyant encore plus sur le champignon.

— Que penses-tu de ce rebondissement ? se renseigna Malou ballottée sur le siège passager par la conduite sportive de son patron qui confondait la sage berline Citroën avec sa version de rallye.

— Écoute Malou ! Si c'est Madeiro, cela signifie qu'on a tapé fort dans la fourmilière. La tête de réseau fait le ménage pour échapper à l'arrestation.

— Crois-tu que la vie de Ludivine soit en jeu ?

— Pas sûr ! Leur otage doit posséder une valeur marchande, autrement son cadavre flotterait déjà entre deux eaux.

— Max, j'espère du fond du cœur que tu as raison et que sa dépouille ne gît pas déjà lestée au fond d'un lac vaseux.

Un message arriva sur le portable de Malou.

— Max, la cocaïne récupérée dans la piaule du cousin est de la pure à quatre-vingt-trois pour cent d'origine colombienne.

— Quelle merde ! Si tu la consommes pure, l'overdose te guette. A priori, sa qualité et sa provenance seraient identiques à celles des paquets rejetés par l'océan sur la côte atlantique à chaque coup de vent depuis plusieurs mois.

Un gros quart d'heure plus tard, la C4 Cactus de Max surgit du pont du Huchet, suivie par la Mégane de ses autres équipiers.

La scène de crime n'était pas spécialement belle à voir. Pourtant, aucun brin de compassion n'apparut sur les visages des enquêteurs bordelais. Un reste de tatouage maori se dessinait sur le bras droit à moitié brûlé.

Malgré l'état du cadavre, corroboré par ce signe distinctif, tous tombèrent d'accord sur l'identité du mort : Bruce Madeiro, un des deux ravisseurs de Ludivine Fontan, l'homme recherché par leur service depuis le premier jour de l'enquête.

— Vu le trou dans l'os frontal, Madeiro a été exécuté d'un tir à courte distance, constata Max. Et puis, on devine des traces récentes de pneus d'une moto à proximité de l'Audi.

— La scientifique va réaliser des moulages, confirma le chef de brigade de Moliets.

Avant de rentrer sur Bordeaux, Max contacta le commissaire divisionnaire Kellner pour l'informer de l'arrestation de Delaborde et du coup de théâtre de l'assassinat de Madeiro.

20 – Brume sur l'Adour

Mardi 8 mai deux mille dix-huit

Malgré tout son talent d'orateur et son profil sympathique, abstraction faite de ses oreilles en chou-fleur, caractéristiques d'un ancien rugbyman, le capitaine Imanol Etcheberry n'arriva pas à convaincre la procureure de Bayonne de la nécessité d'une perquisition de l'*Anneke Hermina*. Bixente venait de le prévenir du rétablissement des entrées et sorties du port aux navires de gros tonnage à partir du lendemain mercredi au lever du jour et qu'il ne pilotera pas le fameux vraquier pour son appareillage, étant de repos les 8 et 9 mai.

La déception se lisait sur son visage fatigué par la tournure des évènements et l'accumulation des heures passées au bureau ou sur le terrain. En désespoir de cause, Imanol se résolut à demander à ses collègues en planque dans le soum de décrocher.

☆

La montre de bord de la berline de Max marquait vingt et une heures. Malgré l'heure tardive, il tenta de joindre ses collègues de la police judiciaire de Bayonne. Alors qu'il s'apprêtait à raccrocher, quelqu'un répondit.

— Allô, police judiciaire de Bayonne, capitaine Etcheberry, annonça Imanol alors qu'il s'apprêtait à quitter son bureau pour rejoindre sa femme l'attendant pour un dîner en amoureux au restaurant. Il fut à deux doigts de laisser sonner, néanmoins la conscience professionnelle l'emporta sur toutes autres considérations.

— Commissaire Grabowski de la brigade criminelle de Bordeaux. Je crois qu'on s'est déjà rencontré au stade Chaban-Delmas, dans les tribunes, lors d'une rencontre de rugby Bordeaux-Bègles – Bayonne. Je suis chargé de l'enquête sur la disparition d'une jeune femme victime d'un enlèvement le 20 avril dernier sur les quais de la Garonne à Bordeaux, une dénommée Ludivine Fontan.

— Oui, je me souviens de notre rencontre… et surtout de la brillante victoire de l'Aviron à Chaban-Delmas. J'ai vu l'avis de recherche de Ludivine Fontan dans le service, précisa Imanol. Hormis te rappeler la défaite de Bordeaux-Bègles à domicile devant Bayonne, que puis-je pour toi Max ?

— Il y a une heure environ, un des ravisseurs présumés de la nana a été exécuté à Moliets. Le criminel suspecté serait un motard qui s'est échappé en direction du sud sur un gros cube. Un motard très pressé vient d'être flashé par un radar mobile à près de deux cents kilomètres heures sur une petite départementale du côté d'Hossegor, sans interpellation. Je le soupçonne d'être l'assassin et de se diriger vers Bayonne, voire la frontière espagnole.

— Oh, à cette vitesse, l'homme a déjà dû dépasser Bayonne.

— Possible, sauf s'il se planque dans le secteur dans l'attente de jours meilleurs, stipula Max. Le meurtrier doit se douter de la présence de contrôles aux postes frontaliers.

— Il peut également passer discrétos par la montagne ! Je présume que le gus n'est pas encore identifié.

— Exact, et la moto flashée équipée de fausses plaques, sûrement volée. Tiens-moi au jus si tu apprends quelque chose.

— D'accord !

Après ce coup de fil, Imanol partit rejoindre son épouse qui patientait depuis une heure dans le salon d'un restaurant du Petit Bayonne, où une table était réservée pour fêter son anniversaire.

Une coupe de champagne plus tard agrémentée de toasts maison, suivie d'un excellent dîner basque traditionnel arrosé d'un Irouleguy rouge, le couple quitta l'établissement, bras dessus, bras dessous, telle une paire de tourtereaux.

— Chéri, on rentre. J'ai envie de toi, susurra son épouse à l'oreille de son mari sur le parking en se lovant avec sensualité contre lui.

Imanol l'enlaça et l'embrassa longuement sur les lèvres.

— Désolé mon amour, mais je dois repasser au bureau. Je veux vérifier quelque chose. Je n'en ai pas pour longtemps.

— Ta conscience professionnelle te perdra ! Je sentais bien que parfois tu m'écoutais à peine pendant notre repas d'amoureux, glissa son épouse habituée à ce genre de désagréments dans sa vie de couple.

Imanol l'embrassa une nouvelle fois et regagna son véhicule de service.

Malgré le brouillard dense enrobant la ville, un quart d'heure plus tard, Imanol se rasseyait derrière son ordinateur. Le dernier rapport, déposé bien en vue par son équipe à son retour de planque sur le port de Tarnos, l'attendait.

Il relut plusieurs fois l'ultime fait consigné avant le décrochage de ses agents :

Vingt heures cinquante-cinq, un motard a embarqué sur l'Anneke Hermina avec son engin.

Le capitaine Imanol Etcheberry se précipita sur le téléphone et rappela son dernier correspondant, le commissaire Grabowski.

— Max, un motard a embarqué sur un vraquier hondurien sous surveillance, il y a une heure. Depuis plusieurs jours, je soupçonne ce navire d'une implication dans des trafics de drogue et d'armes. Faute de preuves suffisantes, la Proc de Bayonne a refusé la perquisition demandée. Ce céréalier, l'*Anneke Hermina*, appareille demain matin à la réouverture du port au trafic de gros tonnage avec un chargement de maïs à destination du Golfe persique.

— Putain… Je suis encore à Moliets. Nous allions rentrer sur Bordeaux. Je descends immédiatement avec mes équipiers à Bayonne.

— On se retrouve devant les locaux de la police portuaire. N'oublie pas de couper ton klaxon et ton sapin de Noël avant l'Adour !

— OK, à toute !

— Il y a du nouveau… et du lourd. On file à tombeau ouvert au port de Bayonne. Pas de musique sur le secteur du port ! lança Max à ses équipiers.

Dans un crissement de pneus, les deux berlines de la brigade criminelle bordelaise quittèrent Moliets-Plage pour rejoindre l'embouchure de l'Adour.

Après un trajet très pénible et nettement plus lent que prévu à cause d'un brouillard à couper au couteau recouvrant la région en cette nuit de printemps, les deux véhicules banalisés se rangeaient enfin devant les locaux de la police portuaire vers une heure du matin. Le bâtiment se devinait à peine encerclé par cette enveloppe laiteuse limitant la vision et atténuant les bruits. Le secteur du port était plongé quasiment dans le noir. Imanol se trouvait déjà sur site.

— Vous êtes si fauchés que cela au Pays basque pour éteindre l'éclairage public la nuit. On n'y voit rien dans cette foutue purée de pois !

— On est plus riche que les Bordelais ! C'est une coupure accidentelle suite à un incident dans un transformateur.

Seuls les feux de balisage du chenal vert et rouge marquant l'entrée du port et quelques lampes alimentées sur batteries amenaient de très faibles touches de luminosité dans cet environnement emmitouflé avec la douceur d'un pull en angora par cette nuit brouillardeuse sans lune. L'Adour à quelques dizaines de mètres se laissait tout juste deviner par quelques reflets irisés. Plus loin, l'océan se brisait avec régularité à l'embouchure du fleuve sur les digues des Cavaliers et de la Barre. Une atmosphère sereine se dégageait du site endormi.

Malgré leur souhait de partager leurs informations, les policiers goûtèrent pendant quelques secondes le silence de la nuit que seul troublait le bruit du ressac.

☆

Au même moment et comme souvent, Bixente Zuruburru terminait une nouvelle nuit insomniaque le long de l'Adour à observer les mouvements nocturnes du port fermé au trafic des gros navires.

Malgré la visibilité très limitée, installé sur une bitte d'amarrage de la rive gauche, il balayait de ses jumelles à vision nocturne la rive droite de l'Adour dans le sens du courant. Alors qu'il venait de s'arrêter sur la masse sombre d'un minéralier apponté au quai en eau profonde, il revint rapidement en arrière et chercha à fixer dans ses oculaires le vraquier *Anneke Hermina* assoupi dans l'attente de son appareillage prévu dans quelques heures.

— Merde, exprima-t-il à voix haute. L'*Anneke* n'est plus au poste Maisica. Il a été déplacé pendant mon repos.

Après une identification laborieuse de tous les navires à l'accostage, Bixente se rendit à l'évidence : l'*Anneke Hermina* n'était amarré nulle part. Il avait déjà appareillé.

Il se précipita sur son téléphone pour tirer de son lit son ami le capitaine de police Imanol Etcheberry.

Imanol décrocha à la première sonnerie :

— T'es pas couché !

— Non, je suis au port, devant la police portuaire. Que t'arrive-t-il Bixente ?

— Moi aussi, je suis sur le port, au port de plaisance. L'*Anneke Hermina* a disparu. Il a déjà appareillé.

— Quoi ! Le port a été rouvert au trafic des gros navires plus tôt que prévu ?

— Ça m'étonnerait ! Et en plus avec cette purée de pois !

— Attends ! Tu ne serais quand même pas en train de me dire que ce putain de navire s'est volatilisé sans que personne ne s'en aperçoive ! éructa quasiment un Imanol tombant des nues.

— Malheureusement si ! La capitainerie est fermée à cette heure-ci. J'appelle immédiatement mon collègue qui devait le piloter pour vérifier.

Imanol mit Max au jus du problème découvert.

Bixente rappela très vite son ami :

— L'*Anneke Hermina* s'est bien échappé. Son appareillage est toujours prévu pour sept heures du matin. Il était encore à l'appontement Maisica à vingt et une heures lorsque mon collègue a quitté son travail.

— Combien de temps faut-il à ce rafiot de malheur pour quitter les eaux territoriales françaises ?

— Environ une heure pour les eaux territoriales et une bonne quinzaine d'heures pour sortir de la zone économique exclusive.

— Il n'y a pas une minute à perdre !

✯

Mercredi 9 mai deux mille dix-huit

Une course contre la montre s'engagea. Le sémaphore de Socoa repéra le navire à cinq milles nautiques de la côte, bien que celui-ci eût coupé son système d'identification automatique. Le sous-officier de quart tenta sans succès de joindre l'*Anneke Hermina.*

Le Préfet maritime de l'Atlantique basé à Brest, chargé de coordonner toutes les actions en mer des différents services dont ceux de la marine nationale, décida d'engager les moyens de cette dernière pour stopper le vraquier coupable d'une très grave infraction avec son départ du port de Bayonne fermé au trafic. De plus, ce céréalier était soupçonné de trafic de stupéfiants, de trafic d'armes, de cacher un meurtrier et de complicité dans la traite des femmes.

L'épaisse brume recouvrant l'océan se disloqua à l'approche

de la marée haute. Une frégate de la marine nationale en patrouille dans le golfe de Gascogne se dérouta pour rejoindre le fugitif. Au vu de sa position, plusieurs heures lui seraient nécessaires pour arraisonner le bateau de commerce pressé.

Un hélicoptère des forces armées décolla de Bayonne pour rattraper le vraquier et lui ordonner de mettre en panne. Un quart d'heure plus tard, le *Cougar* survolait l'*Anneke Hermina* qui continuait à naviguer à la vitesse maximale permise par son fret, cap à l'ouest. Le navire ne répondit pas aux contacts radio et malgré les ordres transmis poursuivit sa route.

*

Sur ordre de son capitaine, l'*Anneke Hermina* s'échappait vers les eaux internationales avec toute la puissance de ses machines. À la barre du navire se tenait le chef de quart, l'officier mécanicien. Le capitaine et l'officier de sécurité debout à ses côtés, jumelles en mains, scrutaient en permanence l'horizon.

— Capitaine, il faudrait réduire l'allure. Les moteurs diesels risquent de pas tenir à plein régime avec le bateau chargé, conseilla l'officier mécanicien inquiet de la tournure des évènements.

— Aucun souci ! Maintenez la vitesse maximale ! confirma le capitaine.

L'inquiétude de l'officier mécanicien grandissait de minute en minute. Il surveillait en continu les données numériques sur les écrans de contrôles. Le téléphone intérieur sonna :

— Lieutenant, le moteur deux approche de la zone rouge en température. Le circuit de refroidissement ne suit plus. Il faudrait absolument réduire les tours, annonça le chef mécanicien depuis la salle des machines.

— Capitaine, la salle des machines signale un risque de casse du moteur deux si nous continuons à naviguer à pleine puissance.

Le capitaine jeta un regard vers l'officier de sécurité, témoin de la conversation. Celui-ci d'un hochement de tête signifia la réponse à apporter.

— Lieutenant, transmettez à la salle des machines de maintenir la puissance maximale ! ordonna le capitaine Van Kneel.

À contrecœur, l'homme de quart répercuta l'ordre. Il ne comprenait pas à quel jeu jouait son capitaine. Néanmoins, un ordre restait un ordre, et le commandant du navire l'unique maître à bord.

21 – Haro sur l'*Anneke Hermina*

Mercredi 9 mai deux mille dix-huit

Suite à la décision de la Préfecture maritime de l'Atlantique d'arraisonner l'*Anneke Hermina*, le régiment des forces spéciales, basé à Bayonne, fut chargé de cette opération risquée liée à la vitesse de déplacement du vraquier et de la présence à bord d'un ancien commando de la marine néerlandaise, voire d'autres hommes armés, sans connaissance de la puissance de feu embarquée.

Après une préparation de la mission rapide et précise, les soldats prirent conscience que l'arraisonnement de ce bateau civil hostile avec un ou plusieurs hommes armés à bord, ne serait pas une simple formalité, mais une véritable opération de guerre. Un officier spécialisé dans la psychologie de l'adversaire briefa les soldats d'élite sur le comportement pressenti de l'officier de sécurité néerlandais issu des commandos de marines de son pays. Cette tête brûlée risquait de rester cachée à l'intérieur du navire pour les affronter pratiquement au corps à corps dans un milieu familier, et se mesurer à d'autres commandos. La probabilité qu'il se rende, semblait quasiment nulle. Au contraire, un tel personnage persisterait sûrement dans son délire et combattrait jusqu'à la mort.

Deux hélicoptères *Cougar* décollèrent de Bayonne avec vingt soldats du 1er régiment de parachutistes d'infanterie de marine de Bayonne, un régiment des forces spéciales françaises à la devise « Qui ose gagne » issue des SAS[13] britanniques.

L'*Anneke Hermina* venait de quitter les eaux territoriales françaises, lorsque les deux hélicoptères armés fondirent sur lui avec leurs mitrailleuses de 12,7 mm prêtes à balayer l'objectif. Dans chaque appareil, un tireur d'élite veillait prêt à neutraliser tout individu armé hostile. Dès l'ordre donné, les chuteurs équipés de leur tenue et armement d'assaut se laissèrent glisser le long du filin à l'avant du navire. Les deux premiers arrivés se mirent immédiatement en position de combat et en couverture de leurs camarades en train de rejoindre le pont désert de l'*Anneke Hermina.* Durant cette phase de l'opération, aucun coup de feu ne fut échangé. Immédiatement, dix commandos progressèrent vers le château arrière pour prendre d'assaut si nécessaire la passerelle, contrôler le navire et le stopper coûte que coûte. Trois marins honduriens se rendirent aux soldats sécurisant le pont.

Une minicharge explosive ouvrit une porte étanche d'accès à l'intérieur du vraquier. Le groupe se sépara en deux. Cinq se dirigèrent vers la passerelle, les cinq autres s'engagèrent dans une coursive menant au carré et aux cabines de l'équipage.

Dans les quartiers dévolus à l'équipage, deux matelots indiens officiaient en cuisine. Les cuistots abandonnèrent dans la précipitation une énorme gamelle odorante de riz mijotant avec des morceaux de poissons pour se jeter au sol paniqués,

---

13 Special Air Service

les mains sur la tête, à la vue de la bande d'androïdes armés jusqu'aux dents, qui venait de débarquer dans leur cambuse. Les deux hommes neutralisés, les combattants vérifièrent le carré et chaque cabine sans trouver trace d'autres membres de l'équipage dans cette partie du navire.

Dans un recoin sombre, une porte isolée à ouverture commandée par un code digital attira leur attention. Sur ordre du chef, une nouvelle minicharge explosive la déverrouilla proprement. L'issue dévoila un couloir avec quatre portes à verrouillage extérieur non mentionnées sur les plans du navire étudiés lors de la préparation de l'opération. Prudemment, couvert par deux tireurs, un commando ouvrit avec d'infinies précautions la première porte. Une femme prostrée et apeurée s'adressa aussitôt à eux dans une langue à la consonance slave. Malgré sa panique devant cette apparition du troisième type, les soldats réussirent à comprendre qu'elle s'appelait Donia et était de nationalité russe.

La seconde porte révéla une autre cabine, vide celle-là. Vide la troisième également, cependant au vu des vêtements épars sur le lit défait et de la trousse de toilettes posée à côté du lavabo, celle-ci paraissait occupée.

À l'ouverture de la quatrième, une surprise attendait les militaires. Deux femmes se trouvaient à l'intérieur. L'une en treillis et rangers maintenait contre elle d'une poigne ferme une autre jeune femme avec un poignard effilé appuyé contre sa gorge.

— Si vous avancez, je la saigne comme une truie ! éructa-t-elle en guise d'accueil des forces spéciales françaises.

— Lâchez-la immédiatement ! Posez votre poignard au sol, libérez-la et rendez-vous ! Nous ne vous ferons aucun mal, asséna le chef du commando d'une voix résolue.

— Jamais ! Plutôt mourir avec elle ! lança la forcenée avec rage et détermination, les yeux animés d'une haine incommensurable.

— Soyez raisonnable, la partie est perdue. Libérez-la et rendez-vous sans violence ! insista le chef du commando.

Malgré la présence de l'otage et le roulis du navire, deux soldats réussirent à tenir dans leur ligne de tir la tête de la geôlière. À tout moment, ces tireurs d'élite pouvaient éclater le crâne de la jusqu'au-boutiste d'une seule balle tout en préservant la vie de l'otage. Cependant, un certain risque existait, celle qu'elle puisse avoir le temps d'égorger la jeune femme livide qui les fixait de ses yeux exorbités. Dans ce genre de mission, ces hommes se devaient de récupérer les otages vivants, même au péril de la leur.

Leur chef en tant que négociateur tenta de ramener la femme à la raison. Rien n'y fit ! Face à lui, la forcenée n'était plus en capacité d'apprécier la situation et de comprendre que sa vie était en sursis. Un filet de sang commençait à couler le long du cou fin et délicat de l'otage, entaillé par la lame. Pour ces hommes d'action, les palabres interminables ne faisaient pas partie de leur mission. Alors, d'un mouvement anodin pour un profane, leur chef donna l'ordre de neutraliser la fanatique.

Le commando posté à sa gauche tira une seule balle de 5,56 mm de son fusil d'assaut HK 416 muni d'un silencieux. Le crâne de la geôlière éclata comme un vulgaire fruit pourri et éclaboussa la cabine et son otage de son sang et de sa chair. Son corps désarticulé lâcha le poignard et s'abattit inerte sur le lit, telle une vulgaire poupée de chiffon. La jeune femme libérée sortit de cette terrible épreuve tétanisée sur place avec une profonde estafilade sanguinolente au niveau du cou. Bien qu'incapable de décliner son nom, les soldats la reconnurent sans la moindre ambiguïté d'après les clichés dévoilés avant l'opération.

Ces commandos d'élite de la marine nationale venaient de libérer Ludivine Fontan, enlevée à Bordeaux deux semaines plus tôt au niveau de l'embarcadère des Quinconces en bord de Garonne. Ces hommes venaient aussi de libérer la jeune prostituée d'origine russe, Donia, destinée à un bordel moyen-oriental.

Immédiatement, la plaie de Ludivine pansée, les soldats évacuèrent en lieu sûr les deux femmes dans l'attente de la fouille complète du navire et de la neutralisation de tous les malfaisants. Pendant ce temps, l'autre partie du commando atteignait sans rencontrer de résistance le château arrière. À travers les baies fumées de la salle de commande du navire, les militaires ne discernèrent aucune silhouette ni trace de vie. Pourtant, les officiers du navire devaient se trouver cloîtrés dans cette partie du vraquier.

Après observation et détection du moindre bruit, un premier commando s'engagea dans l'escalier de la timonerie. Une première balle s'écrasa sur la paroi métallique de la cage d'escalier, suivie d'une rafale. Un homme armé, positionné sur la coursive supérieure, empêchait l'accession au poste de commandement du bateau. Une grenade assourdissante et aveuglante lancée dans l'escalier métallique par un des commandos explosa près de la timonerie. Profitant de l'effet de surprise, aussitôt deux soldats se ruèrent à l'assaut, couverts par les tirs de leurs camarades. Le premier commando reçut une balle dans l'épaule gauche. Vu la densité du feu, le tireur embusqué reflua précipitamment dans la salle de commande et verrouilla la porte d'accès. D'après les traces de sang laissées, l'homme était blessé.

En suivant, une charge explosive ouvrit cette porte. Immédiatement, après le lancement d'une nouvelle grenade dans la salle de commande, deux commandos pénétrèrent à l'intérieur couverts par deux de leurs camarades. La barre du navire venait d'être abandonnée. Paniqués et couchés au sol, mains sur la tête, le capitaine et l'officier mécanicien se rendirent aussitôt. À l'autre bout de la timonerie, tapi derrière un meuble métallique, l'officier de sécurité résista et fit à nouveau feu avec un fusil d'assaut Uzi, maintenu avec difficultés suite à une blessure au bras gauche. À cet instant, la baie vitrée située derrière lui éclata et deux autres membres des forces spéciales surgirent tels des diables verts à travers le trou béant. L'ex-commando de marine néerlandais tenta de se retourner, mais une rafale le cueillit telle une fleur fanée. Son corps tressauta sous les impacts tandis qu'avec ses doigts crispés sur la gâchette, son arme arrosait le plafond. La carrière auréolée de faits d'armes de Rykaards Beeckman venait de se terminer lamentablement comme celle d'un vulgaire truand sur le sol de la timonerie d'un banal céréalier hondurien.

Le navire était sous contrôle. Un commando de marine prit place à la barre et mit le navire en panne. En salle des machines, le chef mécanicien et ses deux marins soufflèrent à la vue des manomètres quittant la zone rouge.

En anglais, Dereck Van Kneel, le capitaine du navire, les menottes aux poignets, dut sous la pression d'un fusil au creux des reins donner l'ordre d'une voix chevrotante aux autres membres de l'équipage de sortir de leur cachette et de se rendre mains sur la tête aux militaires français. Le message était explicite. Tout rebelle serait abattu sur place. Après le regroupement de tous les marins menottés sur le pont, les militaires s'aperçurent qu'il manquait à l'appel l'officier en second et le passager clandestin, le motard suspecté du meurtre de Moliets. Une chasse aux fuyards s'engagea. Un marin hondurien indiqua d'un mouvement de menton la cache de l'officier en second. Celui-ci vêtu d'une tenue de simple matelot s'était réfugié dans un des canots de sauvetage dans l'espoir d'échapper aux soldats. Son arrestation se déroula sans aucune résistance.

Quant au motard, les forces spéciales le dénichèrent terré comme un rat derrière un treuil sur le pont. En réponse à l'injonction de se rendre, l'homme en combinaison de cuir tira avec son pistolet automatique muni d'un silencieux sur les commandos sans même effaroucher les oiseaux de mer posés sur les superstructures du navire.

— Prenez-le vivant ! ordonna le chef à ses hommes le tenant dans leur ligne de mire.

Acculé à l'extrémité du pont avant, le motard ouvrit une écoutille et sauta prestement à l'intérieur. Un cri glaçant résonna dans la cale. Erreur funeste ! Le maïs se chargea d'abréger le destin de ce triste sire et l'avala sans possibilité de le sauver, préservant provisoirement le secret de son identité dans l'attente de la récupération de sa dépouille. Lorsque les soldats se penchèrent au-dessus de l'écoutille, seul l'automatique abandonné sur les grains indiquait le drame venant de se produire.

— La destinée n'est pas toujours aussi clémente que la justice des hommes, asséna le chef du commando sans la moindre compassion pour le meurtrier.

La fouille minutieuse du vraquier commença. Plusieurs caisses avec des armes de guerre furent découvertes cachées sommairement dans une réserve alimentaire. Dans la cabine de

Rykaards Beeckman, les commandos saisirent un petit arsenal et cinq kilos de cocaïne.

☆

Le bilan de cette affaire hors norme s'avérait lourd, déjà sept morts, cinq malfrats et deux pauvres jeunes femmes ayant trouvé pour toute fortune dans la patrie de la liberté et des droits de l'homme, l'esclavage sexuel suivi d'une mort violente. Restait à mettre la main sur le commanditaire de toutes ses abominations !

Était-ce l'homme au linceul de grains ou un autre abrité dans l'ombre de ses méfaits ?

Informés des derniers évènements par radio, Max et Imanol se concertèrent. Max et ses équipiers se réjouissaient de la libération de Ludivine Fontan. Leur objectif primordial était atteint. Cependant, pour la brigade criminelle bordelaise, seule l'arrestation du commanditaire permettrait de conclure cette difficile enquête.

Un hélicoptère *EC145* de la gendarmerie décolla de La Barre et rejoignit le vraquier immobilisé à une quinzaine de miles de la côte basque sous le contrôle total des forces spéciales de Bayonne.

Le commissaire Grabowski, le capitaine Etcheberry et le pilote du port Bixente Zuruburru gagnèrent par hélitreuillage le pont de l'*Anneke Hermina*. En tant qu'officier de la marine marchande, le capitaine Zuruburru avait pour mission de prendre les commandes du navire pour son retour au port. En accord avec la procureure de Bayonne, celle de Max et Imanol était de procéder sans délai aux premiers interrogatoires des officiers du bord.

Le carré de l'équipage, converti en salle d'interrogatoire, accueillit en premier le capitaine Dereck Van Kneel, menotté, le teint quasi de la même couleur que sa chemise blanche d'officier de marine aux épaulettes déchues, quelque peu tâchée par son empressement à lustrer avec son corps le sol de la timonerie. Max demanda que l'on retire les pinces à l'officier et le fit asseoir face à lui à une des tables du carré. Parlant anglais couramment, Max lança l'interrogatoire :

— Commissaire Grabowski, brigade criminelle de Bordeaux, et capitaine Etcheberry, police judiciaire de Bayonne. Capitaine Van Kneel, à compter de cet instant, vous êtes placé en garde à vue pour non-respect des règles maritimes, tentative d'échapper par tous moyens à l'arraisonnement de votre navire, enlèvement et séquestration d'otages, trafics de drogue et d'armes. Joli palmarès, vous n'êtes pas près de revoir votre vert pays et d'admirer ses polders. Ma question est simple :

— Qui vous a donné l'ordre d'appareiller et pourquoi ?

— Rykaards Beeckman, l'officier de sécurité abattu dans la timonerie, répondit sans une once d'hésitation le capitaine.

— Si vous dites la vérité, alors qui lui a transmis cet ordre ?

— Hum ! Un homme que je ne connais pas ! Mon rôle était seulement d'assurer le transport du chargement à bon port aux Émirats arabes unis.

— Mettriez-vous le transport de grains, de drogue, d'armes et de femmes sur le même plan ?

— Non, bien sûr Commissaire !

— Donc, vous reconnaissez assurer le transport de toutes ces marchandises et d'être complice de la traite des Blanches ?

— Commissaire… Je n'ai pas choisi d'assurer tous ces trafics. J'avais des dettes… de jeu. Alors acculé par mes créanciers, j'ai emprunté à des taux élevés à des personnages un peu mafieux… Je n'ai pas pu rembourser. Dès lors, le deal imposé fut… ma vie ou me mettre à leur service.

— Le juge appréciera votre part de responsabilité. Je dois neutraliser votre commanditaire. D'ailleurs, c'est dans votre intérêt. Vous savez, même dans une geôle française, vous pouvez prendre un mauvais coup ! décocha Max en pressentant l'éclatement final du masque de respectabilité de l'officier. Qui est-il ?

Dereck Van Kneel sembla digérer cette information peu réjouissante.

— D'ailleurs, je vais passer la main au capitaine Etcheberry. Il est nettement moins patient que moi, poursuivit Max en se levant pour laisser la place à Imanol.

Le capitaine du vraquier observa avec crainte ce policier à la carrure d'athlète, aux énormes battoirs et aux oreilles abîmées, qui déployait sa grande carcasse avant de poser son postérieur sur le siège libéré, le visage illuminé d'un rictus peu amène aux lèvres.

— Remettez-lui les menottes, déclara d'emblée Imanol pour intimider son interlocuteur tout en faisant négligemment craquer ses doigts puissants.

— Van Kneel, qui dirige l'organisation ? Le motard mort ou un autre ? balança d'entrée de jeu Imanol d'un ton cassant.

Le capitaine Van Kneel se mit à faire de l'huile devant cet enquêteur prêt en apparence à employer tous moyens pour le faire parler. Il prit peur.

— Non… Pas le motard ! Un autre, bafouilla-t-il presque les larmes aux yeux.

— Ce motard, le connais-tu ? insista Imanol sans le lâcher des yeux.

— Pas vraiment, l'officier de sécurité et lui échangeaient en allemand. Il paraissait se connaître.

— Est-ce cet homme ? poursuivit Max en plaquant sous le regard perdu de Dereck Van Kneel une photo couleur de l'étudiant allemand, Hugo Specht.

Le capitaine du vraquier la regarda comme s'il voyait surgir le diable en personne et bredouilla :

— Oui, Monsieur le Commissaire.

Avant d'enchaîner, intérieurement, Max pensa : P*our un amateur de houblon, finir brassé dans du maïs ! Ce n'est pas de veine.*

— Alors, qui est le commanditaire ? Van Kneel, attention ! Bien que nous ayons du temps, ma patience atteint déjà sa limite, lança Imanol en se levant.

— Je vous le jure… Je ne connais pas son nom. Ce que je sais… Il est Français… et Bordelais, lâcha le capitaine du vraquier paniqué par la perspective de passer à la moulinette entre les paluches de cette brute.

— Ramenez-le aux arrêts ! décida Max après cette ultime confession sincère en apparence.

Dès la sortie de Dereck Van Kneel, les deux officiers de police judiciaire se concertèrent.

— Dès notre arrivée au port, je vais regagner Bordeaux avec mon équipe, annonça-t-il à Imanol. Je te laisse traiter l'équipage du navire. J'ai une idée claire sur l'identité du chef des criminels.

22 – Épilogue

Mercredi 9 mai deux mille dix-huit

Aéroport de Bordeaux-Mérignac, cinq heures du matin. Un taxi déposa devant le terminal deux passagers se rendant au Costa Rica par un vol charter de la compagnie Air Caraïbos.

À sept heures, l'*Airbus A320* de la compagnie d'Amérique centrale survolait l'Atlantique avec ses passagers heureux qui s'imaginaient déjà les deux pieds en éventail sur la magnifique plage de sable blanc d'El Cameleon à Playa Cocles, station balnéaire réputée située au bord de la mer des Caraïbes, un mojito glacé à la main.

*

Au même moment, une berline noire de grosse cylindrée immatriculée en Espagne se garait sur le parking P2 destiné aux longs séjours de l'aéroport de Pau. Un homme élégant d'âge mûr, porteur d'une cravate, typé sud-américain, à l'épaisse chevelure noire, en descendit avec une simple valise à roulettes et un attaché-case. D'un pas assuré, l'individu se dirigea vers le terminal d'embarquement pour Marrakech, déjà bien rempli de passagers marocains rentrant au pays et de passagers français partant en vacances dans les nombreux hôtels de cette ancienne cité impériale de l'ouest marocain. Au milieu de cet univers cosmopolite, deux couples d'anglais d'âge mûr, à l'allure viking, détonnaient.

Dans ce microcosme aéroportuaire, les femmes marocaines en gandoura ou caftan, voilées ou non, les hommes marocains en djellaba, gandoura portée sur un sarouel, chaussés de babouches, côtoyaient les tenues occidentales des Européens et les tenues modernes de jeunes femmes arabes, les cheveux au vent et le téléphone portable en main.

Au comptoir presse de l'aéroport, dans un français correct teinté d'un léger accent, le voyageur acheta le seul quotidien espagnol en vente daté de la veille, *El Pais*.

Dès sa valise enregistrée pour son chargement en soute, l'homme aux yeux masqués par des lunettes aux verres teintés avec une large monture noire s'installa avec son attaché-case dans un coin isolé du hall d'accueil de l'aéroport dans l'attente des formalités d'embarquement des passagers. Les conversations se faisaient rares à cette heure matinale, toutefois on pouvait percevoir de l'arabe, du français, de l'anglais et de l'espagnol.

Tandis que la majeure partie des passagers avait déjà rejoint la salle d'embarquement, le Sud-Américain se dirigea d'un pas nonchalant vers le portique de contrôle. En habitué des vols aériens, l'homme déposa aussitôt sa mallette sur le tapis, puis sa montre, ses lunettes, son téléphone portable et autres objets métalliques dans le bac prévu à cet effet, ainsi que sa veste de costume griffé d'un couturier espagnol. Le scanner ne révéla rien de suspect. Le voyageur récupéra ses effets personnels et son attaché-case, puis prit place, sa carte d'embarquement et son passeport costaricain en main, dans la file d'attente du dernier contrôle avant embarquement derrière une femme voilée accompagnée de deux enfants en bas âge.

Un agent de la PAF[14] et un douanier réalisaient cet ultime contrôle avant l'accès au vol Pau – Marrakech assuré par la compagnie Air Arabia. La femme vêtue d'une tenue traditionnelle marocaine présenta son passeport et ceux des enfants qui commençaient à s'impatienter de la longueur des formalités.

Le douanier, en homme d'expérience, scrutait d'un regard inquisiteur les visages de chaque passager à la recherche du moindre indice louche. Le fonctionnaire s'attarda sur celui de la passagère dont le voile ne laissait apparaître qu'un visage rond avec deux prunelles sombres et une mèche de cheveux noirs. À son tour le citoyen costaricain présenta son passeport à l'emblème de la *Republica de Costa Rica America Central*, muni du visa réglementaire et sa carte d'embarquement. Pendant que le policier feuilletait le document remis, un passeport semblant sortir de presse, le douanier essayait de saisir le regard sombre du quinquagénaire basané à la bouche surmontée d'une épaisse moustache anthracite. Il remarqua que l'homme évitait avec habileté le croisement du sien. Il avait noté un léger tremblement des mains à la présentation du document d'identité au nom de Henrique Da Costa.

En bon gabelou, l'existence de ce passager d'une nationalité inhabituelle à bord de ce vol régulier entre la France et le Maroc, l'intriguait. Le policier interrogea le voyageur sur sa destination et la raison de sa présence à bord de cet avion. L'homme répondit dans un français teinté d'un simili accent castillan sans problème aux questions indiscrètes du fonctionnaire.

---

14 Police aux frontières

Le douanier s'invita dans la conversation :

— *Señor, vivan siempre la felicidad y la paz*[15] ! Jolie devise pour un magnifique pays ! lança-t-il dans un espagnol parfait, étant né en France de parents panaméens immigrés, naturalisés depuis quelques décennies.

— *Si, si,* se contenta de répondre le voyageur pressé de récupérer ses documents de voyage.

— S'il vous plaît ! Veuillez me suivre s*eñor* Da Costa. Ne vous inquiétez pas, simple formalité, déclara aussitôt le douanier rejoint par un de ses collègues.

— Mais, je vais rater mon vol, s'alarma le Sud-Américain sous un faciès soucieux.

Encadré de deux douaniers, l'homme se trouva conduit dans une petite salle proche pour une fouille approfondie. La palpation réglementaire ne révéla rien de répréhensible. Le passeport à l'état neuf, délivré deux ans plus tôt à San José, la capitale costaricaine, était vierge de tout tampon de passage en douane avant ce voyage.

— Monsieur, nous allons vous soumettre à une fouille à corps, annonça le second douanier.

— De quel droit ? Il n'en est pas question. Je suis avocat et vous allez entendre parler de moi ! lâcha le Costaricain d'un ton devenu colérique.

— S*eñor* Da Costa, ne nous obligez pas à employer des moyens coercitifs ! Veuillez entrer dans la cabine et vous déshabiller !

Sous la surveillance de deux douaniers, l'homme retira sa veste et son gilet, puis, ôta son pantalon. Après le retrait de sa cravate, celui de sa chemise semblait poser problème à ce récent décravaté du col, le bouton supérieur refusant de se

15 Que vivent à jamais le bonheur et la paix

séparer de sa boutonnière.

— Si vous ne vous dépêchez pas, vous allez rater votre avion. La fin de l'embarquement vient d'être annoncée, précisa un des douaniers au voyageur qui se débattait toujours avec le bouton récalcitrant.

Malgré son peu d'empressement à découvrir son torse duveteux devant deux étrangers, après une série de contorsions du cou, le *señor* Da Costa dut s'y résoudre. Dès que la chemise s'entrouvrit, le douanier perspicace comprit. La tête et le cou de Henrique Da Costa étaient dissimulés par un masque le grimant en citoyen costaricain. Un déguisement digne de ceux utilisés au cinéma. Un fantastique et long travail professionnel de maquillage !

Sous cet accoutrement, un homme de type caucasien d'environ une soixantaine d'années au teint nettement plus clair, bien conservé, à la chevelure rasée, à la dentition parfaite, se dissimulait. Immédiatement appréhendé, le pseudo *señor* Da Costa se retrouva placé en garde à vue.

Le passeport costaricain se révéla un faux d'une excellente qualité de contrefacteur, réalisé à partir d'un document vierge dérobé au Costa Rica. Bien vite, un premier interrogatoire mené par le douanier parlant espagnol confirma son intuition. Le voyageur d'Amérique centrale ne parlait pas la langue de Cervantès couramment. La prononciation de la jota lui posait des problèmes et ses lacunes au niveau vocabulaire ne résistèrent pas à une conversation autre que basique. Un comble pour un soi-disant avocat costaricain ! Le piège initial tendu par ce douanier futé avait fonctionné à merveille. La véritable devise du Costa Rica était : « *Vivian siempre el trabajo y la paz*[16] *!* ».

16 Que vivent à jamais le travail et la paix

La récupération en soute de la valise de l'ex Henrique Da Costa occasionna un retard d'une heure du décollage du vol d'Air Arabia. D'après les effets trouvés dans ses bagages, l'homme semblait tout simplement être un citoyen français désireux de se mettre au vert pour des raisons ignorées à ce stade par les autorités françaises. Un second billet d'avion apparut en fond de valise, dissimulé entre des caleçons et des chaussettes. Dès le lendemain de son arrivée à Marrakech, le voyageur transformiste devait redécoller sur un vol de la compagnie Iberia à destination de San José au Costa Rica via une escale par l'aéroport Adolfo Suárez de Madrid-Barajas.

Le désormais suspect refusa toute coopération et la déclinaison de sa véritable identité, ainsi que celle de son domicile, et se mura dans le silence. En vue de son identification, aussitôt, un avis de recherche agrémenté de deux photos, une de face et une de profil, circula auprès de tous les services de police et de gendarmerie. Sur ce document, l'homme de robe tenait plus du simple truand que du défenseur de la veuve et de l'orphelin.

☆

Avant son déchargement pour récupérer la dépouille d'Hugo Specht, l'*Anneke Hermina,* relégué à un appontement peu usité, fut investi par des limiers de la police scientifique. Dès leur descente du vraquier, Max et Imanol prirent connaissance de la fiche de recherche établie par la PAF de l'aéroport de Pau-Uzein.

— Putain ! Le salaud, s'exclama illico Max à la découverte des deux photos de l'individu à identifier.

— Qui est-ce ?

— Le commanditaire, tout simplement, le propre patron de Ludivine Fontan, le directeur du cabinet Lucasse-Chatrons : Paul Lucasse.

D'emblée, il contacta son chef, Alexis Kellner, pour l'informer de cet ultime rebondissement.

— Parfait ! Je donne les ordres pour que tu puisses regagner Bordeaux avec tes équipiers sans délai par un hélicoptère de la gendarmerie. Ainsi, tu pourras perquisi-tionner dès l'ouverture ce cabinet véreux et mettre en garde à vue l'ensemble du personnel. Je m'occupe de la saisie du Bâtonnier pour mener à bien légalement la perquisition.

✯

Jeudi 10 mai deux mille dix-huit

À neuf heures pile, accompagné de Malou, Fred et d'un représentant embarrassé du Bâtonnier, Max sonnait à la porte de la S.A. Lucasse-Chartrons. Une jeune fille inconnue les accueillit :

— Bonjour Messieurs dames, que puis-je pour vous ?

— Commissaire Grabowski de la brigade criminelle, madame Ségolène Martignac est absente ? demanda Max surpris de découvrir une autre secrétaire.

— Je ne la connais pas. Je débute aujourd'hui dans ce cabinet d'avocats.

— Elle ne travaille plus ici ?

— Maître Delmonnec sera plus à même de vous renseigner. Voulez-vous le rencontrer ?

— Tout à fait Mademoiselle.

Une minute plus tard, la nouvelle secrétaire précédait les

enquêteurs jusqu'à son bureau. Comme lors de leurs visites précédentes, le même avocat rougeaud se profila devant Max et ses équipiers dans son élégant costume trois-pièces peinant à masquer son embonpoint, toujours aussi mal à l'aise. Les paroles de Max ne risquaient pas de le détendre.

— Maître François Delmonnec, vous êtes mis en garde à vue dans le cadre de l'enquête sur l'enlèvement de votre consœur, Ludivine Fontan. Avant de nous accompagner à l'hôtel de police, indiquez-moi où est passée votre collègue Ségolène Martignac.

Maître Delmonnec se tassa légèrement sous l'effet de sa mise en garde à vue, mais essaya de garder un masque de dignité. Il n'émit aucune protestation et s'efforça de répondre de façon naturelle au questionnement du commissaire sur sa collègue.

— Maître Lucasse m'a informé mardi soir qu'il s'absentait pour un voyage d'affaires durant quelques semaines. Il m'a confié l'intérim de la direction du cabinet et indiqué que Madame Martignac avait démissionné et qu'une nouvelle secrétaire la remplacerait à compter de ce jour.

Max réagit avec célérité. Il demanda à la PAF de l'aéroport de Bordeaux-Mérignac de vérifier la liste de tous les passagers enregistrés sur les vols au départ depuis quarante-huit heures.

En parallèle, Maître Delmonnec fut embarqué pour l'hôtel de police. Malou interrogea la nouvelle secrétaire et conclut vite que cette employée n'était pas au courant des activités criminelles de Paul Lucasse.

Max venait à peine d'arriver à son bureau quand son portable résonna :

— Commissaire Grabowski, sur le vol charter Bordeaux - San José d'hier, Ségolène Martignac et son fils Côme ont été enregistrés.

Cette nouvelle validait sa dernière intuition.

☆

En fin de journée, après les auditions de Delmonnec et de Lucasse, Max put enfin conclure son enquête.

Contrairement aux apparences, François Delmonnec et Ségolène Martignac n'étaient nullement impliqués dans cette affaire criminelle.

Mis au pied du mur, Maître Lucasse avoua finalement être le cerveau de l'ensemble des activités criminelles, trafic de drogue entre la Colombie et la France, proxénétisme à Bordeaux et traite des Blanches à destination des Émirats arabes unis. Il nia farouchement s'adonner au trafic d'armes.

Sur demande d'un prince arabe de l'émirat, client de son cabinet, contre une très forte somme, l'immoral patron du cabinet Lucasse-Chartrons lui avait vendu pour renouveler son harem sa séduisante collègue et salariée, Ludivine Fontan. Pour ce faire, cet homme dénué du moindre scrupule avait imaginé ce simulacre de suicide de la jeune femme dans la Garonne.

Avec la complicité des officiers néerlandais du vraquier *Anneke Hermina* et du maître de chai du château Rouge Gironde assisté de quelques tristes sbires, tous morts ou arrêtés, Lucasse avait mis en place un juteux nouveau commerce triangulaire : Cocaïne – Maïs – Traite des Blanches.

☆

Lundi 14 mai deux mille dix-huit

Après plusieurs journées passées en observation, examens et assistance psychologique à l'hôpital Pellegrin de Bordeaux, Ludivine Fontan put quitter l'établissement et retrouver son domicile.

Très touchée par les épreuves bouleversantes subies par la jeune femme, Malou lui rendit visite chaque jour et tint à la raccompagner à son petit appartement du quartier Favols à Carbon-Blanc. Dès la montée de Ludivine dans la voiture banalisée, un doux ronronnement égaya l'habitacle, suivi de plusieurs roucoulements et miaulements joyeux.

— Caramelle ! s'exclama aussitôt Ludivine d'un air gai en se retournant vers le panier de transport posé sur les sièges arrière du véhicule.

— Mia…ou ! Mia…ou ! miaula en réponse la chatte pressée de se blottir contre sa maîtresse et de retrouver ses tendres caresses.

FIN

Ce livre a été imprimé
en France par ICN
en avril 2023

Zone industrielle des Saligues
98, rue Louis Rabier
64300 Orthez
icn@imprimerie-icn.fr

ORIGINE FRANCE GARANTIE
BVCert. 6374991

IMPRIM'VERT

chrisraveriauteur@gmail.com

/chris.raveri.3

/chrisraveriauteur

@chris.raveri.auteur

Dépôt légal : février 2021